中华传世小品

乐山乐水

历代山水小品

蒋松源 江晓英 主编

长江出版传媒 崇文书局

图书在版编目（CIP）数据

乐山乐水 ：历代山水小品 / 蒋松源，江晓英主编
. -- 武汉 ：崇文书局，2017.1（2023.1 重印）
（中华传世小品）
ISBN 978-7-5403-4221-0

Ⅰ. ①乐… Ⅱ. ①蒋… ②江… Ⅲ. ①小品文—作品
集—中国 Ⅳ. ① I26

中国版本图书馆 CIP 数据核字（2016）第 259938 号

乐山乐水：历代山水小品

责任编辑 程 欣 刘 丹
出版发行 长江出版传媒 | 崇文书局
地　　址 武汉市雄楚大街 268 号 C 座 11 层
电　　话 (027)87677133 邮政编码 430070
印　　刷 湖北画中画印刷有限公司
开　　本 680mm×960mm 1/16
印　　张 15.25
字　　数 165 千字
版　　次 2017 年 1 月第 1 版
印　　次 2023 年 1 月第 2 次印刷
定　　价 46.80 元

总 序

1993年,湖北辞书出版社出版了"小品精华系列",一共十册:《历代尺牍小品》《历代幽默小品》《历代妙语小品》《历代寓言小品》《历代山水小品》《历代诗话小品》《历代笔记小品》《历代禅语小品》《明清清言小品》《明清性灵小品》。这套"小品精华",风格亲切幽默,平易近人,深受欢迎。二十多年过去了,许多想得到这套书的读者,早已无处可购。考虑到读者的需要,崇文书局拟在"小品精华系列"的基础上,精益求精,隆重推出"中华传世小品",第一辑为十册。主持这套书的朋友嘱我写几句话,我也乐于应命,有些关于小品的想法,正好借这个机会跟读者交流交流。

"中国历史上写作小品文的作家,多半是所谓名士。"现代作家伯韩的这一说法,流传颇广。那么,什么是名士呢?伯韩以为,也就是一种绅士罢了,不过与普通绅士有所不同而已。他们"多读了几句书,晓得布置一间美妙的书斋,邀集三朋四友,吟风弄月,或者卖弄聪明,说几句俏皮话,或者还搭上什么姑娘们,弄出种种的风流韵事来。这都算是他们的风雅"。

这样来看中国历史上的小品,如果不是误解的话,真要算得上不怀好意了。

据《论语·先进》记载：一天，孔子和子路（仲由）、曾皙（曾点）、冉有（冉求）、公西华（公西赤）在一起，他要几个弟子谈谈自己的志愿。子路第一个发言说："一千辆兵车的国家，处在几个大国之间，外有军队侵犯，内有连年灾荒。让我去治理，只消三年光景，便可使人人勇敢，而且懂得同列强抗争的办法。"孔子听了，淡淡一笑。冉有的志愿是："一个纵横六七十里，或者五六十里的小国，让我去治理，三年时间，可使人人丰衣足食。至于修明礼乐，那就有待于贤人君子了。"第三个回答孔子的是公西华，他说："不是我自以为有什么了不得的才能，只是说我愿意来学习一番。国家有了祭祀的典礼，或者随着国君去办外交，我愿穿着礼服，戴着礼帽，做个好傧相！"公西华说话时，曾点正在弹瑟，听孔子问他："点，你怎么样？"曾点放下手中的瑟，站起来道："我的志愿跟他们三位都不相同。暮春三月，穿一身轻暖的衣服，陪着年长的、年轻的同学，到沂水沙滩上去洗洗澡，到舞雩台上去吹吹风，一路唱着歌回来！"孔子感叹道："我赞同曾点的想法！"孔子以为，子路等三人拘于礼、仁，气象不够开阔、爽朗。只有精神发展到能够怡情于山水自然的境地，人格才算完善。

孔子这种陶醉于山水之美的情怀，由魏晋时代的名士做了淋漓尽致的发挥。有一部书，专记当时名士的言行，名叫《世说新语》。其中有个人物谢鲲，他本人引以自豪的即是对山水之美别有会心。晋明帝问谢鲲:“你自己以为和庾亮相比怎么样?”谢鲲回答说:“身穿礼服,庄严地站在朝廷之上,作百官表率,我不如庾亮;但是,一丘一壑(指在山水间自得其乐),臣自以为超过他。”以“一丘一壑”与朝廷政务并提,可见其自豪感。因此,当著名画家顾恺之为谢鲲画像时,便别出心裁地将他画在岩石中。问顾为什么这样,顾答道:“谢自己说过:‘一丘一壑,臣自以为超过他。’所以应该把这位先生安置在丘壑中。”足见魏晋名士的趣味相当一致。

也许是由于魏晋以降的儒生多拘束迂腐,也许是由于全身心陶醉于山水之美的魏晋名士对老庄更偏爱些,后世人往往将名士风流与儒家截然分为二事,似乎它们水火不容。晚明袁宏道在《寿存斋张公七十序》中批评这种误解说:

> 山有色,岚是也。水有文,波是也。学道有致,韵是也。山无岚则枯,水无波则腐,学道无韵,则老学究而已。昔夫子之贤回也以乐,而其与曾点也以童冠咏歌,固学道人之波澜色泽也。江左之士,喜为任达,而至今谈名理者必宗之。俗儒不知,叱为放诞,而一一绳之以理,于是高明玄旷清虚澹远者,一切皆归之二氏。而所谓腐滥纤啬卑滞扃局者,尽取为吾儒之受用,吾不知诸儒何所师承,而冒焉以为孔氏之学脉也。

袁宏道的结论是:“颜之乐,点之歌,圣门之所谓真儒也。”这话是有几分道理的。

上面说了那么多,其实是要说明一点:孔子是中国古代第一位小品文作家,《论语》是中国古代第一部小品文著作。以小品的眼光来读《论语》,不难发现一个亲切而又伟大的孔子。

比如,从《论语》中不仅能看出孔子陶醉于山水之美的情怀,还能感受到他那无坚不摧的幽默感。孔子曾领着一群学生周游列国,再三受到冷遇,途经陈、蔡时,被两国大夫率众围困,“不得行”,粮食没有了,随行的人也病了,而孔子依然“讲诵弦歌不衰”。他开玩笑地问:“‘我们不是野兽,怎么会来到旷野上?’莫非我的学说错了吗?”颜渊回答说:“夫子的学说极其宏大,所以天下不能容纳。不能容纳有什么不好呢?这才见出你是真正的君子。”孔子听了,油然而笑,说:“你要是有很多财产的话,我愿给你当管家。”置身于天下不容的困境中,孔子师徒仍其乐陶陶,在于他们互为知己,确信所追求的目标是伟大的。北宋的苏轼由此归纳出一个命题:“师友以道相乐,乃人间之至乐也。”

在人们的感觉中,身居显位的周公是快乐的、幸福的。其实未必然。召公负一代盛名,管叔、蔡叔是周公的弟弟,连他们都怀疑周公有篡夺君位的野心,何况别人呢?这样看来,周公虽坐拥富贵,却无亲朋与之共乐。苏轼由此体会到:周公之富贵,不如孔子之贫贱:富贵不值得看重。他的

《上梅直讲书》说的就是这个意思。

据《论语》记载，孔子还曾有过一件韵事。跟孔子同时，有个名叫南子的美女，身为卫灵公夫人，却极度风流淫荡。一次，她特地召见孔子。孔子拜见了她，还坐着她的马车，在城内兜了一圈。性情爽直的子路很不高兴，对孔子提出非议，孔子急得发誓说："假如我孔某有什么邪念的话，老天爷打雷劈死我！"

对孔子的这件浪漫故事，历史上有两种不同的解释。一种说法认为：孔子是迷恋南子的漂亮。另一种意见则较为规矩，其代表人物是南宋的罗大经。罗大经在《鹤林玉露》中说：南子虽然淫荡，却极有识见，"有后世老师宿儒之所不能道者"。孔子之所以去见南子，即因看重她的识见，希望她改掉淫行，成为卫灵公的好内助。"子路不悦，是未知夫子之心也。"

前一种说法似乎亵渎了孔子，但未必没有可取之处。孔子讲过："吾未见好德如好色者也。"在他看来，好色是人的不可抗拒的天性，任何人都没有资格假定自己从不好色。所以，当孔子向子路发誓，说他行端影直的时候，我们真羡慕子路，有这样一位可以跟学生赌咒发誓的老师。孔子让我们相信：圣人确有不同凡俗的自制力，但并不认为他人的猜疑是对他的不敬。相反，他理解这种猜疑，甚至觉得这种猜疑是理所当然的。

孔子是一个伟大而又亲切的小品作家，《论语》是一部伟大而又亲切的小品文著作。亲切而又伟大，这就是小品的魅力。关于中国历代小品的定位，理应以《论语》作为坐标。我想与读者交流的，主要的也就是这个看法。

回到“中华传世小品”，这里要强调的是，这套书所秉承的正是《论语》的传统。它们的作者，不是伯韩所说的那种“名士”，而是孔子、颜渊、曾点这类既活出了情怀、又活出了情调的哲人。不需要故作庄严，也绝无油滑浅薄，那份温暖，那份睿智，那份幽默，那份倜傥，那份自在，那份超然，足以把生活提升到一个令人陶然的境界。读这样的书，才当得起“开卷有益”的说法。

愿读者诸君与“中华传世小品”成为朋友！

武汉大学文学院教授、博士生导师　陈文新

前　言

山水小品，是我国散文园地中绚丽多彩的花朵，也是我国游记文学宝库中光彩炫目的明珠。

山水小品和山水游记，虽然同是以山水自然美作为自己描写的对象，都具有较强的可观性和形象性；但是，山水小品不仅以其尺幅寸图中的山光水色滉漾夺目，更以其意脉深处蕴藏的作家个人的悠悠不尽之情沁人心脾。在山水小品中，不论是景物描写，还是寄寓其中的情感流布，都是作家生命流程中的精神享受、审美情感的艺术升华。这样的篇章，仿佛国画高手，逸笔草草，移步珠玉，总在极为精美凝炼的艺术天地中，留下山水美景的各色剪影，同时拓开作家富有个人性情风趣的心灵空间。所以，山水小品当是小品文中的“天籁之音”，其描山绣水，一片率真；抒情绎理，总带韵趣，是“绝假纯真”的文学神品。

我国的山水小品，源远流长。它几乎是和游记文学同步，纵贯文学史的漫漫长河。“性耽山水”“情系田园”，是历代中国文人积淀而成的文化心态。他们不仅把“山林泉壤”视为“文思之奥府”（《文心雕龙·物色》），而且把自己的情感和生命溶化在名山大川的肌体血脉里，闲暇时以之陶冶自己的心灵，失意时以之抚慰自己的灵魂，人之性灵与山水之秀灵互为表里，一起糅合而成中国山水小品所特有的意象美和情韵美。尽管不同时期、不同作者的作品，风格各异，但都以自己的灵感气韵，展现了两千多年来中国文人的审美构成和精神风貌。

如果说“真正的山水记应该是起于东汉而盛于南北朝”（周振甫《古代散文中的山水记》），那么，当作家带着自己的“个性”“意趣”和“独创”去描写山川景物，山水小品也就应运而生了。目前我们从古籍中可以见到的，东晋文人所撰的山水记，如署名庐山诸道人的《游石门诗序》、袁山松的《宜都记》、陶渊明的《游斜川诗序》等篇，都能运用清新自然、流畅飘逸的文笔模山范水，而且透过一幅幅优美动人的物景图画，寄托着这个时代文人的特定情感。这些作品，无疑是我国山水小品的先导。

唐代是我国游记文学的勃兴时期，也是山水小品臻于成熟的阶段。元结的山水小品，力排骈偶为散体，一扫六朝以来的铅华积习，文字幽眇芳洁，自成境趣，实为唐人山水小品的开创之作。李白传世的山水小品不多，但其视野之开阔、文笔之俊逸、意气之潇洒、诗情之浓郁，足以显示用浪漫主义的手法状摹山水所独具的艺术魅力。柳宗元是文学史上公认的第一位山水小品大师。他是在横遭贬谪之后，大量写作山水小品的。身处边僻之地，只有山穷与水险，给他以灵感和启悟，所以在其精心雕镂的山水意象中，总有他自己的影子，都显得那么悄怆、幽邃、高洁，给人一种凄神寒骨之感。特别是他的《永州八记》，以其可以准确把握的山水小品的文学特性和文人的美感品质，代表了唐人山水小品的最高成就。这也是我国散文史上第一组山水小品系列，具有划时代的开创意义。

宋人的山水小品，呈多元化发展，富有创新立奇之作，但最有特色的是借山水绎理，立意于议论之作。苏轼的《石钟山记》、苏辙的《黄州快哉亭记》等篇，无不在记游之中作世事之观，山水外物不仅进入了人的情感世界，而且是激发理性探究的媒介。这类作品以其深刻的哲理和高远的意境，在山水小品发展史上开辟了一条新的蹊径。

经过金元时期短暂的沉寂，明代出现了山水小品高度繁荣的灿烂局面。特别是明代中叶以后，随着文学上反对拟古主义思潮的出现，左派王学的“童心说”对作家创作的影响日益深入，强调独创，反对模拟，提倡思想解放，摆脱理学束缚，成为山水小品一时发展的主向。以公安、竟陵文学运动的倡导者三袁和钟、谭为代表，他们审视山水胜景，尤都注重自我性灵的真实呈现，不仅追求对审美客体本色化的“传神写照”，而且在意象营造的过程中，表现出一种参透人生的睿智和性命相守的意趣。这种性灵化的审美表现，在晚明小品大家王思任、张岱的山水佳制中，更是发挥到了极致。

到清一代，山水小品在充分吸收前代艺术滋养的基础上，有了长足的发展，不仅各体皆备，作家也各展其长，各具风格。神韵派代表作家王士祯的作品，笔意极富诗情，读之能令人体会到幅短而神遥、墨希而旨永的无穷韵味。性灵派代表作家袁枚的作品，长于直抒性情，出语新巧，笔势活泼，最得小品简而有致之妙。桐城派姚鼐等人的作品，虽亦讲究融会“义理、辞章、考据”于一体，但体物达意不乏情趣，章法严谨不格灵性，笔墨雅淡不伤风采，自有一种清静高朗的意态美。所以，中国古典小品文的最后一个乐章，乃是以山水小品的尾声谱出了它的动人旋律，而当它的音符在消失之际，又响起了中国近代山水小品的纵横奇宕的新旋律。

这本《乐山乐水——历代山水小品》，在编撰过程中，极为注意遴选历代山水小品中的上佳之作，并且以自然景观的审美品格和作家的审美个性分类系之。特别感谢和我合作完成这本书的同仁，各部分的撰稿人是：周禾（魏晋南北朝）；龚学文（唐代）；朱宗尧（宋代）；宁希元（辽金元）；蒋松源（明代）；汤江浩（清代）；陈三三（近代）。

目　　录

寻　　幽

揽　　秀

穷　　奇

竞　雄

挹　趣

流　韵

怡　情

绎　理

骋　怀

寻幽

西陵峡[①] 袁山松[②]

自黄牛滩[③]东入西陵界，至峡口百许里。山水纡曲，而两岸高山重嶂，非日中夜半，不见日月。绝壁或千许丈，其石彩色，形容多所象类[④]。林木高茂，略尽冬春。猿鸣至清，山谷传响，泠泠不绝[⑤]。所谓三峡[⑥]，此其一也。

常闻峡中水疾，书记及口传悉以临惧相戒，曾无称有山水之美也。及余来践跻此境[⑦]，既至欣然，始信之耳闻不如亲见矣。其叠嶂秀峰[⑧]，奇构异形，固难以辞叙。林木萧森，离离蔚蔚[⑨]，乃在霞气之表，仰瞩俯映[⑩]，弥习[⑪]弥佳。流连信宿，不觉忘返，目所履历，未尝有也。既自欣得此奇观，山水有灵，亦当惊知己于千古矣。

【注释】

①西陵峡：长江三峡之一，在湖北宜昌市西北，西起巴东县官渡口，东至宜昌南津关。本篇为《水经注》引录《宜都记》的一段佚文。

②袁山松（？—401）：一称崧，陈郡阳夏（今河南太康）人。少有才名，襟情秀远；博学能文，又善音乐。晋安帝时为秘书丞，历任宜都太守、吴郡内史。孙思起义时，山松守渎城，后城陷被杀。所著《宜都记》为我国山水记的滥觞，惜已散佚。

③黄牛滩：在宜昌市西黄牛山下，其高崖上石色如人负刀牵牛，人黑牛黄，故名。

④多所象类：多像各类物象。

⑤泠泠：形容猿鸣声清越。

⑥三峡：即瞿塘峡、巫峡和西陵峡，在长江上游重庆市东部和湖北省西部一带。

⑦践跻：攀登。

⑧崿（è）：山崖。

⑨离离蔚蔚：草木茂盛的样子。

⑩仰瞩俯映：是互文，意为仰望俯视，互相映带。

⑪弥习：更加接近。

【品读】

《宜都记》是一部地理书，原书已散佚，仅在《水经注》和《太平御览》中可引得一些片断。但是，正如钱钟书先生所称，山水记"终则附庸蔚成大国，殆在东晋乎？袁山松《宜都记》一节足供标识。"（《管锥编》）。所以，《宜都记》是我国最早的山水记，其中一些精彩的片断，可视为山水小品的雏形。

这篇"西陵峡"节选于《宜都记》文中片段，以探幽长江两岸自然风光为主旨，重点着墨"西陵峡"的"高山重嶂""林木高茂""猿鸣至清"等地形、地貌、地质特点，视角拉长拉远至云蒸蔚霞上，听觉辽阔高远到山水跌宕间，怀想接古思今到传说中，最终落实到切身感悟体会里，"西陵峡"当属三峡美景中最幽远、最幽丽的一段山水画廊，美不胜收。"山水有灵，亦当惊知己于千古矣"。而此前从未有人发现山水之灵性，且视为千古知己，这是第一次揭示了人与自然之间灵犀相通。

文中情景交融，绘形绘神，镜头纵览，求索体悟，寥寥百字就将人带到了幽幽的"西陵峡"水流中。

寒亭记[①]　元　结[②]

永泰丙午中，巡属县至江华。县大夫瞿令问咨曰："县南水石相映，望之可爱。相传不可登临。俾求之，得洞穴而入。栈险以通之[③]，始得构茅亭于石上。及亭成也，所以阶槛凭空[④]，下临长江[⑤]；轩楹云端[⑥]，上齐绝颠[⑦]。若旦暮景气[⑧]，烟霭异色；苍苍石墉[⑨]，含映水木。欲名斯亭，状类不得[⑩]，敢请名之，表示来世[⑪]。”于是休于亭上为商之，曰：“今大暑登之，疑天时将寒。炎蒸之地，而清凉可安。不合命之曰寒亭欤？”乃为寒亭作记，刻之亭背[⑫]。

【注释】

①寒亭记：寒亭在唐代道州江华县（今湖南省江华瑶族自治县），身为道州刺史的元结在巡视江华县时，曾到过此亭，并为此亭命名，写下这篇记文。

②元结（719—772）：字次山，自称浪士，号漫郎。祖籍太原人，其父迁鲁县，所以又为河南鲁县（今河南省鲁山县）人。元结是唐代一位正直有为的政治家，官至道州刺史、容州刺史，颇有政绩。他也是一位有成就的诗人，其创作理论和实践对中唐的诗文革新都有影响。他的散文朴实雄健，文辞简洁，不因袭古人，是唐代韩愈以前有名的作者之一。

③栈险：在险峻的地方修筑栈道。

④凭空：凌空（悬架在岩石上）。

⑤长江：长长的江河。指流经江华县的沱水。

⑥轩楹（yín）云端：形容茅亭高高的像在云中一样。轩，有窗槛的长廊或小室。楹，厅堂前部的柱子。

⑦绝颠：山峰的极顶。颠，通“巅”。

⑧景气：指天气晴朗。

⑨苍苍石墉：深青色的石墙。墉，垣墙。

⑩状类：描写，形容。

⑪表示来世：告知后代。

⑫亭背：指亭子的北墙。

【品读】

元结的山水游记短小峻洁，意境幽雅，上承谢灵运，下启柳宗元，在文学史上是卓有成效的。《寒亭记》虽为一篇题记，却全篇写景致，通篇说山水，行文中颇具巧妙，寓意深刻自然，情景飘然出尘，其身境可视为心境也。

唐末永泰二年(766)的夏天,元结任道州刺史,他巡视到江华,时任江华县令的瞿令问请元结为亭取名。“阶槛凭空,下临长江;轩楹云端,上齐绝颠。”县令描绘寒亭之语,寥寥几笔。寒亭高耸于江边山石之上,遥望寒亭有凌空俯江之势,经过数笔点染,就显出气势非凡,风光如画。元结取名为“寒亭”仅仅因为“疑天时将寒”和“清凉可安”。江华虽处热地,但此亭却使人感到清凉惬意,安心稳神,正是避暑好地。亭子的地理位置险峻僻幽,造就了洞里洞外恍若与尘世隔离,出世入世两重天的光景。元结是想告知他人:常知寒冷之苦,能明清静之心,方得安宁,心生澄净。

《寒亭记》说“寒”,这里的“寒”是一种自守的境界,孤独而有气节,冰凉却又具气色。与宋代大文豪苏轼《水调歌头》中的“寒”有几分相似,他道:“我欲乘风归去,又恐琼楼玉宇,高处不胜寒。起舞弄清影,何似在人间!”可这里的“寒”逼得人心灰意冷,黯然伤怀伤情伤心,真寒也。

始得西山宴游记　柳宗元[①]

自余为僇人[②],居是州,恒惴栗[③]。其隙也,则施施而行,漫漫而游。日与其徒上高山,入深林,穷回溪,幽泉怪石,无远不到。到则披草而坐,倾壶而醉,醉则更相枕以卧。卧而梦,意有所极,梦亦同趣[④]。觉而起,起而归。以为凡是州之山水有异态者,皆我有也,而未始知西山[⑤]之怪特。今年九月二十八日,因坐法华西亭[⑥],望西山,始指异之。遂命仆人过湘江[⑦],缘染溪[⑧],斫榛莽[⑨],焚茅茷[⑩],穷山之高而止。攀援而登,箕踞而遨[⑪],则凡数州之土壤,皆在衽席之下[⑫]。其高下之势,岈然洼然[⑬],若垤若穴[⑭],尺寸千里[⑮],攒蹙累积[⑯],莫得遁隐。萦青缭白,外与天际,四望如一。然后知是山之特立,不与培塿为类[17]。悠悠乎与颢气[18]俱而莫得其涯，洋洋乎与造物者[19]游而不知其所穷。引觞满酌，颓然就醉，不知日之入。苍然暮色，自远而至。至无所见，而犹不欲归。心凝形释[20]，与万化冥合[21]。然后知吾向之未始游，游于是乎始。故为之文以志。是岁，元和四年也。

【注释】

①柳宗元(773—819)：字子厚，河东(今山西省永济市)人。柳宗元是唐代“古文运动”的倡导者和参加者，他反对汉魏六朝骈体文华而不实的淫靡文风，提出了“文以明道”“辅时及物”的为刷新政治、补救时弊服务的文学主张。

②僇(lù)人：谬民，遭到刑辱的罪人，这里指遭贬谪的人。

③惴(zhuì)栗：恐惧不安。

④“意有”二句：意想中能到的境界，做梦也同样走向这种境界。

⑤西山：在永州西潇水边上。

⑥法华西亭：柳宗元贬永州时所建，并写有《永州法华寺新作西亭记》。

⑦湘江：又名湘水，源出广西，入湖南省境，在零陵县与潇水相汇，为潇湘。

⑧缘：趋向，走到。

⑨榛莽：杂乱丛生的草木。

⑩茷(fèi)：草叶茂盛。

⑪箕踞：坐时两腿伸开，形似簸箕，这是一种不拘礼节，放任自得的坐法。

⑫衽(rèn)席：坐卧用的席子。

⑬岈然：山深的样子。

⑭垤(dié)：指小土堆。

⑮尺寸千里：指从西山上望出去，眼前景物虽只有尺寸一般大小，但可能有千里远。

⑯攒蹙累积：将景物聚集收拢在一起。

⑰培嵝：小土堆。

⑱悠悠乎：广大的样子。颢气：浩气，大气。

⑲洋洋：完美的样子。造物者：指创造万物的天地。

⑳心凝形释：心像凝固了一样，形体像消散了一样。形容形神都忘的意思。

㉑万化：指变化不停的万物。冥合，暗合。

【品读】

唐贞元二十一年(805)，柳宗元以贬官的身份来到永州。十年贬谪时光，永州的山山水水、一草一木、一花一石，都成了柳宗元的朋友、邻里，并与之结下了深厚的友谊和真挚的情感，实乃心灵之所、精神家园。

置身于永州的水幽石异、山峻峰峭中，柳宗元创作热情激涨，挥笔写下了《永州八记》等著名的山水诗篇，成为中国散文经典传世佳作，成就了其“唐宋八大家”的美名。

这篇《始得西山宴游记》是《永州八记》的始篇，作为文章之首，必定不同凡响。全文起始总揽全局，以热爱山水、游遍永州抒发自豪感，因而自然带出对永州山水的总括：“深林”“回溪”“幽泉”“怪石”，其文字精练、语言清丽、情感充沛，很是引人入胜。沉浸其间、浮想联翩时，其笔锋一转，却神秘地说发现了更好去处——西山。这西山在眼皮底下，却一直被忽略，探寻的心情急迫，于是与仆人斩荆披棘、越溪爬坡，终于登上了山顶。就在这一刻，远方山水骄纵，视野开阔辽远，喜悦之情难以言表，藉此“酒”便成了情绪最好的挥发载体，作者与天地宿醉在一场梦中，不分彼此呢！

古往今来说《始得西山宴游记》好，好在人与山水、与天地、与精神、与胸怀不离不分；好在物我两忘、天人合一的生命领悟和人生境界；好在不拘泥于自我的情感宣泄和情怀放纵，愿意与自然分享，与美酒同乐，与心灵沟通。

袁家渴记 柳宗元

由冉溪西南水行十里，山水之可取者五，莫若钴鉧潭。由溪口而西，陆行，可取者八九，莫若西山。由朝阳岩东南[①]，水行至芜江[②]，可取者三，莫若袁家渴。皆永中幽丽奇处也。

楚越之间方言，谓水之反流者为渴，音若衣褐之褐。渴上与南馆高嶂合[③]，下与百家濑合。其中重洲小溪，澄潭浅渚[④]，间厕曲折[⑤]，平者深墨[⑥]，峻者沸白[⑦]。舟行若穷[⑧]，忽又无际。

有小山出水中。山皆美石，上生青丛，冬夏常蔚然。其旁多岩洞，其下多白砾；其树多枫、柟、石楠、楩、槠、樟、柚；草则兰芷，又有异卉，类合欢而蔓生，轇轕水石[⑨]。

每风自四山而下，振动大木，掩苒众草[⑩]，纷红骇绿[⑪]，蓊勃香气；冲涛旋濑[⑫]，退贮溪谷；摇扬葳蕤[⑬]，与时推移。其大都如此，余无以穷其状。永之人未尝游焉。余得之，不敢专也，出而传于世。其地主袁氏，故以名焉。

【注释】

①朝阳岩：岩洞名，在永州南二里潇水边上，因为岩洞向东，唐朝诗人元结在《朝阳岩铭序》中遂取名为朝阳岩。

②芜江：永州地名。

③南馆高嶂：袁家渴发源处的高山。嶂，高而险的如屏障一样的山峰。

④浅渚：指露出水平面的小洲。

⑤间厕：夹杂。

⑥平者深墨：平静的潭水很深，呈现黑墨色。

⑦峻者沸白：峻急的水流溅起像水沸腾时那样的白浪花。

⑧穷：尽头。

⑨轇輵(jiāo gě)：交结，杂乱。

⑩掩苒(rǎn)：野草随风倾倒的样子。

⑪纷红骇(hài)绿：纷乱的花儿和惊动的绿草。红，借代花儿。绿，借代草。

⑫冲涛旋濑：形容浪涛冲激，溪水回旋。

⑬葳蕤(ruí)：草木茂盛枝叶下垂的样子。

【品读】

《袁家渴记》乃柳宗元《永州八记》的第五篇。文章匠心布局，纵览山、水、石、渚、洲、岩、潭、花、草、树等丰富物象，辅以声、形、色、韵、疏、密、动、静、幽等丰美意境，植入饱满情感，使得文思充沛、文泉喷薄、文笔舒展。

作者摈弃单刀直入法，开篇以行水路，探山径，道钴鉧潭、西山之清幽，一衣带水出全文核心，更深幽处实乃袁家渴。

从释义“渴”开始，展开了一段水湄风光的娓娓写意。文中说流水有深有浅，深处幽落为潭，浅处裸露为渚，因而使得流水曲折婉转，湍缓不定，顺水风光各异，美景不同。遇激荡时水溅白沫星星点点，行平缓处花草依依美石幽然，至水尽头豁然开朗别有洞天，大风起兮，树木、山草、花香、树叶，波澜汹涌着一波波绚丽缤纷。水中石，石上藤，藤上漫漫幽远，于是，这称为“渴”的支流上，便衍生了无穷无尽的迂回绮丽，幽狭峻美。

清人沈德潜评道：“亦善写风，前篇骇动，此篇静远。”这“前篇”即指《袁家渴记》。而“骇”字正是作者情感释放的最关键字眼。

然而，就是此间美景，却无人共享之。世人皆忙碌，惟柳宗元孑然孤身，心绪便化作了比山水更幽的无奈感慨、暗叹。

新城游北山记　晁补之[①]

去新城之北三十里[②]，山渐深，草木泉石渐幽。初犹骑行石齿间[③]。旁皆大松，曲者如盖，直者如幢[④]，立者如人，卧者如虬。松下草间有泉，沮洳伏见[5]，堕石井，锵然而鸣。松间藤数十尺，蜿蜒如大蚖[6]。其上有鸟，黑如鸲鹆，赤冠长喙，伏而啄，磔然有声[7]。

稍西，一峰绝高，有蹊介然[8]，仅可步。系马石嘴，相扶携而上。篁篠仰不见日，如四五里，乃闻鸡声。有僧布袍蹑履来迎，与之语，愕而顾，如麋鹿不可接。顶有屋数十间，曲折依崖壁为栏楯，如蜗鼠缭绕，乃得出。门牖相值[9]，既坐，山风飒然而至，堂殿铃铎皆鸣[10]，二三子相顾而惊，不知身之在何境也。且暮，皆宿。

于时九月，天高露清，山空月明。仰视星斗，皆光大，如适在人上。窗间竹数十竿，相摩戛[11]，声切切不已。竹间梅棕，森然如鬼魅离立突鬓[12]之状，二三子又相顾魄动而不得寐。迟明，皆去。

既还家数日，犹恍惚若有遇，因追记之。后不复到，然往往想见其事也。

【注释】

①晁补之(1053—1110)：字无咎，济州巨野(今山东省巨野县)人。神宗元丰年间进士，官至礼部郎中兼国史编修、实录检讨。因修《神宗实录》被贬谪。晚年辞官隐居，自号“归来子”。他与黄庭坚、秦观、张耒并称为“苏门四学士”，颇得苏轼的赏识。他擅长诗、词、书、画，尤以散文成就最大。著有《鸡肋集》《晁氏琴趣外篇》。

②新城：现位于杭州市富阳区。北山：官山，在新登北三十里。

③石齿：像牙齿一样的碎石路。

④幢(床)：古时作为仪仗用的以羽毛为饰的旗帜。

⑤沮洳(jù rù)：指低湿的地带。伏：隐藏。见：同“现”。

⑥蚖(yuán)：古书上说的一种蛇。

⑦磔(zhé)然：象声词。这里指鸟啄木的声音。

⑧介然：比喻极微小的样子。介，通“芥”。

⑨门牖(yǒu)相值：门和窗相对。牖，窗户。

⑩铃铎：挂在屋角的铃铛。

⑪摩戛(jiá)：摩擦撞击。

⑫森然：阴沉幽暗的样子。离立：并立。突鬓：鬓发翘起直立。

【品读】

熙宁间晁补之之父为新城县令，补之随父母同往新城。苏轼当时为杭州通判，补之撰《七述》，叙钱塘风物之类，苏轼叹曰："吾可以搁笔矣。"补之由此名声大震，拜在苏轼门下，亲聆教诲二年之久。《新城游北山记》作于此间，乃追怀补记。

此文别具一格。这里的新城北山，是一片未经开凿、幽深荒僻的山林，这里的一切都是那么新奇与神秘，清幽而又怪异。作者用绘画笔法捕捉和描摹形象，勾勒画面，将瞬间的感觉化为永恒的感受，让读者感同身受。这也是这篇山水小品最值得称赞的地方。

新城之北三十公里，山渐深，草木幽，骑马走在参差不齐如牙齿的乱石间，松如盖，矗立如人，偃卧如龙。松下泉，时隐时现，落入石井，铿然作响。松间藤，蜿蜒如蛇，松上鸟，黑似八哥，红冠长嘴，磔磔地怪叫着。继续向西，高峰耸峙，山间小路，越走越窄，于是系马攀援，扶携前行。篁竹丛深，遮天蔽日，前行四五里，才听见鸡叫声。有僧人前来相迎，布袍蹑履，与他交谈，却惊愕地看着我们。而数十间僧舍在峰顶上，真是离奇。众人以悬崖绝壁为栏杆，像蜗牛一样爬行，像老鼠偷食一样迂回，方可出入，而这间屋的门对着那间屋的窗。既坐，空旷临风、山风阵阵、铃声作响。而众人面面相觑，这是在人间吗？

最有意思的是夜间栖居于此，天高露清，山空月明，竹叶沙沙，梅棕隐隐绰绰，阴森如鬼魅。那鬼魅发毛耸立，蓬飞虬张，煞是可怕。众人皆屏住呼吸、魂飞魄散，整夜未寐。等到天亮，都离开那里了。那下山的几日，都深思恍惚，觉得还在其间。

全文从白天写到深夜，从深夜写到心内，从心内收藏心间，无法忘怀，故为记。

登白云亭 陆 游

二十一日[1]。

舟中望石门关[2]，仅通一人行，天下至险也。晚泊巴东县[3]，江山雄丽，大胜秭归[4]。但井邑极于萧条，邑中才百余户，自令廨而下[5]，皆茅茨，了无片瓦。权县事秭归尉[6]、右迪功郎王康年，尉兼主簿、右迪功郎杜德先来，皆蜀人也。谒寇莱公祠堂，登秋风亭，下临江山。是日重阴，微雪，天气飂飂[7]；复观亭名，使人怅然，始有流落天涯之叹。遂登双柏堂、白云亭。堂下旧有莱公所植柏，今已槁死。然南山重复，秀丽可爱。白云亭则天下幽奇绝境，群山环拥，层出间见[8]，古木森然，往往二三百年物。栏外双瀑，泻石涧中，跳珠溅玉，冷入人骨。其下是为慈溪，奔流与江会。

予自吴入楚，行五千余里，过十五州，亭榭之胜，无如白云者，而止在县廨厅事之后[9]。巴东了无一事，为令者可以寝饭于亭中，其乐无涯；而阙令动辄二三年无肯补者，何哉？

【注释】

①本文节录《入蜀记》中途经长江三峡一节。作者于宋孝宗乾道五年(1169)任夔州(今属重庆市)通判；次年闰六月十八日从山阴(今浙江绍兴市)出发赴任，本篇写于十月二十一日。

②石门关：即石门山，在今湖北巴东县东北。山有石径，深若重门，故又名石门关。

③巴东县：故城在今巴东县西北的长江北岸，宋朝寇准才迁移到现在的巴东县城。

④秭归：县名，今属湖北省。

⑤令廨(xiè)：县衙门。廨，古代称官吏办事的处所。

⑥权县事：宋制，地方官概以京官任之，任知县即称“权县事”。尉：县尉，主管一县的治安。右迪功郎：吏部的属官，从九品，负责考察官吏的品行和才德。

⑦飂飂(liáo)：高风回旋。

⑧间见(xiàn)：交替显现。见，同“现”。

⑨止：通“址”。厅事：大厅。

【品读】

秋风亭和白云亭皆由北宋政治家、诗人寇准所建，距陆游登临时，已过百年。因而，此番前来，作者心怀凭吊之意，心蕴追昔之情，难免触景生情，心生一番感慨，尤显情真意切。联想到寇准作为北宋名相的过往曾经，陆游拜祭寇莱公祠堂时，崇敬而仰慕地作了《秋风亭拜寇莱公遗像》一诗。其道：“豪杰何心后世名，材高遇事即峥嵘。巴东诗句澶州策，信手拈来尽可惊。”以“秋风”和“白云”为亭子命名，寇准也是煞费苦心，风萧瑟、云飘荡，皆是居无定所的物象，由此可见，其当时该有多么寂寥和落寞啊。或许，正像此刻陆游的心境吧。

此篇《登白云亭》源自陆游《入蜀记》章节，文章以日记形式记录了一场山水清欢，可谓别开生面，情景生动。

作者以两条线路入手探幽觅丽。一是从大地理背景入手，由远及近，由狭隘到宽阔，由险要到雄丽，非常精确、有序地布置了一块风景幕布，适合构建任何景致。以此铺展开来，记录了山水风光，名胜古迹，风土人情等，并对前人的碑文、诗词做考证评论。二是以心情为发展线索，从雄峻高亢的石门关而下，抵达萧瑟清冷的县城，再而拜见庄肃的寇准祠堂，转至“秋风亭”的哀婉清凉，最后来到“双柏堂”“白云亭”，发现此处清幽至极，是这次路途中最美丽的风景，也是最深入心怀的古迹。

文中“群山环拥”“古木森然”“栏外双瀑”“泻石涧中”“跳珠溅玉”“冷入人骨”等清冷幽寒的词藻是作者心境的写意，将白云亭风光奇幽推向更高、更深、更远处。

而收稍处，一句“亭榭之胜，无如白云者”，引起人浮想联翩。

游王官谷[①]记 王 恽[②]

山之与水，相胥而后胜。山非水，则石悴而云枯；水非山，则势夷而气泊。二者虽具，得其人而后名。中条山王官谷，其萃美之尤者也。

山闯首河曲，连亘北骛，为雷首，为栖岩，为万固。运肘而东，为五老。又东而得王官谷。谷，汉故垒名，有唐司空表圣之别业，至今遗像，休休亭在焉。至元甲戌夏六月，予以检括牧田会蒲，已而奔命郇瑕，取道于虞，王官诸峰，指顾东迈。后八日，因恙小休，暑雨向霁，遐想风烟，情逸云上，遂幡然来游。

始自固氏西南行，约四五里，抵山门，历磴平进，无颠顿推挽之劳。不百步许，已入山堂隩中矣。其缭而曲，深而容，垂萝灌木，磐石美荫，草香而土肥。环峰叠嶂，碧壶瑶壅，浓淡覆露，内旷而外掩，无拥遏怫郁之气，盖谷田中高，状作层陛[③]，势相覆压，耐辱所谓上下方者是也。东西两山，曰壶门，夕阳，青壁矗立，卓绝如削。中峰曰天柱，秀拔特起，如鳌鼻嘘空，高髎云表，不与众峰联络，真奇观也。峰半，有石突然，曰落鹤台。又西，有石拱立，曰双人。左右断崖，水作瀑流，下泻如仙人解佩，天绅未收[④]。西则泉脉出缩，以干溢为度；东则飞洒喷薄，阴壑恒雨。砰崖激石，下注幽涧，是谓贻溪者是也。山借以润，人仰以清，物滋以荣也。

王子于是敛衽荐茗[⑤]，谒司空祠下，退观休亭诸诗，既高公之名节，且诧谷之深秀也。青鞋竹杖，扶掖上征，抵天柱峰足，望东岩瀑布，盘礴三诏亭上，因留宿焉。时月出山豁，万籁沉寂，凉露洗空，失暑所在，青嶂瑶光，非复尘世。其东溪水，声如远鼓，渊渊隐动林壑[6]。顾谓儿子孺曰："此山灵张乐，喜其来而作予气也。"深夜久闻，毛发森竖。山人李珏，出司空《一鸣集》，相与披读于露幌风檐之际，顾瞻林影，如见须眉。乃酌水再酹，乞灵于公，咏《休休》之歌，思《考槃》之乐[7]，安得黄金，买堪乘之鹤，追仙游于寥廓也邪！[8]不然，摇江山之笔，吸撑霆之气[9]，贮灌诗脾，以增益其未至，庶几列名于王驾、李生之次，亦所愿也。日既昃[10]，徘徊久之。出山，林霏烟翠，漠然四合，回望谷口，无复所见。庚伏中旬后三日共溪云隐记。

【注释】

①王官谷：在中条山内，以汉代王官废垒得名，山水之胜，甲于河东。中条山，在山西永济市东南十五里，西接雷首山。

②王恽(1227—1304)：字仲谋，号秋涧，卫州汲县(今属河南省)人。元朝著名学者、诗人兼政治家，其为元好问弟子，为文不蹈袭前人，独步当时。书法遒婉，与东鲁王博文、渤海王旭齐名。著有《相鉴》《汲郡志》《秋涧先生大全集》等。

③层陛：一层一层的台阶。

④天绅：从空下垂的大带，形容瀑布自天而降。

⑤敛衽(rèn)荐茗：提起衣襟夹于带间进茶，表示敬意。衽，衣襟。

⑥渊渊：鼓声。

⑦考槃：《诗经》篇名，旧谓刺卫庄公不能继先祖之业，使贤者退而穷处。后世因以作隐居穷处之代称。

⑧"安得黄金"三句：传说古代仙人，多骑鹤以游。这里是说追随已故之司空图。

⑨"江山之笔"二句：谓诗文得江山之助。撑(chèng)霆，突发之雷霆。

⑩昃(zè)：日偏西。

【品读】

王官谷以山水名，岩壑深秀，泉谷幽奇，为晚唐诗人司空图所钟爱，故归隐于此。名山诗人，相得益彰，后世题咏，亦多于此为着眼点。文中的王官谷清静幽雅、山水皆佳，其谷“缭而曲，深而容”“草香而土肥”“内旷而外掩”，是理想的避世绝尘的去处；其山，或青壁矗立，或秀拔特起；其水则如“仙人解佩，天绅未收。”处处有景致，时时皆伴影，作者寓情于景中，参谒司空祠下，留宿三诏亭上，读其诗益慕其人，于此产生“顾瞻林影，如见须眉”的失意幻境。而结尾处“林霏烟翠，漠然四合，回望谷口，无复所见”的情景落幕，恰好体现了作者欲留却不得不走的难舍心境。

文中多兴发抒情，少义理论说，不绎理追源，文字清新自然，风格健朗畅快。

韬光纪幽　史　鉴[①]

环西湖之山凡三面，西山最佳；据西山之佳惟四寺[②]，灵隐为最胜[③]；领灵隐之胜有五亭，韬光为最幽。韬光在寺后之北高峰下[④]，其始由西北隅上山，路险峻，曲折蛇行，两旁皆岩崖斗绝，数里中连属不断。嘉树美竹森其上，兔丝女萝之属蔓延而罗生，枝荫交加，苍翠蒙密，日光漏木叶下，莹净如琉璃可爱。禽鸟闻人声近，辄飞鸣翔舞，若报客状。峰回路转，客或先后行相失，望见树隙中微有人影，往往遥相呼应，遇会心处，则倚树而息，借草而坐，悠然遐想者久之，起而行，行而止，犹徘徊不忍去。

闻梵音泠泠，如金石出林杪，因徐步听之，久方及门。堂宇因山为高下，明净整洁，一尘不生；周围峰峦环抱，势极奥曲，窈然深秀[⑤]，乳泉交流，屋上下随处充满，昼夜常如风雨声。老僧八、九人，皆拥衲趺坐[⑥]，闭目静观，客至不起。惟庵主者出肃客坐小轩中[⑦]，焚香供茗果甚虔[⑧]。复引客出屋后，见大竹数万，竹尽，西一小丘，高可数丈，攀援而登其上，望见西湖湛然在城下[⑨]，南北两山绕湖，如双龙抱一白银盘，混漾不定，使人心目萧爽[⑩]，神思飘逸，疑乘云御风，浮游于灏气上也。吁！快矣哉！复循归路下山。

【注释】

①史鉴(1434—1496)：字明古，号西村，别署西村逸史。南直隶苏州府吴县(今属江苏)人。书无不读，尤熟于史。淡泊名利，友人引荐其入朝，多次婉言推辞，一直隐居不仕。

②四寺：指玉泉寺、集庆寺、灵隐寺、韬光庵。

③灵隐：寺名。晋咸和元年始建，明万历十二年重建，在西湖西北灵隐山麓。

④北高峰：在灵隐寺后，与南高峰相对峙，山路有石磴数百级，曲折三十六弯。

⑤窈然：幽远的样子。

⑥趺坐：即跏趺坐，双足交叉，置于左右股上，是佛教中修禅者的坐法。

⑦肃客：恭敬地引进客人。

⑧供茗：送上茶水。

⑨湛然：澄清的样子。

⑩萧爽：清静开朗。

【品读】

杭州西湖景点众多，景致各异，在文人墨客的眼中，心生的美好也不尽相同。澄澈的湖水，明艳的桃红，空濛的山色，幽深的寺庙，古朴的遗迹，处处皆有景，道道是风光，不胜美妙。

史鉴这篇《韬光纪幽》，就是从西湖众多的风景中，抽丝剥茧出的最心仪、最爱慕的佳境。文章巧用数据，准确概括了西湖“三面”环山，西山坐落有“四寺”，灵隐上建“五亭”的风景格局，再说五亭中最幽深的当属“韬光亭”，因而确定了出游的行踪，是以“韬光亭”为核心和轴心，以此展开沿途风光的详尽描述。全文寓情于景，寓景生情，情景交融，美不胜收。

作者由西北隅上山，路险峻，蜿蜒如蛇行。岩石连绵，斗绝不断，树美竹秀，绿萝蔓延缠绕。林密青翠，日光如泻，鸟儿翩跹，引吭带路，人影交错，遥相呼应。梵音徐徐，泠泠清声，堂宇高处，明净恭肃。群山幽凹，泉水深流，僧侣虔诚，不受世扰。到屋舍尽头再转而寻竹林深处，攀高而望，尽收眼底的西湖湛蓝于山下城外，两峰夹绕，恰似盈盈一银盘，幽幽荡漾着，使人神清目爽，思远飘然，心犹如乘风于皓然荡气间，心情惬意、舒展，通透得不亦快哉也！

此小品景物信手拈来，情景张弛有度，运笔自然开阔，值得细细品味。

青溪三潭记[①] 李元阳[②]

溪在点苍山马龙峰之南[③]。正德庚辰，予尝游焉。嘉靖辛丑，郡守杨公、邛崃祠部许公玉林，招予复至溪上。丙辰，又同郡马公元冈、贰守任公积斋深穷其源[④]。源出山下石间，涌沸为潭，深丈许，明莹不可藏针。小石布底，累累如卵如珠，青绿白黑，丽于宝玉，错如霞绮[⑤]。才有坠叶到潭面，鸟随衔去。潭三面石厓，其净如拭，纤尘不住，观玩久之。乃侧上左崖石罅中，避雨而坐，俯瞰潭水，更互传杯，不觉尽醉。右崖有“禹穴”二字，杨公所刻。出潭东行，见石上流泉，渐靡成渠[⑥]，最滑不可着足。有轻蹑者，辄失脚落。中潭深二丈许，以水明见底，人多狎易之，不知其叵测也。下潭水光深青色，中潭水光鸦碧色，上潭水光鹦绿色。水石相因，水光愈浮，石色愈丽。

予每一至溪上，縠纹璧影[⑦]，印心染神。出溪虽涉尘事，而幽光在目，累月不能忘。绿溪而出，水之所经，因地赋形，圆者如镜，曲者如初月，各有姿态，皆可亭以赏其趣。马、任二公，尝建濯缨亭，今废矣。此溪四时不竭，灌润千亩，人称为德溪云。

【注释】

①青溪：在云南大理自治州中部点苍山主峰之南。

②李元阳(1497—1580)：字仁甫、号中溪，白族，云南大理人。其在哲学、史学、文学、书法、教育诸方面有突出成就。被誉为“史上白族第一文人”，在云南文化史占有重要地位。1526年中进士，初授翰林辽庶吉士，受同僚排挤，借故归家赋闲。1531年复出，后升户部主事，监察御史，因直言再被贬为荆州知府，政声显著。最终不惯官场黑暗，回大理老家隐居。与谪居于云南的杨升庵相交相契，两人常一起吟诗作画，同游景胜。

③点苍山：即苍山，又称灵鹫山。山有苍翠如玉盘的十九峰、十八溪及悬瀑飞泉等名胜，以云、雪、峰、溪为四大奇观。主峰马龙峰，海拔4122米。

④贰守：府的副长官。

⑤错：在凹下去的文字或花纹中镶涂金银等。霞绮：这里指用金涂饰的彩霞和罗绮。

⑥渐靡：逐渐汇集。

⑦縠(hú)纹：像皱纱的波纹，形容微波。璧影：像璧玉的圆影，形容圆石。

【品读】

这篇《青溪三潭记》游历线条清晰，文字清澈明见，文风清新淳朴，犹如甘泉润泽，浸透心脾。

文章以时序拉开序幕，载录了三十六年间作者三次与人同游青溪的山水情怀。随着时间的推移，生命在苍老，人生在改变，可是青溪的澄净与幽远却未曾有变。它明澈清莹，碧色清幽，透亮奇丽，它与山势、美石、落叶、鸟儿，与潭水深处的静美，构成了一隅方外世界，酣然怡人，清凉宜人。

文中看山看水，最终看的是心境、情怀、感悟。好景得有佳酿，得有佳伴，心怀感慨处，对酌几杯，畅想人生，兴致即来，遂赤脚游走于三潭中，别有一番滋味上心头。潭水清泠幽碧，尘埃不染，逍遥世外；潭水引流灌溉，福泽农田千亩，无怨无悔流经春夏秋冬，甘于奉献，因其美德，青溪也名“德溪”呢。

此文写景及人，立意高远，寓意深邃，实乃发人深思的山水佳品。

三游乌龙潭记 谭元春[①]

予初游潭上，自旱西门左行城阴下，芦苇成洲，隙中露潭影。七夕再来，又见城端柳穷为竹，竹穷皆芦，芦青青达于园林。后五日，献孺招焉。止生坐森阁未归，潘子景升、钟子伯敬由芦洲来，予与林氏兄弟由华林园[②]、谢公墩取微径南来，皆会于潭上。潭上者，有灵应，观之。

冈合陂陀，木杪之水坠于潭。清凉一带[③]，坐灌其后，与潭边人家檐溜沟勺[④]入浚潭中，冬夏一深。阁去潭虽三丈余，若在潭中立。筏行潭无所不之，反若往水轩。潭以北，莲叶未败，方作秋香气，令筏先就之。又爱隔岸林木，有朱垣点深翠中，令筏泊之。初上蒙翳[⑤]，忽复得路。登登之冈，冈外野畴方塘，远湖近圃。宋子指谓予曰：“此中深可住，若冈下结庐，辟一上山径，頫空杳之潭[⑥]，收前后之绿；天下升平，老此无憾矣。”已而茅子至，又以告茅子。

是时残阳接月，晚霞四起，朱光下射，水地霞天，始犹红洲边，已而潭左方红，已而红在莲叶下起，已而尽潭皆頳[⑦]，明霞作底，五色忽复杂之。下冈寻筏，月已待我半潭，乃回篙泊新亭柳下[⑧]，看月浮波际，金光数十道，如七夕电影[⑨]，柳丝垂垂拜月，无论明宵，诸君试思前番风雨乎！相与上阁，周望不去，适有灯起荟蔚中[⑩]，殊可爱，或曰，此渔灯也。

【注释】

①谭元春(1586—1637):字友夏,湖广竟陵(今湖北天门市)人。天启七年(1627),四十二岁时始举乡试第一,尔后多次会试不第;崇祯十年,再度赴京应试,染病卒于旅舍。著有《谭友夏合集》。因与同里钟惺合编《诗归》一书,在文学上有意矫正公安派末流的浅率浮滑,追求幽深孤峭的艺术风格,被推崇为竟陵派领袖。

②华林园:本吴宫旧苑,在今江苏省南京市。谢公墩:即谢安墩,今在南京的半山园。

③清凉:山名,又称石头山,在南京城西汉中门内。

④檐溜:屋檐下滴水。沟勺:沟水勺水。

⑤蒙翳(yì):光线暗弱。

⑥頫:俯视。空杳:辽阔空寂。

⑦赪:赤色。

⑧新亭:一名劳劳亭,三国时东吴所建,在今南京市南。

⑨电影:指再游时所见雷电的景象。

⑩荟(huì)蔚:草本茂盛处。

【品读】

山水之美,犹如画卷,让人心神荡漾。文笔之妙,在于写真,有如身临其境。谭元春这篇《三游乌龙潭记》就是这般绝妙小品。

文中有动有静,有声有色,有谈有议,有感有发,山水与游者,互为映衬,相互晕染,彼此其中,乐趣丛生。作者第三次游乌龙潭,侧重人景结合,情景交融。完美勾勒了“水中楼阁”隐幽,墙内墙外秋幽,独辟蹊径寻幽,山上俯瞰揽幽。重点着墨了斜阳与明月共辉映的奇观:晚霞沐浴下,红莲摇曳,碧潭中霞光渲染开去,红色破镜而出,绮丽五彩,蔚为壮观。此时竹筏上月光铺满,银色的温柔沉浮潭水中,金色几十道将其从水湄中托起,日月同辉,天人合一,景致完美,难以用文笔道完。

冷不丁谁唤一声“渔灯”,阴郁丛密的竹林、芦苇、柳树随机生动起来,山水与天地,天地与人文,人文与情境惬意徘徊在将暮未暮的夕照中,景致美不胜收,心情陶然悠悠。

再游乌龙潭记 谭元春

潭宜澄，林映潭者宜静，筏宜稳，亭阁宜朗，七夕宜星河[①]，七夕之客宜幽适无累。然造物者岂以予为此拘拘者乎[②]？

茅子越中人[③]，家童善篙楫[④]。至中流，风妒之，不得至河荡，旋近钓矶系筏。垂垂下雨，霏霏湿幔，犹无上岸意。已而雨注下，客七人，姬六人[⑤]，各持盖立幔中[⑥]，湿透衣表，风雨一时至，潭不能主。姬惶恐求上，罗袜无所惜。客乃移席新轩，坐未定，雨飞自林端，盘旋不去，声落水上，不尽入潭，而如与潭击。雷忽震，姬人皆掩耳欲匿至深处。电与雷相后先，电尤奇幻，光煜煜入水中[⑦]，深入丈尺，而吸其波光以上于雨，作金银珠贝影，良久乃已。潭龙窟宅之内[⑧]。危疑未释。

是时风物倏忽，耳不及于谈笑，视不及于阴森，咫尺相乱。而客之有致者，反以为极畅，乃张灯行酒，稍敌风雨雷电之气。忽一姬昏黑来赴，始知苍茫历乱，已尽为潭所有，亦或即为潭所生。而问之女郎来路，曰："不尽然。[⑨]"不亦异乎？

招客者，为洞庭吴子凝甫。而冒子伯麟，许子无念，宋子献孺，洪子仲韦，及予与止生为六客，合凝甫而七。

【注释】

①七夕：民间传说，每年阴历七月七日晚，天上王母的外孙女织女要渡过银河去会见自己的爱人牛郎，称七夕。

②造物者：天地间主宰万物的神灵。拘拘：拘泥固执，不知变通。

③茅子：茅元仪，字止生，归安（今浙江湖州）人，茅坤的孙子。茅坤为明初"唐宋派"代表之一。

④篙楫：划船的工具，这里指划船的技能。

⑤姬：这里指陪游的歌伎。

⑥盖：指伞。

⑦煜煜：光亮耀眼的样子。

⑧“潭龙”句：作者自比住进了潭中乌龙的宅第。

⑨不尽然：这里是不知道的意思。

【品读】

这篇小品，承“初游”之续，开头连用六个“宜”字发论，总结昼游泛览的观感，由于是得之于乌龙潭常见的情景，所以由此发问：造物主“岂以予为此拘拘者乎？”表现了作者不可自遏的游兴，也为下文大笔勾绘潭上暴雨奇景作了很好的铺垫。

文中勾勒了一场突如其来的暴风骤雨，“客七人，姬六人”遭遇狂风、暴雨、震雷、疾电的天气变化，作者笔下所呈现的感觉、视觉、声觉及幻觉等跌宕交替，极尽奇幻，构成了一幅如同海市蜃楼的壮观图画。这幅画面上的乌龙潭，不澄、不静、不稳、不朗，却以其“风物倏忽”“咫尺相乱”的奇情幻境，更为贴近作者追新求奇的心性，所以产生了审美上的愉悦和感情上的陶醉。再是作者通过对“湿幔”“持盖”“湿透”“惶恐”“无措”“移席”“未定”“掩耳”“谈笑”“极畅”等场景和情态的勾勒和描写，将游者的动作和心态刻画得淋漓尽致，有如身临其境之感，醉美其间，顿觉酣畅。

文中惊雷疾电、飙风飞雨中的乌龙潭，正是竟陵派山水小品所要描绘的“荒寒独处，稀闻渺见”这种自然景观的典型意象，也符合谭元春奇诡幽僻的审美情趣。

游灵岩记　姚　鼐[①]

泰山北多巨岩，而灵岩最著[②]。余以乾隆四十年正月四日，自泰安来观之。其状如叠石为城墉，高千余雉[③]，周若环而缺其南面。南则重嶂蔽之，重溪络之。自岩至溪，地有尺寸平者，皆种柏，翳高塞深[④]，灵岩寺在柏中。积雪林下，初日澄澈，寒光动寺壁。寺后凿岩为龛，以居佛像。度其高当岩之十九，峭不可上，横出斜援[5]，乃登。登则周望万山，殊骛而诡趋[6]，帷张而军行[7]。岩尻有泉[8]，皇帝来巡，名之曰“甘露之泉”。僧出器，酌以饮余。回视寺左右立石，多宋以来人刻字，有墁入壁内者[9]，又有取石为砌者，砌上有字，曰“政和”云。

余初与朱子颖约来灵岩，值子颖有公事，乃俾泰安人聂剑光偕余[10]。聂君指岩之北谷，溯以东，越一岭，则入于琨瑞之山。盖灵岩谷水西流，合中川水入济；琨瑞水西北流入济；皆泰山之北谷也。世言佛图澄之弟子竺僧朗居于琨瑞山，而时为人说法于灵岩。故琨瑞之谷曰朗公谷，而灵岩有朗公石焉。当苻坚之世，竺僧朗在琨瑞大起殿舍，楼阁甚壮，其后颓废至尽。而灵岩自宋以来，观宇益兴。

灵岩在长清县东七十里，西近大路，来游者日众。然至琨瑞山，其岩谷幽邃，乃益奇也。余不及往，书以告子颖。子颖他日之来也，循泰山西麓，观乎灵岩，北至历城，复诉朗公谷东南，以抵东长城岭下，缘泰山东麓，以返乎泰安，则山之四面尽矣。张峡夜宿。姚鼐记。

【注释】

①姚鼐(1731—1815)：字姬传，一字梦谷，号惜抱，安徽桐城人。乾隆二十八年(1763)进士，官至刑部郎中。后辞官，主讲梅花、钟山、紫阳、敬敷等书院达四十年之久，是桐城派的集大成者。主张文章必须兼具义理、考据、词章之长，要讲究神理气味、格律声色，使桐城派文论进一步系统化。

②灵岩：在山东济南长清区。四面方正，又名方山。东晋时竺僧朗来此说法，传说能使猛兽归伏，乱石点头，白鹤起舞，因名灵岩。

③雉：古代计算城墙面积的单位，长三丈，高一丈为一雉。

④翳：遮蔽。

⑤横出斜援：指从侧边横斜攀援。

⑥殊骛而诡趋：形容山势像马一样狂奔，像不遵正道之徒趋走。

⑦帷张而军行：形容山峦像帷幕张开，像军队行列。

⑧岩尻：岩的尽端。

⑨墁（màn）：这里是嵌入的意思。

⑩俾：使。

【品读】

此文与《登泰山记》名为二，实为一体。作者于乾隆三十九年（1774）十二月二十九日，在泰山观日出后写下了《登泰山记》这篇宏文。又于乾隆四十年（1775）正月初四登上了泰山的余脉灵岩，写下了这篇《游灵岩记》。

作者于春节之时，顶风冒雪，寻幽探胜，其执著之情，豪爽之性，可知也。然又在旅舍之间，情怀激越写下了这两篇文字，便知是即兴挥毫之作，故无雕琢堆砌之意，源自于性情坦然，诗情蓬勃，自然抒发，是难得的临屏佳作。

全文记灵岩突出三“幽”。一是积雪映照下的幽寒；二是寺庙泉水的幽远；三是岩谷清奇的幽邃。《游灵岩记》不以铺绘写景为重点，亦不以议论说理为旨归，而是着笔山势山脉，历史地理，行文简洁却胸襟开阔，气度不俗，体现了桐城派古文的风格特点。

揽秀

游斜川诗序 陶渊明

辛酉正月五日①，天气澄和②，风物闲美③。与二三邻曲④，同游斜川⑤。临长流，望曾城⑥，魴鲤跃鳞于将夕⑦，水鸥乘和以翻飞。彼南阜者⑧，名实旧矣，不复乃为嗟叹。若夫曾城，傍无依接，独秀中皋⑨，遥想灵山⑩，有爱嘉名。欣对不足，率共赋诗。悲日月之遂往，悼吾年之不留。各疏年纪乡里，以记其时日。

【注释】

①辛酉：东晋义熙十年(414)。

②澄和：清朗和暖。

③闲美：闲静秀美。

④邻曲：邻居，这里指友人。

⑤斜川：庐山南麓的一条小溪，流经陶渊明的上京故居后注入鄱阳湖中。

⑥曾城：层城。这里指庐山北面的鄣山，即彭蠡湖西面的天子鄣。

⑦魴：一种身体宽扁，脊鳍有硬刺的鱼。

⑧南阜：南山，即庐山。

⑨皋(gāo)：指水边高地。

⑩灵山：指昆仑山的最高处曾城，传说是太帝的居处，所以称“灵山”。

【品读】

陶渊明开创了田园诗歌体系，拓展了中国古典诗歌新领域和新境界，其“淡”“远”“柔”的文风独树一帜，备受古今往来的读者喜爱和推崇。所描绘的“采菊东篱下，悠然见南山”深入人心，人们竞相歌咏，成为梦寐以求的生活向往和生命追求。

《游斜川诗序》是陶渊明仅有的一篇山水小品，与其诗歌的风尚如出一辙，信手拈来，即景入画，清音流淌，最美不过于"妙谛天成"的浑然一体。一个天气晴朗、碧空如洗、风物闲美的日子，作者约上几位相邻相亲同游斜川。先是"临长流，望曾城"，以一种放眼远眺的角度欣赏水在流，城高耸。一动一静、一低一高，映衬出浩淼与叠嶂、悠远与古老、逝去与永固的人文和自然的发展规律。文章通过这样的大构架，再顺势点墨各种物象和景象，构成了一幅完整、清晰、美妙的游览画卷。文中跃动的"鲂鲤"，翻飞的"水鸥"，空灵的山水，独秀的城郭，处处皆景，四野如画，不正是诗人生命追寻的理想境界吗？

繁华中可隐世，远遁里有向往。作者远望的是山，延展的是眼界，俯瞰的是澄水，映照的却是胸怀。山水承载了诗人澈静高洁、洗尽铅尘的生命品格和通彻性灵，予人亲近感和共鸣感。

阳城淀　郦道元①

博水又东南经谷梁亭南②，又东经阳城县，散为泽渚③。渚水潴涨④，方广数里，匪直蒲笋是丰，实亦偏饶菱藕。至若娈婉卯童及弱年崽子⑤，或单舟采菱，或叠舸折芰⑥，长歌阳春，爱深绿水，掇拾者不言疲，谣咏者自流响。于时行旅过瞩，亦有慰于羁望矣⑦！世谓之为阳城淀⑧也。

【注释】

①郦道元（？—527）：北魏地理学家，散文家。字善长，范阳涿鹿（今河北省涿州）人。历任东荆州刺史、御史中尉等职，后被雍州刺史萧宝夤杀害。道元好学，历览奇书，加之又曾遍历北方各地，终于写成《水经注》一书。这是一部为魏晋时代无名氏写的《水经》所做的注释，但实际上又是一部带有文学性的学术著作。《水经注》在叙述一千多条水道

的源流经历时，也大量记载了沿岸的山川景物。

②博水：即今唐河，流经河北省西部。

③泽渚：即沼泽。

④潴(zhū)涨：水汇聚而上涨。

⑤娈婉丱(guàn)童：相貌美好的女孩。丱，儿童束发梳成两角的样子。

⑥叠舸：许多船。芰(jì)：菱。

⑦“于时”二句：意为旅途行人经过这里，见到此种情景，也对客居在外有所安慰。

⑧阳城淀：古湖泊名，在今河北省望都县的东面。

【品读】

山水小品多是作者游历感悟、闲逸之作，通过劳动活动描绘山水风光的作品尤少，郦道元的《阳城淀》属此类佳作。

水流过处，或径自而下，或分流而行，或堰塞成湖，博水亦是。往东南而去，经谷梁亭南，再往东落脚阳城县，在此散为沼泽，因水源丰沛而形成湖泊，数里之宽广。作者将博水的流径作为线索，寥寥数十字勾勒出阳城淀形成的特点，沼泽湖泊正是蒲笋和菱藕生长的“乐土”，出产必然丰富。因而，带出劳作场面，便是顺理成章。

到了采菱佳期，阳城淀周边的住户，不论男女，不论老少，倾巢而动，或是独舟，或是多船，人人驶着小舟，忙忙碌碌穿梭在湖面上，他们采菱的姿态轻盈自如，心情愉悦畅快，唱着阳春白雪的小曲儿，荡漾在这方绿水悠悠中，不知疲倦，不知辛劳，有采不完的菱，有采不尽的乐，与明媚共徘徊，与收获共喜悦。

像这样的劳动活动，会累吗？

在劳动中快乐，快乐着劳动，无论古今，无论男女，无论何事，最美好最生动的生活莫过于此吧。眼前景，即是千年前劳动人民生产生活的最真实侧影描摹，作者偶遇此景，深受场面感染，遂成文字，珍贵无比。

千 泉 玄 奘[①]

素叶城[②]西行四百余里，至千泉[③]。千泉者，地方二百余里，南面雪山，三陲平陆[④]。水土沃润，林树扶疏[⑤]，暮春之月，杂花若绮[⑥]，泉池千所，故以名焉。突厥可汗每来避暑[⑦]。中有群鹿，多饰铃环，驯狎于人[⑧]，不甚惊走。可汗爱赏，下命群属，敢加杀害，有诛无赦。故此群鹿，得终其寿。

【注释】

①玄奘(602—664)：通称三藏法师，俗称唐僧，本姓陈，名祎，洛州缑氏(今河南省偃师市缑氏镇附近)人。他于唐太宗贞观元年(627)从长安出发西行至印度取经，历时十九年，跋涉五万里，回到长安以后，同协助他翻译佛经的和尚辩机合作，用一年多时间写成了《大唐西域记》。

②素叶城：即碎叶城，故址在吉尔吉斯北部托克马克附近，当时是东西方交通要道，属唐朝管辖。

③千泉：又名屏聿，故址在今吉尔吉斯山脉北麓，库腊加特河上游一带，公元七世纪前期为西突厥可汗避暑地。

④三陲(chuí)平陆：陲，边地。平陆，平地。

⑤扶疏：枝叶茂盛而疏密有致。

⑥绮(qǐ)：指有花纹的丝织品。

⑦突厥可汗：突厥族的君主。突厥，古族名，隋时分为东突厥和西突厥，这里所指是西突厥。可汗，古代鲜卑、突厥、回纥、蒙古等族君主的称号。

⑧驯狎(xiá)于人：对人驯服亲近。狎，亲近。

【品读】

本文节选自《大唐西域记》，题目为编者所加。全书共十二卷，追述了他亲身经历和传闻得知的山川地形、交通道路、城邑关防、文化政治以及风土习俗等情况，其中不乏描写我国西部山水的优美文字。

文章开篇便让我们身临其境感受到了千年前西域风光的绮丽壮观，其景不同于内地，其秀有别于他景。这里地域广阔，水土丰沛，林树扶疏，花草遍野，泉池密布，因而称谓“千泉”。

千泉因为秀丽俊美，温润宜人，便成为可汗的避暑之所。又因可汗重视生态环境的保护，使得动植物与人类和谐自然相处，千泉风光才得以在这种环保意识下保持和延续。

全文多有四句整齐排列，但不影响其文流畅婉转、优美动人。受益于齐梁骈文，又不太拘泥于齐梁骈文的框套，这是唐朝佛教徒著译文字的特点和风格。

右溪记① 元结

道州城西百余步②，有小溪，南流数十步，合营溪③。水抵两岸，悉皆怪石，攲嵚盘屈④，不可名状。清流触石，洄悬激注⑤。佳木异竹，垂阴相荫。此溪若在山野，则宜逸民退士之所游处；在人间，则可为都邑之胜境，静者之林亭。而置州以来，无人赏爱。徘徊溪上，为之怅然。乃疏凿芜秽⑥，俾为亭宇⑦，植松与桂，兼之香草，以俾形胜。为溪在置州右⑧，遂命之曰“右溪”。刻铭石上⑨，彰示来者。

【注释】

①本文写于唐代宗永泰、大历年间。右溪：唐时在道州城西，道州的治所在今湖南道县。

②步：长度单位，旧制以营造尺五尺为一步。

③营溪：即营水，发源于湖南省宁远县南，西流经江华县，转而北，至道县，然后再向北流入零陵县境入湘水。现在道县以南一段称沱水，道县以北称潇水。

④攲（qī）嵚盘屈：形容怪石的各种形态。攲，倾斜。嵚，凹陷。盘屈，盘绕弯曲，这里形容石头形状极不规则。

⑤激注：激荡倾注。

⑥芜秽：指杂乱的草木。

⑦俾(bǐ)为亭宇：使芜秽之地变为亭台和屋宇。俾，使。

⑧置州：设置州的治所。唐太宗贞观八年(634)置道州。

⑨铭：古代常刻铭于碑石或器物，或以称功德，或以申鉴戒，后来成为一种文体。

【品读】

山水景致的清幽秀丽，落拓文士的失意寡欢，历代山水小品将两者之间无缘道是缘的情感纠结体现得淋漓尽致。好山水者，多郁郁不得志；好山水者，多满怀情致；好山水者，多品格高洁；好山水者，在高山流水中荡涤着红尘纷扰，是放下，是守护，亦是无奈之举吧。

中唐散文家、诗人元结情形如是。《四库全书·次山集提要》中对他评述道："然制行高洁，而深抱悯时忧国之心；文章戛戛自异，变排偶绮靡之习。"元结诗文犀利精悍，古朴真切，绘形逼真，意气激荡，雄伟刚峻，有人将他看作韩柳古文运动的先驱者，肯定了其文学成就和文学高度，以及对中国文学发展的贡献。

清溪是一条无名的小溪，因为它的僻幽清静，作者决定寻幽探胜一番。文中写"水抵两岸""清流触石"，溪水湍急而激荡；写"悉皆怪石""不可名状"，石头光怪嶙峋、千姿百态；写"佳木异竹""垂阴相荫"，水道翠竹怀抱、佳木丛生，一派葱茏蓊郁的静谧幽美，清幽峻峭中凸显悠然出尘的洁净感。遂修亭建阁，培植树木花草，刻碑立记，道明"右溪"源来。

清溪身在深山无人识，若是落在乡野田间，又或城镇闹市中，必是人们喜爱之地。作者巧妙地设置了假想构思，写溪小、石怪、水激、木郁、竹阴的相互交映，突出山水秀，展颜环境清，是为人景合一的真实写照。衬托出一种孤寂、清疏、高洁，远离嚣喧吵闹的出世姿态和自爱品格。其不为世人所知晓，许是不被重视的缘故吧？作者这种伏线的寓意，颇为巧妙。

这篇文章短小精湛、轻巧新颖、文笔凝练，寥寥百余字，却概述了不同凡响的山水景致。都道山水多情，文人亦是更多情了。

过彭浪矶、小孤山[①] 陆游

八月一日，过烽火矶[②]。南朝自武昌至京口[③]，列置烽燧，此山当是其一也。自舟中望山，突兀而已，及抛江过其下[④]，嵌岩窦穴，怪奇万状，色泽莹润，亦与它石迥异。又有一石，不附山，杰然特起[⑤]，高百余尺，凡藤翠蔓罗络其上，如宝妆屏风。是日风静，舟行颇迟，又秋深潦缩[⑥]，故得尽见老杜所谓“幸有舟楫迟，得尽所历妙”也。

过澎浪矶、小孤山[⑦]，二山东西相望。小孤属舒州宿松县[⑧]，有戍兵。凡江中独山，如金山、焦山、落星之类[⑨]，皆名天下，然峭拔秀丽，皆不可与小孤比。自数十里外望之，碧峰巉然孤起，上干云霄，已非它山可拟。愈近愈秀，冬夏晴雨，姿态万变，信造化之尤物也[⑩]。但祠宇极于荒残，若稍饰以楼观亭榭，与江山相发挥，自当高出金山之上矣。庙在山之南麓，额曰惠济，神曰安济夫人。绍兴初，张魏公自湖湘还，尝加营葺，有碑载其事。又有别祠在澎浪矶，属江州彭泽县[⑪]，三面临江，倒影水中，亦占一山之胜。舟过矶，虽无风，亦浪涌，盖以此得名也。昔人诗有“舟中估客莫漫狂，小姑前年嫁彭郎”之句，传者因谓小孤庙有彭郎像，澎浪庙有小姑像，实不然也。晚泊沙夹[⑫]，距小孤一里。微雨，复以小艇游庙中，南望彭泽、都昌诸山[⑬]，烟雨空濛，鸥鹭灭没，极登临之胜。徙倚久之而归。方立庙门，有迅鹘抟水禽[⑭]，掠江东南去，甚可壮也。庙祝云：山有栖鹘，甚多[⑮]。

【注释】

①《入蜀记》是陆游写的一部日记体游记,共六卷,记载作者于孝宗乾道六年(1107)阴历闰五月十八日,由故乡山阴(今浙江绍兴)出发,至十月二十七日到达夔州(今重庆市奉节县),旅行途中的见闻。本文为节选。

②烽火矶:烽火,古代用为军事警报,白天造烟为燧,夜晚燃火叫烽,一般修筑在高台上,称烽火台。这里修于江边石矶上,故称烽火矶。矶,水边突出的大石。

③南朝:东晋后建都在建康(今江苏省南京市)的宋、齐、梁、陈等王朝。南朝以长江为界,所以加强江防。武昌:今湖北省鄂州市。京口:今江苏省镇江市。

④抛江:当是长江上的航行术语,意思大约是使船只减速避免发生碰撞的一种操作方法。

⑤杰然:突出的样子。

⑥潦缩:水涝缩小,即水位下降。

⑦澎浪矶、小孤山:欧阳修《归田录》:"江南有大、小孤山,在江水中,嶷然独立,而世俗转孤为姑。江侧有一石矶,谓之澎浪矶,遂转讹为彭郎矶。云彭郎者,小姑婿也。……"

⑧舒州:治所在今安徽省潜山县。宿松县:今安徽省宿松县。

⑨金山、焦山:在今江苏省镇江市。落星:山名,在今江苏省南京市。这三座山古代都在长江中。

⑩信:的确。造化:又称造物,指天地、自然。尤物:特别美好的景物。

⑪江州:治所在今江西省九江市。彭泽县:今江西省彭泽县。

⑫夹:江河支港可以停泊船的地方。

⑬都昌:县名,今江西省都昌县。

⑭鹘(hú):又名隼(sǔn),一种凶猛的鸟。抟(tuán):盘旋,这里是"捕获"的意思。

⑮庙祝:庙中管香火的人。

【品读】

本篇选自《入蜀记》。文章以行舟顺江而下为线索，采用移步换景的动态手法，突出景动人静，人动景静的流畅美感，富有优游情趣。

文中先记烽火矶之奇异景色，次道小孤山峭拔秀丽，而后再记澎浪矶浪涌，一步一景，各具特色。这些都是作者在舟行中捕捉到的瞬间即景，展现了沿江两岸的自然风光青秀峻美。舟在水上漂，人在画里游，景从心中过，一波波的美景让人应接不暇。

除了行舟观景的诸多美妙，作者还描摹了一番驻足赏景的情形。放眼大江，揽景于怀，鸥鹭出没，鹘攫水禽，整个山水画面平添了动荡之美，作为背景的小孤山顿时活泼辽阔起来。

此文还有一特色，就是通过引用了他人诗句“幸有舟楫迟，得尽所历妙”和“舟中估客莫漫狂，小姑前年嫁彭郎”来透视眼前风光，将“小孤”讹为“小姑”，将“澎浪”寓为“彭郎”，丰富的联想由此拉开，小孤山摇身一变成美丽的少女，澎浪变作可爱的少年郎，神话故事应声而起，绚丽的传说，美好的爱情，平添了神秘面纱和浪漫情调。使得情景更加丰富，感悟愈发真实。

此篇小品景致绮丽幽美，风光峻秀幽然，意蕴烂漫幽深，堪为山水佳作也。

浣花溪记[①] 钟惺[②]

出成都南门，左为万里桥[③]，西折纤秀长曲，所见如连环，如玦[④]，如带，如规，色如鉴[⑤]，如琅玕[⑥]，如绿沉瓜，窈然深碧、潆回城下者，皆浣花溪委[⑦]也。然必至草堂[⑧]，而后浣花有专名，则以少陵浣花居在焉耳。

行三四里为青羊宫[⑨]，溪时远时近，竹柏苍然，隔岸阴森者尽溪，平望如荠。水木清华，神肤洞达[⑩]。自宫以西，流汇而桥者三，相距各不半里。羿夫云通灌县[11]，或所云“江从灌口来”[12]是也。

人家住溪左，则溪蔽不时见，稍断则复见溪，如是者数处，缚柴编竹，颇有次第。桥尽，一亭树道左，署曰“缘江路”。过此则武侯祠[13]，祠前跨溪为板桥一，覆以水槛，乃睹“浣花溪”题牓[14]。过桥一小洲，横斜插水间如梭，溪周之，非桥不通，置亭其上，题曰“百花潭水”。由此亭还度桥，过梵安寺[15]，始为杜工部祠[16]。像颇清古，不必求肖，想当尔尔。石刻象一，附以本传，何仁仲别驾署华阳时所为也。碑皆不堪读。

钟子曰：杜老二居，浣花清远，东屯险奥，各不相袭。严公不死，浣溪可老，患难之于朋友大矣哉！然天遣此翁增夔门一段奇耳。穷愁奔走，犹能择胜，胸中暇整[17]，可以应世，如孔子微服主司城贞子时也。时万历辛亥十月十七日，出城欲雨，顷之霁。使客游者，多由监司郡邑招饮，冠盖稠浊[18]，磬折喧溢[19]，迫暮趣归[20]。是日清晨，偶然独往。楚人钟惺记。

【注释】

①浣花溪：又名百花潭，在成都市西郊，为锦江支流。

②钟惺(1574—1624)：字伯敬，号退谷，湖广竟陵(今湖北天门市)。万历三十八年进士，官至福建提学佥事。他与同里谭元春评选唐人之诗为《唐诗归》，又评选隋以前诗为《古诗归》，在明末风行一时，世称“竟陵派”。他反对拟古文风，提倡抒写“性灵”，但又感于公安派末流之俚俗、浅率，而标举“幽深孤峭”加以匡救。著有《隐秀轩集》。

③万里桥：在成都市南锦江上。旧名长望桥，传说三国时蜀国费祎出使吴国，诸葛亮在此桥上饯行，说“万里之行始于此”。固而改称万里桥。

④玦：一种似环有缺口的玉佩。

⑤鉴：镜子。

⑥琅玕(láng gān)：一种质次于玉的美石。

⑦委：指溪水曲折流经的地方。

⑧草堂：杜甫在成都的住屋。此指在浣花溪北的草堂；另在万里桥西又有一草堂。

⑨青羊宫：道观名，在成都市西南，浣花溪畔。相传老子曾乘青羊至此而得名。

⑩洞达：爽彻。这里指使人身心都感到清爽畅达。

⑪舁(yú)夫：轿夫。

⑫“江从灌口来”：杜甫《野望因过常少仙》中的诗句。江，指锦江。灌口，指灌县西北的灌口山。

⑬武侯祠：诸葛亮的神庙，在成都市南郊百花潭边；西晋末年十六国李雄为纪念蜀汉丞相武乡侯诸葛亮而建。

⑭牓：同“榜”，匾额。

⑮梵安寺：在成都市西南五里，与杜甫草堂相连。原名桃花尼寺，隋文帝时改为梵安寺，俗称草堂寺。

⑯杜工部祠：杜甫的祠庙，在杜甫草堂内。

⑰暇整：安详而不烦乱。

⑱冠盖：指代官吏。

⑲磬折：打躬作揖时弯着腰，像石磬曲折的样子。磬，古代的一种打击乐器，形似“人”字。

⑳趣(cù)：急速。

【品读】

擅于写形描色，是这篇游记的优势特点。将溪流形象化成环、玦、带、规、钩等各具形状，将水色染墨成鉴、琅玕、绿沉瓜一样的幽深碧绿、清澈见底，平添了几分生活气息，赏读更有亲近感。

作者笔下的成都浣花溪，既是风景胜地，两岸又有名震遐迩的杜甫草堂和武侯祠。顺着踪溪逶迤而下，以足迹为线索，很自然地把溪上的自然景观和人文景观贯穿一体，构织了一幅意境清远秀丽的绝妙山水。

文中描写两岸自然景色，轻巧灵动，走笔娓娓，很有镜头感。写溪委，连用七个比喻，展示了丰富多趣的平面形象。写溪行，不断移步换形，勾绘出撩人情思的流动形象。而描写溪上的人文景观，笔意深厚，特别是武侯祠、杜工部祠，都被摹画得那么沉寂深幽，使人览物生情，作者笔端饱含着敬仰之情和蕴藉着真实感动，极具情感煽动力。

写景实则是抒意，一种表达胸襟和情怀的载体，也是展现作者高远立意的平台。钟惺这篇《浣花溪记》亦是。其核心除了山水畅情，最重要的是感怀杜甫当年“穷愁奔走，犹能择胜，胸中暇整，可以应世”的生命状态，体现了一种逆境不屈的精神品格，正是作者所追寻的人生境界。处在官场俗务中，保持一颗纯澈心、逍遥意很是必要的。

文中“孤行静寄”“独往冥游”“虚怀定力”“幽恬渊净者”等心境词句，发人幽思，引人怀想。

游敬亭山记[①] 王思任[②]

“天际识归舟，云中辨江树。”[③]不道宣城，不知言者之赏心也。姑孰据江之上游[④]，山魁而水怒。从青山讨宛[⑤]，则曲曲镜湾，吐云蒸媚，山水秀而清矣。曾过响潭，鸟语入流，两壁互答。望敬亭绛雾浮，令我杳然生翼，而吏卒守之不得动，既束带竣谒事[⑥]，乃以青鞋走眺之。一径千绕，绿霞翳染，不知几千万竹树，党结寒阴，使人骨面之血，皆为茜碧[⑦]，而向之所谓鸟啼莺啭者，但有茫然，竟不知声在何处？厨人尾我，以一觞劳之，留云阁上，至此而又知“众鸟高飞尽，孤云独往还”[⑧]造句之精也。朓乎，白乎，归来乎，吾与尔凌丹梯以接天语也。日暮景收，峰涛沸乱，饥猿出啼，予僳然不能止。

归卧舟中，梦登一大亭，有古柏一本，可五六人围，高百余丈，世眼未睹，世相不及，峭崿斗突，逼嵌其中，榜曰“敬亭”，又与予所游者异。嗟乎，昼夜相半，牛山短而蕉鹿长[9]，回视霭空间，梦何在乎？游亦何在乎？又焉知予向者游之非梦，而梦之非游也，止可以壬寅四月记之耳。

【注释】

①敬亭山：古名昭亭山，在今安徽宣城市北。

②王思任(1574—1646)：字季重，号谑庵居士，山阴(今浙江省绍兴市)人。明神宗万历年间进士，曾任九江佥事，鲁王监国时任职礼部。清顺治三年，绍兴城破，绝食而死。所著有《王季重十种》，是晚明著名的小品文作家。他生性通脱自放，爱好游历。为文于辛辣中见峭拔，于清新中见诙谐。

③“天际”二句：为南齐诗人谢朓《之宣城郡出新林浦向板桥》诗中所咏。

④姑孰：古城名，东晋时筑，因城南临姑孰溪得名。故址在今安徽当涂县。

⑤宛：宛溪，源出宣城县东南的峄山，由南向北纵贯城东。

⑥束带：穿着整肃，指穿公服理事。

⑦酳(yǒng)：酗酒。

⑧“众鸟”二句：为唐代大诗人李白《独坐敬亭山》诗中所咏。

⑨牛山：指年华。《晏子春秋》说齐景公登牛山，北临其国城而流涕，感叹年华不能永驻。蕉鹿：指梦境。蕉，同“樵”。《列子·周穆王》说，郑国樵夫击毙一头鹿，恐人见之，就以蕉覆之。过一会找不到所藏之处，以为作了一场梦。

【品读】

如若提到敬亭山，读者便会不由自主想起谢朓，联想到李白。谢朓描绘的“天际识归舟，云中辨江树”，李白赞美的“众鸟高飞尽，孤云独去闲”，两位文学大家赋予了敬亭山更深的历史蕴藉和更厚的人文底蕴，让后来者一直追踪印证着这两种境界和两幅画面的情境悠远，予人遐思，令人怀想。王思任便是其中追访者之一。

舟行发姑孰，沿江见峭壁高耸，水流湍急，过青山，江水蜿蜒，烟霞明媚,水清山秀,互为映照,美不胜收。而过响潭叮咚,鸟儿鸣啭,声声婉啼,应声成趣,美妙和谐,十分动人。再望敬亭山,已然隐约在雾霁云霞间,时而高耸入云,时而隐没不见。此刻,恨不得生出一对翅膀飞到亭前,只可惜官场束缚,身不由己。

此情此景下,正好印证了谢朓诗中的"识归舟"与"辨江树",水云苍茫中,一切浩淼,一切不定,用心"识",认真"辨",是不是能看清现下与遥远的真实呢?

朦胧中的敬亭山,隔着山水,隔着阻碍,隔着想象,唯有行径其间,方能有所感悟。于是,作者便有了亲近与敬亭山的举动。一径千绕,可谓曲折蜿蜒,循着这样的路径而上,绿霞翳染,千万竹与树,青青而立,浸润绿色的幽冷与清凉,人行其间,骨血融入漫漫碧色里,不分彼此了。留云阁上小酌,顿悟"众鸟高飞尽,孤云独去闲"的高远、孤寂情怀,凌绝顶,山与云并肩,江与天不远,鸟啼莺鸣杳渺不知何处。当年,谢朓和李白,也是如此心境吧。人生如梦,知音难得,山高流水间,隔空举杯,一起共徘徊。

作者以梦境中的敬亭山为收笔,尽管"与所游者异",但仍是审美实体的剪影。因为梦是精神升华的极致,从五彩缤纷的梦境中呈现出来的,不外乎是作者胸中之丘壑、眼底之性情,因而有"向者游之非梦,而梦之非游"的感叹。使现实境界与梦中境界浑然合一,创造更奇妙、更高杳、更有天趣、更令人神往的敬亭山形象。

游西山小记[①] 李流芳[②]

出西山西直门[③],过高梁桥[④],可十余里,至元君祠。折而北,有平堤十里,夹道皆古柳,参差晻映,澄湖百顷,一望渺然。西山匌匒与波光上下[⑤]。远见功德古刹,及玉泉亭榭[⑥],朱门碧瓦,青林翠嶂,互相缀发。湖中菰蒲零乱[⑦],鸥鹭翩翻,如在江南书画中。

予信宿金山及碧云香山，是日，跨蹇而归[8]。由青龙桥纵辔堤上[9]，晚风正清，湖烟乍起，岚润如滴，柳娇欲狂，顾而乐之，殆不能去。

先是约孟旋子将同游，皆不至。予慨然独行。子将挟西湖为已有，眼界则高矣，顾稳踞七香城中[10]，傲予此行，何也？书寄孟阳诸兄之在西湖者一笑。

【注释】

①西山：指北京西山。

②李流芳(1575—1629)：字长蘅，号泡庵，又号慎娱居士，嘉定(今属上海)人。万历末举人，后绝意进取，读书养母，毕其余年。性好山水，喜与山僧榜人交往，是明代后期有影响的文学家、书法家、画家。著有《檀园集》《西湖卧游图题跋》等。

③西直门：即今北京市西城的西直门。

④高梁桥：在西直门外，因跨高梁河，故名。《长安客话》谓高梁河"水急而清，鱼之沉水底者鳞鬣皆见。春时堤岸垂青，西山朝夕设色以娱游人。都城士女藉草班荆，曾无余隙，殆一佳胜地也。"

⑤匌匒(gé dā)：重叠的样子。此指西山连绵重叠的山峰。

⑥功德古刹：即功德寺，原名护圣寺。

⑦菰：生长于浅水中，夏发新芽，名茭白；秋结实，名菰米。蒲：一种水草。

⑧蹇(jiǎn)：驴。

⑨纵辔：放松缰绳，任驴慢行。

⑩七香：各色香料的和合，喻指都市繁华。

【品读】

作者畅游西山，侧重写西湖(即今昆明湖)的秀丽风光。整个画面情境开阔，眼界浩渺，意象悠远，置身其中，顿生胸襟和情怀。

文中说"平堤十里""澄湖百顷"，眺望时"渺然"一望无际，由此可见西湖的澄澈与宽广。山下流水，水上叠山，波光微澜影印，更显其空灵和杳渺。远远望去有古寺、亭阁、泉水、朱门、碧瓦掩映在青翠苍蓝间，斑斓十分。近处湖中菰蒲飘摇、鸥鹭蹁跹，水湄依依里，作者仿佛置身江南山水中，清新扑鼻而来，感触美妙无比。

踏马而归，堤上穿行，“晚风正清，湖烟乍起”，有些浸润轻轻徐来，幽然沁人心脾。于是，情思撩动，欣然记之。

湖上小记(选十) 张京元

九里松[①]

九里松者，仅见一株两株，如飞龙劈空，雄古奇伟。想当年，万绿参天，松风声壮于钱塘潮，今已化为乌有。更千百岁，桑田沧海[②]，恐北高峰头有螺蚌壳矣[③]，安问树有无哉？

【注释】

①九里松：在西湖西边，离集庆寺约里许的林荫道。张岱《西湖寻梦》：“九里松，唐刺史袁仁敬植。松以达天竺，凡九里，左右各三行，每行相去八九尺，苍翠夹道，藤萝冒途，走其下者，人面皆绿。”明时已凋落。

②桑田沧海：据《神仙传》说，曾见东海三为桑田。后喻指世事变迁很快。

③北高峰：环绕西湖的北支山脉的最高峰，在灵隐寺后。

韬光庵[①]

韬光庵在灵鹫后[②]，鸟道蛇盘[③]，一步一喘。至庵入坐一小室，泉出石罅[④]，汇为池，蓄金鱼数头，低窗曲槛，相向啜茗[⑤]，真有武陵世外之想。

【注释】

①韬光庵：在灵隐寺西北之巢枸坞，寺依悬岩而建，远看有凌空飞

举之势。

②灵鹫：即飞来峰，在西湖正西。

③鸟道蛇盘：形容小道弯曲陡险。

④石罅：岩石裂缝。

⑤啜茗：品茶。

⑥武陵世外之想：意谓有超脱尘世之想。武陵，即陶渊明在《桃花源记》中所描述的与世隔绝的桃花源。

上天竺[①]

天竺两山相夹，回合若迷。山石俱骨立石间。更绕松篁过下竺[②]，诸僧鸣钟肃客[③]，寺荒落不堪入，中竺如之。至上竺，山峦环抱，风气甚固[④]，望之亦幽致。

【注释】

①上天竺：西湖天竺山有上、中、下三等，以上天竺寺规模最大；明时香火之盛，甲于东南。

②松篁：地名。

③肃客：恭迎客人。

④固：同"锢"，指景观十分封闭。

断　桥

西湖之胜在近[①]，湖之易穷亦在近。朝车暮舫[②]，徒行缓步，人人可游，时时可游，而酒多于水，肉高于山。春时肩摩趾错[③]，男女杂沓，以挨簇为乐。无论意不在山水，即桃容柳眼[④]，自与东风相倚，游者何曾一着眸子也。

【注释】

①近：指离城市很近。

②舫：湖上的游船。

③趾错：脚碰脚。

④桃容柳眼：指仕女游客。

孤　山[1]

孤山东麓，有亭翼然[2]。和靖故址[3]，今悉编篱插棘，诸巨家规种桑养鱼之利。然亦赖其稍葺亭榭[4]，点缀山容，楚人之弓[5]，何问官与民也。

【注释】

①孤山：又名插花屿，介于内湖和外湖之间，“四面岩峦，一无所丽”，故名“孤山”。

②翼然：展翅欲飞的样子。

③和靖：林和靖，即北宋诗人林逋。他终身不仕，隐居孤山，植梅养鹤。宋真宗征之不就，赐号和靖处士。

④榭：建在临水土台上的敞屋。

⑤楚人之弓：刘向《说苑》载：“楚共王出猎而遗（丢失）其弓，左右请求之。共王曰：‘止！楚人之弓，楚人得之。又何求焉？’”语本此，意谓不必追问亭榭主人的身份，只须称赏其“点缀山容”之美。

苏　堤[1]

苏堤度六桥，堤两旁尽种桃柳，萧萧摇落。想二三月柳叶桃花，游人阗塞[2]，不若此时之为清胜。

【注释】

①苏堤：西湖中贯通南北的长堤，堤上间植桃柳，每当桃花盛开，有红绿相映之美。相传是苏轼知杭州时所筑，故名“苏堤”。

②阗塞：充满。

湖心亭[①]

湖心亭雄丽空阔，时晚照在山，倒射水面；新月挂东，所不满者半规[②]。金盘玉饼[③]，与夕阳彩翠，重轮交网，不觉狂叫欲绝。恨亭中四字匾，隔句对联，填楣盈栋[④]，安得借咸阳一炬[⑤]，了此业障[⑥]！

【注释】

①湖心亭：西湖外湖三岛之一，因位于湖中心，故名。岛上有亭，可尽览湖山胜景。

②半规：半圆。

③金盘玉饼：指落日和新月。

④楣：横梁。

⑤咸阳一炬：本指秦末项羽攻入咸阳时纵火焚烧宫殿，这里指大火焚烧。

⑥业障：佛家语，又作“孽障”。佛家认为身、口、意三者（即业）有恶行，就会障碍修行。这里指湖心亭内挂的匾额对联俗滥，反而玷污了它的胜景。

石　屋[①]

石屋寺，寺卑下无可观，岩下石龛方广十笏[②]，遂以屋称。屋内，好事者置一石榻可坐，四傍刻石像如傀儡[③]，殊不雅驯，想以幽僻得名耳。出石屋西上下山坂[④]，夹道皆丛桂，秋时着花，香闻数十里，堪称金粟世界[⑤]。

【注释】

①石屋：即烟霞石屋，在烟霞岭下东面的石屋寺内；洞上周镌罗汉五百一十六尊。

②石龛（kān）：供奉佛像的石室。笏：古代大臣朝见皇帝时所执手

板，以记事备忘用。

③傀儡：木偶。指石像雕凿粗劣，毫无生气。

④下山坂：地名，在石屋寺的西边。

⑤金粟：桂花的别名。

烟霞寺[1]

烟霞寺在山上，亦荒落，系中贵孙隆易创[2]，颇新整。殿后开宕取土，石骨尽出，巉峭可观。由殿右稍上两三盘，经象鼻峰，东折数十武为烟霞洞[3]。洞外小亭踞之，望钱塘如带[4]。

【注释】

①烟霞寺：在西湖南高峰南，系后晋开运元年(944)僧弥洪所建，因年久失修，早已崩塌。

②中贵：即中贵人，有权势的太监。孙隆：明神宗万历间司礼太监。

③烟霞洞：在烟霞岭上，是西湖最古的石洞之一。

④钱塘：指钱塘江。

法相寺[1]

法相寺不甚丽，而香火骈集[2]。定光禅师长耳遗蜕[3]，妇人谒之，以为宜男，争摩顶腹，漆光可鉴。寺右数十武，度小桥，折而上，为锡杖泉[4]。涓涓细流，虽大旱不竭。经流处，僧置一砂缸，挹注供爨。久之，水土锈结，蒲生其上[5]，厚几数寸，竟不见缸质，因名蒲缸。倘可铲置研池炉足，古董家不秦汉不道矣。

【注释】

①法相寺：在西湖南高峰三台山寺的颖秀坞内，创建于五代吴越王时期，俗称“长耳相”。

②骈集：密集。骈，并列。

③定光禅师：即五代吴越法真和尚。因有异相，耳长九寸，上过于

顶，下可结颐，又号长耳和尚。其死后，弟子辈漆其真身，供佛龛，谓是定光佛后身。遗蜕：指内身不坏的遗体。

④锡杖泉：张岱《西湖梦寻》载："寺后有锡杖泉，水盆活石，僧厨香洁，斋供精良。"

⑤蒲：指苔藓、水草之类水生植物。

【品读】

明末小品文大家张京元这十则小品，十幅画卷，十方情境，可谓别开生面，情意绵邈。

作者以西湖为轴心，不拘泥时间、空间和路线的束缚，放远四方八方，辐射十个景点，处处有意，幕幕含情。说"九里松""荒"，"仅见一株两株"，松风已然化为"乌有"；道"韬光庵""寂"，行如"鸟道蛇盘"，入室"低窗曲槛"，让人产生"武陵世外之想"；言"上天竺""幽"，"松篁""山峦""风气"形成了一种"幽致"的美；数"断桥""乐"，"朝车暮舫""肩摩趾错""男女杂沓"，随时随遇随缘"挨簇为乐"；描"孤山""容"，"编篱插棘""种桑养鱼""稍葺亭榭"，便有"点缀山容"之效；画"苏堤""清"，"尽种桃柳""萧萧摇落"，呈现"清胜"之绝；写"湖心亭""暮"，"雄丽空阔""金盘玉饼"，日月交相辉映，美轮美奂足让人惊艳万分；谈"石屋""僻"，因"无可观"景，鲜有人至，屋内"石像如傀儡"，清冷十分。然出屋往西，竟得桂花香十里，别有洞天；绘"烟霞寺""破"，庙宇"荒落""石骨尽出"；"法相寺""灵"，"妇人谒之，以为宜男，争摩顶腹，油光可鉴"。

作者熟悉西湖，对湖光山色有很高的鉴赏能力。他摆脱了描写山水的一般格套，不以游踪为线索，而是从自己的感受和审美趣味出发，选取若干景点，作简洁传神勾绘。这些景点不限于美景，破败和荒落亦是入画来皆随作者兴之所至，以抒写其审美感受为中心，或点出景物的特色，或穿插对山水的评论，或议论民俗之短长，所以从接连展现出的情致各异的画面中，不仅可以领略西湖的自然风光，感受晚明的时代气息，而且可以品味作者的人品和审美观。在这样短小的尺幅中，蕴含有如此丰富的意味，正是晚明小品特有的魅力所在。

水尽头[1] 刘侗

观音石阁而西[2]，皆溪，溪皆泉之委；皆石，石皆壁之余。其南岸，皆竹，竹皆溪周而石倚之。燕故难竹，至此，林林亩亩。竹，丈始枝[3]；笋，丈犹箨[4]；竹粉生于节，笋梢出于林，根鞭出于篱，孙大于母。

过隆教寺而又西，闻泉声。泉流长而声短焉，下流平也。花者，渠泉而役乎花；竹者，渠泉而役乎竹：不暇声也。花竹未役。泉犹石泉矣。石罅乱流，众声澌澌，人踏石过，水珠渐衣。小鱼折折石缝间[5]，闻跫音则伏，于苴于沙[6]。

杂花水藻，山僧园叟不能名之。草至不可族[7]，客乃斗以花，采采百步耳[8]，互出，半不同者。然春之花尚不敌其秋之柿叶。叶紫紫，实丹丹，风日流美，晓树满星，夕野皆火：香山曰杏，仰山曰梨，寿安山曰柿也。

西上圆通寺，望太和庵前，山中人指指水尽头儿，泉所源也。至则磊磊牛两石角如坎，泉盖从中出。鸟树声壮，泉喑喑不可骤闻[9]。坐久，始别，曰："彼鸟声，彼树声，此泉声也。"

广泉废寺，北半里，五华寺。然而游者瞻卧佛辄返，曰："卧佛无泉。"

【注释】

①水尽头：北京西郊寿安山西边的一条溪水，又名樱桃沟。

②观音石阁：在水尽头附近，为石造小寺。

③枝：作动词用，长出竹枝的意思。

④箨(tuò)：笋壳。

⑤折(tí)折：安逸而舒适地。

⑥苴：指水中的浮萍。

⑦族：作动词用，分类的意思。

⑧采采：盛多。

⑨喈(jí)喈：本指鸟的啼声，这里形容泉水流出的声音。

【品读】

一篇精妙的游记一定擅于谋篇布局、构架空间，刘侗的《水尽头》即是。

文中巧用了“而西”“又西”“西上”“又西上”四个方位词语，设计线路特别，探寻方向明确，有何意味呢？

原来，作者是在追源溯流，勘查泉水来处。从流水下游往上走，先谋大景，说“林林亩亩”繁密的葱郁，说明水资源丰沛。再是写“泉流长而声短”，水势先平缓后湍急，乱石川流，溅起水花，小鱼儿活泼，此处清幽无限。进而笔锋一转，写到了沿沟山野花木，果丰叶美，有种勃发的沉甸甸。以上三次转西溯上，作者都伏笔着“水从何处来”的核心主旨。

到了尽头，也没发现其踪影。只听见鸟鸣和树声彼此起伏，响彻山间。山里人说，泉眼就在此，骤然一看，原来水源头竟然是石头罅隙中的小窟窿，若不仔细揣想，任何人也无法发现。“水尽头”的误会不攻自破了。

这是一幅富有山野情趣的寿安山春光图。画面上一景一物，都有一种独特的情味，令人耳目一新。作者还在描写中不断插入重在考实的议论，识见精微深刻，引导人们去深入探究自然风光的美的奥秘，悟得更多的格物理趣。

五云山① 张　岱②

五云山去城南二十里，冈阜深秀，林峦蔚起，高千丈，周回十五里。沿江自徐村进路，绕山盘曲而上，凡六里，有七十二湾，石磴千级。山中有伏虎亭，梯以石墄③，以便往来。至顶半，冈名月轮山，上有天井，大旱不竭。东为大湾，北为马鞍，西为云坞，南为高丽[4]，又东为排山，五峰森列，驾轶云霞，俯视南北两峰，若锥朋立。长江带绕，西湖镜开，江上帆樯，小若鸥凫，出没烟波，真奇观也。宋时，每每腊前[5]，僧必捧雪表进，黎明入城中，霰犹未集，盖其地高寒，见雪独早也。山顶有真际寺，供五福神，贸易者必到神前借本，持其所挂楮镪去，获利则加倍还之。借乞甚多，楮镪恒缺[6]，即尊神放债，亦未免穷愁。为了掀髯一笑。

【注释】

①五云山：在杭州城南二十里，山下有云栖寺。

②张岱(1597—1679)：字宗子，又字石公；号陶庵，又号蝶庵。山阴(今浙江绍兴市)人。早年“为纨袴子弟，极爱繁华”，讲求声色犬马之娱。明亡后，深抱亡国之痛，以民族气节自励，避迹山居，从事著述。所作《陶庵梦忆》《西湖梦寻》，均为晚明小品文的神品。他取公安、竟陵两派之长，把晚明小品艺术发展到了精美纯熟的境地。尤以描写山水风光的文字，色彩缤纷，意态天然，情趣盎然，读来韵味无穷。

③石墄(cè)：石头砌的台阶。

④高丽：寺名。原名慧因寺，元延祐四年(1317)，高丽沈王奉诏到寺中边香幡经，故俗称高丽寺。

⑤腊：即腊八，相传旧历十二月初八日为释迦牟尼的成道曰，众僧于该日诵经，并取香谷和果实等煮粥供奉。

⑥楮镪：即楮钱，旧俗祭祀时用的纸钱。

【品读】

张岱生于明末清初的纷乱忧患时期，出身书香门第，家学渊源，少年富贵。精通史学、经学、理学、文学和舆地学；爱好精舍、茶艺、音乐、戏曲、美食、鲜衣；喜欢繁花似锦和园林山水；文学上最擅长散文。其人有着晚明文人名士玩世不恭与颓唐放纵的作风和习气，清入关后不仕，以著书终老。深受性格、环境、价值观和生活观的影响，张岱文字有着别样的风雅、空灵、清幽、淡远、真朴。

在张岱的笔下，小篇幅却是大世界，既描绘山水，又联想市井，将方外与现实对接和碰撞，擦出火花来，让人感慨万千。

这篇文中，作者将两种极不协调的意象接合在一起，造成独特的美学效果。前半部分铺陈五云山的景物，利用电影摄影师娴熟的镜头感，或用仰视，让人看到林峦一片深秀；或用俯视，让人看到两峰朋立若锥的情景；或作远眺，让人看到江上帆樯出没烟波的奇观。这些从不同视角摄下的图像叠映在一起，层次清晰而又富有立体感地展示了五云山纷繁多彩的面貌。文章末梢却文情陡变，摄入市民世界的浮生相，对到神前借本的商贾略作玩笑的戏谑，山水清韵中，有了烟火和功利气息，还会觉得清静美好吗?

不难看出，长镜头中，是从下往上移动的，作者沿山拾阶而上，视角变幻无穷，视野愈加宽阔，最后达至豁然开朗，犹如人心的茅塞顿开，恍然间"一览众山小"呢。

游马驾山记[①] 汪　琬[②]

马驾山在光福镇西，与铜井并峙[③]。山中人率树梅、艺茶、条桑为业；梅五之，茶三之，桑视茶而又减其一。号为光福，幽丽奇绝处也。

予入山，与诸子循邓尉之阴前行数十步，辄有平原，曲涧回流，倒影澄澈见底，心稍稍喜。于时，游人舆者[④]、骑者、屣[⑤]而从者，不绝于道。既主山麓，则其境益奇，界以短畦，藩以丛竹，阴森蔚荟[⑥]。裁通小径[⑦]，不能受舆骑，率皆舍而徒步矣。前后梅花多至百许树，芗气蓊勃[⑧]，落英缤纷，入其中者，迷不知出。稍北折而上，望见山半累石数十，或偃或仰，小者可几，大者可席，盖《尔雅》所谓"磐[⑨]"也。于是遂往，列坐其地。俯窥旁瞩，濛然然，曳若长练，凝若积雪，绵谷跨岭，无一非梅者。

加又有微云弄白，轻烟缭青，左澄湖以为镜，右崇嶂以为屏。水天浩渺[⑩]，苍翠错互，然则极邓尉、玄墓之观，孰有尚于兹山者耶！

惜乎！地深且远，莫有治庐其址者，故不能信宿于此，以穷其幽、尽其变，此则予之恨也。马驾山不载郡志，或又谓朱华山云。同游者，刘天叙、潘愤，门人句容王介石及儿子筠。

【注释】

①马驾山：在今江苏省苏州光福镇西碛山东，铜井山南。向未有名，因遍植梅花，清康熙间巡抚宋荦题“香雪海”三字于崖壁，其名遂显。

②汪琬(1624—1691)：字苕文，号钝庵，人称尧峰先生，长洲(今属江苏苏州)人。清顺治十二年进士，任户部主事、刑部郎中等职。康熙十八年举博学鸿词科，授翰林院编修。第二年托病回乡，隐居尧峰山，专心撰述。他是清初古文大家，与侯方域、魏禧齐名，号称“清初三家”。著有《钝翁类稿》《尧峰文钞》等。

③铜井：山名，又称铜坑山，在西碛山北。相传东晋、刘宋间在此凿坑炼铜，故名。

④舆者：坐轿子的人。

⑤屣(xǐ)：拖着鞋。

⑥蔚荟：草木繁密。

⑦裁通小径：指在繁密的草木丛中开辟出的小路。

⑧芗：通“香”。

⑨礐(què)：多大石的山。《尔雅·释山》：“多大石礐”。

⑩浩渺(yāo)：水势很大。

【品读】

一座无名的小山，因山民的辛勤耕作，漫山遍植了梅花，种满了茶树，覆盖了桑树，既有观赏植物，又有经济植物，还有农作作物，如此不但形成有清新美妙的自然景观，还蕴藉了科学发展的生活劳作观。山虽小，却以“香雪海”奇境名播天下。所以，读这篇小品，在获得审美快感的同时，也领悟了美在创造的真谛。

文中描写最为精彩的是梅花盛景：群树叠障，香浓色错，置身梅树丛中，恍如步入仙境，令人流连忘怀。更有近处的曲涧回流，累石数十，给梅景增色；又有远处的白云、炊烟、澄湖、玄墓同现“苍翠错互”之景，把梅景妆点得更加幽深迷密，美不胜收。作者虽未“穷其幽、尽其变”，但在如此空旷壮美的山水胜境中突现出来的梅花盛景，已深深地淹留于读者心目中。

山美水美，更有劳动人们在创造美，此篇文章作者所寓寄的情怀，朴实、坦然、悠远，有种简素、清淡的自然之美。汪琬是一位崇尚寻幽探奇的古文名家，其散文亦如同其个性，奇崛古朴，追新求异，富有创新，别具情致，因而文章予人庄重幽深、丰韵典雅的饱满风采之感，引人入胜。

游珍珠泉记[①] 王　昶[②]

济南府治，为济水所经[③]。济性洑而流[④]，抵巇则辄喷涌以上[⑤]。人斩木剡其首[⑥]，杙诸土[⑦]，才三四寸许，拔而起之，随得泉。泉莹然至清，盖地皆沙也，以故不为泥所汩[⑧]。然未有若珍珠泉之奇。泉在巡抚署廨前，甃为池，方亩许，周以石栏。依栏瞩之，泉从沙际出，忽聚，忽散，忽断，忽续，忽急，忽缓，日映之，大者为珠，小者为玑[⑨]，皆自底以达于面，瑟瑟然[⑩]，累累然[⑪]。《亢仓子》云：“蜕地之谓水，蜕水之谓气，蜕气之谓虚。”观于兹泉也，信。是日雨新霁，偕门人吴琦、杨怀栋游焉，移晷乃去[⑫]。济南泉得名者凡十有四，兹泉盖称最云。

【注释】

①珍珠泉：在今山东济南市大明湖南，泉水呈串珠状从地下冒出，阳光照射下如珍珠撒地，故名。

②王昶(1725—1806)：字德甫，号述庵，又号兰泉，上海青浦人。清乾隆十九年(1754)进士，授内阁中书，协办侍读，入军机处，后又擢刑部

郎中。因"久在军营,著有劳绩",擢为鸿胪寺卿,赏戴花翎,再升大理寺卿,都察院右副都御使。

③济水:又称沇水,源出河南济源西王屋山,流至山东,经济南市北边泺口,东流入海。

④洑(fú):水潜伏地下洄流。

⑤巇(xí):缝隙。

⑥剡:削尖。

⑦杙(yì):一头削尖的小木桩。

⑧汩(gǔ):搅弄混浊的意思。

⑨玑:不圆的珠子。

⑩瑟瑟:形容泉珠冒出水面时发出的细碎声。

⑪累累:形容泉水呈串珠状冒出水面。

⑫移晷:过了一段时间。

【品读】

济南以百泉相涌,名七十二泉而闻名于世。趵突泉、黑虎泉、珍珠泉、五龙潭成为其中重要泉群,散落城区各处,有诗曰:"一城山色半城湖",泉城名副其实。

王昶游珍珠泉,得美妙感悟,遂记之。便有了这篇难得的写意泉水的美文,供后来人品味、欣赏。

珍珠泉从何而来,何以似珍珠累累般喷涌,作者在描绘泉水前,下足功夫对流经济南的济水作了追根溯源,一个"洑"字,道出了水流在地下洄流的潜伏状,蜿蜒婉转,城下流水犹如枝蔓,经络般各自延伸、密布。而特有的土地特征,遇"巇"处,刚好给了泉水喷涌的外在条件,于是,济南城内百泉争涌的奇景,便不足为奇了。城内百泉皆好,珍珠泉却以泉水累累喷涌形似串串珍珠而闻名天下,其独有的特点和魅力,有别于他处泉水。

作者说,珍珠泉的泉水时而"聚",时而"散",可谓聚散两依依,引人遐思;时而"断",时而"续",断断续续不离不弃,让人心牵;时而"急",时而"缓",跌宕舒展,博人眼球。因由这些喷涌特征,泉水"大者为珠""小者为玑",大珠小珠落玉盘,并不是颗颗饱满如珍珠,但都晶莹剔透，惹人怜爱。特别是碰撞时发出的细微声碎，“瑟瑟然”更是动人心扉，“累累然”甚是抓人眼球。这样的泉水奇观，《亢仓子》云：“蜕地之谓水，蜕水之谓气，蜕气之谓虚。”寥寥十五字，泉水的形、气、色勾勒无疑。

好泉好水，偕知己三两同游，方有逸趣。王昶游珍珠泉所思所指便是如此。

西溪记[①] 林　纾[②]

西溪之胜，水行沿秦亭山十余里[③]，至留下，光景始异。溪上之山多幽蒨[④]，而秦亭特高峙，为西溪之镇山。溪行数转，犹见秦亭也。

溪水瀏然而清深[⑤]，窄者不能容舟。野柳五次，被丽水土，或突起溪心。停篙攀条，船侧转乃过。石桥十数，柿叶翁薆[⑥]，秋气洒然[⑦]。桥门印水，幻圆影如月，舟行人月中矣。

茭庐庵绝胜[⑧]。近庵里许，回望溪路为野竹所合，截然如断，隐隐见水阁飞帘，斜出梅林之表。其下砌石可八九级，老柳垂条，拂扫水石，如缚帚焉。大石桥北趣入乌桕中，渐见红叶。登阁拜厉太鸿栗主，饭于僧房。易小，绕出庵外。一色秋林，水净如拭。西风排竹，人间隐约可辨。溪身渐广，弥望一白，近涡水矣。

涡水一名南漳湖，苇荡也。荡析水为九道，芦花间之。隔芦望邻船人，但见半身；带以下，芦花也。溪身愈明净，老桧成行可万株，秋山亭亭出其上。尽桧，乃趣余杭道，遂棹船归。不半里，复见芦庵。来时遵它道行，归以捷径耳。

是行访江村高竹窗故址，舟人莫识。同游者为林迪臣先生，高啸桐、陈吉士父子，郭海客及余也。己亥九月。

【注释】

①西溪：水名，位于西湖北山北向。有秋雪庵、茭芦庵等名胜，春秋两季还可观赏梅花和桃花。

②林纾(1852—1924)：原名群玉，字琴南，号畏庐、冷红生。福建闽县(今福州市)人。光绪八年中举，曾任教于京师大学堂。早年参加过资产阶级改良主义政治活动，晚年反对“五四”新文化运动；是近代著名的文学家和翻译家。著有《畏庐文集》《畏庐诗存》等。

③秦亭山：位于玉泉西北，属法华山山脉。

④蒨(qiàn)：草茂盛的样子。

⑤漻(liáo)然：清澈貌。

⑥蓊薆(wěng ài)：茂密多阴貌。

⑦洒(xiǎn)然：寒傈貌。

⑧茭芦庵：离西溪秋雪庵一里左右，为观赏芦花胜地。明万历年间建。

【品读】

林纾工诗能画，是近代写作山水游记的大家，对山水小品的写作亦颇有造诣。文笔简洁明快，清新秀丽，状物准确，描述生动；常于闲漫细琐之处，曲曲传情，耐人回味。本文所写景观，有秦亭山、西溪水、茭芦庵、南漳湖四处。涉及虽多，并不给人以凌乱无序的感觉。

通篇以西溪为线，缀起一串明珠，依照溪水流程次第写来，讲究选取绝胜画面，层次井然，画面清新。山是“幽蒨”“高峙”之山，水是“谬然”“清深”之水；“梅林”之于禅院，“芦花”之于苇荡，各皆足以显出自身特色。四处风景虽异，沁透其中的情调却有一致之处。远与近，虚与实，动与静，前与后，山、溪、庵、荡尽皆彰显高、清、绝、幽的壮美、安详、秀丽之态。文章无论是布局上，层次上，画面上，恰好构成了一种淡雅迷濛、飘逸轻灵的动人之致，让人流连忘返。

超山梅花记[①] 林纾

夏容伯同声，嗜古士也，隐于栖溪[②]。余与陈吉士、高啸桐买舟访之，约寻梅花于超山。由溪上易小舟，循浅濑[③]至超山之北，沿岸已见梅花。里许，遵陆至香海楼，观宋梅。梅身半枯，侧立水次；古干诘屈[④]，苔蟠其身，齿齿作鳞甲[⑤]。年久，苔色幻为铜青。旁列十余树，容伯言皆明产也。景物凄黯无可纪。余索然将返。容伯导余过唐玉潜祠下[⑥]，花乃大盛。纵横交纠，玉雪一色；步武高下[⑦]，沿梅得径；远馥林麓，返偃陂陁[⑧]；丛芬积缟[⑨]，弥满山谷，几四里，始出梅窝，阴松列队，下闻溪声，余来船已停濑上矣。余以步，船人以水，沿溪行，路尽适相植也。是晚仍归栖溪。

迟明，复以小舟绕出山南，花益多于山北。野水古木，渺瀛滞翳，小径歧出为八九道，抵梅而尽。至乾元观，观所谓"水洞"者，潭水清洌，怪石怒起水上，水附壁而止。石状閜豁[⑩]，阴绿惨淡，石脉直接旱洞。旱洞居观右偏，三十余级及洞口，深窈沉黑，中有风水荡击之声。同游陈寄湖、涤寮兄弟爇菅入，不竟洞而出。潭之右偏，镌"海云洞"三大字[⑪]，宋赵清献笔也。寻丁酉轩父子石像，已剥落，诗碣犹隐隐可读。容伯饭我观中，余举觞以息，以生平所见梅花，咸不如此之多且盛也。容伯言：冬雪霁后，花益奇丽，过于西溪[⑫]。然西溪，余两至均失梅候[⑬]。今但作《超山梅花记》一首，一寄容伯，一寄余友陈寿慈于福州，寿慈亦嗜梅者也。林纾记。

【注释】

①超山：在浙江省余杭的塘栖镇。因其超然突峙，为临平、塘栖间

之最高山，故名。山多梅花，已有一千多年栽培史，素有“十里梅花香雪海”之称。

②栖溪：位于塘栖镇。镇在杭州西北七里许，因宋末隐士唐珏而得名。

③濑：沙石间流过的急水。

④古干诘屈：形容宋梅枝干曲折多姿。

⑤齿齿：排列齐整的样子。

⑥唐玉潜祠：即宋末隐士唐珏的祠堂，为超山古建筑。

⑦步武：漫步。

⑧陂陁：山坡倾斜之状。

⑨积缟：堆积着的洁白绢匹，这里喻指梅花重重叠叠。

⑩豁閜(xià)；破缺，开裂。

⑪海云洞：又称水旱二龙洞。洞分上下层，上即为旱洞，深十余丈；下即为水洞，储泉为池，水清见底。

⑫西溪：在杭州市郊粟山下，亦多古梅。

⑬梅候：梅花盛开的时节。

【品读】

林纾嗜游山水胜境，亦擅记游之作。其写境状物本领之高超，可与郦道元、徐霞客媲美。

超山梅花以“古、奇、广”三绝而著名，文中写超山梅花，由景入心，心海映梅，别有一番境遇和情绪，娓娓道来，丝丝沁脾。写宋梅老树，青苔及身，古朴的苍老中焕发出新生的靓丽和力量。写明代众梅及周边景致，却是幽冷的黯淡无光，让人索然。经过朋友引领，才得见梅花雪海，梅林交错，梅香四溢，犹不尽兴，次日再寻梅，有山有石有洞有水声有风声，别具韵味。

如果再挖掘文章特点，作者言其古，“古于诘屈”一句，勾绘出鹤龄老梅的劲朴姿态；言其多，喻以“丛芬积缟”，展现了一幕清芬四溢的梅花世界；言其美，状之“玉雪一色”，暗喻了梅花冰清玉洁的高雅品格。

林纾这篇《超山梅花记》，情景开阔，物象丰沛，场面质感，有种古风古意古蕴在其中，尤为厚重。

穷奇

秋于敬亭送从侄游庐山序[①] 李 白

余小时，大人令诵《子虚赋》，私心慕之。及长，南游云梦[②]，览七泽之壮观[③]，酒隐安陆[④]，蹉跎十年[⑤]。

初，嘉兴季父谪长沙西还时，余拜见，预饮林下[⑥]，耑乃稚子，嬉游在旁。今来有成，郁负秀气。吾衰久矣，见尔慰心，申悲道旧，破涕为笑。方告我远涉，西登香炉，长山横蹙[⑦]，九江却转[⑧]，瀑布天落，半与银河争流，腾虹奔电，潨射万壑，此宇宙之奇诡也。其上有方湖、石井[⑨]，不可得而窥焉。羡君此行，抚鹤长啸。恨丹液未就，白龙来迟，使秦人着鞭，先往桃花之水。孤负夙愿，惭归名山，终期后来，携手五岳[⑩]。情以送远，诗宁阙乎[⑪]！

【注释】

①这篇赠序写于唐玄宗天宝十三年(754)左右，当时李白正在江南一带漫游。敬亭，山名，在今安徽省宣城市。从侄，堂侄。庐山，又称匡庐山，在江西九江市南，北依扬子江，南临鄱阳湖，山势挺拔，风景优美，自古为游览胜地。

②云梦：古代泽名，方圆八九百里，大约在现今湖北省江汉平原一带。

③七泽：《子虚赋》说楚国有七泽，云梦是其中之一，这里借指李白当时游览的湖北、湖南一带地方。

④安陆：今湖北省安陆市。

⑤蹉跎十年：李白于唐玄宗开元十三年(725)从四川出来漫游，其间在安陆大约住了十年。

⑥林下：幽僻之境，引申指退隐或退隐处。

⑦横蹙(cù):形容山峰横截耸峙。

⑧九江:长江流经湖北省和江西省,支流很多,因称这一段长江为九江。

⑨方湖、石井:传说庐山上有方湖、石井,其中有赤色的鱼儿涌出来。

⑩五岳:即东岳泰山、西岳华山、南岳衡山、北岳恒山、中岳嵩山,这里泛指像五岳和庐山那样的名山。

⑪阙:通"缺"。

【品读】

李白的诗歌多以雄浑、豪放、激荡、瑰丽、率真、浪漫等特色著称。这篇以赠序形式抒写的山水小品神形亦是相似。

文章以追忆往事的形式带入,增强了故事性和情节感。从堂侄将游庐山写到对庐山的向往,从而想象庐山山峰横截耸峙,江流盘旋曲折,瀑布从天降落的情景,确实雄伟壮观,逶迤绮丽,虽是想象之词,却令人十分神往。庐山瀑布数量特别多,这些瀑布与庐山的奇峰、云海融合在一起,构成一种奇幻迷蒙的意境。天上地下,水流石立,瀑布银河,风驰雷电,求仙问道,李白将宇宙、自然、人类三位合一,展现出一种生命大境界,蕴藉深厚,立意颇高。

李白有《望庐山瀑布》诗:"日照香炉生紫烟,遥看瀑布挂前川。飞流直下三千尺,疑是银河落九天。"本文中对庐山瀑布的描写,与之比较有异曲同工之妙,同样是明朗、壮阔、洒脱、飘逸的风格,张力十足,雄奇奔放,洋溢着热爱大好山河的强烈感情。

同时,因文中人物关系的特殊,亲人离别场景的渲染,于此引发了些许淡淡的乡愁萦绕,不多不少,恰好能勾起一份思乡情结,既遥远,又想念,很温暖。

过巫山神女祠[①] 陆　游

二十三日。

过巫山凝真观[②],谒妙用真人祠[③]。真人,即世所谓巫山神女也[④]。祠正对巫山,峰峦上入霄汉,山脚直插江中。议者谓太、华、衡、庐，皆无此奇[5]。然十二峰者[6]，不可悉见[7]。所见八九峰，惟神女峰最为纤丽奇峭，宜为仙真所讬。祝史云[8]：每八月十五夜月明时，有丝竹之音，往来峰顶，山猿皆鸣，达旦方渐止。庙后山半，有石坛平旷。传云：夏禹见神女，授符书于此。坛上观十二峰，宛如屏障。是日，天宇晴霁[9]，四顾无纤翳[10]；惟神女峰上有白云数片，如鸾鹤翔舞，裴徊久之不散[11]，亦可异也。祠旧有乌数百，送迎客舟。自唐夔州刺史李贻诗已云："群乌幸胙余"矣[12]。近乾道元年，忽不至。今绝无一乌，不知其故。泊清水洞，洞极深。后门自山后出；但黮闇，水流其中[13]，鲜能入者。岁旱祈雨颇应。

权知巫山县、左文林郎冉徽之，尉、右迪功郎文庶几来。

【注释】

①《巫山神女祠》：选自《入蜀记》。题目为后人所加。

②巫山：今重庆巫山县之东，长江贯流其中。凝真观：即巫山神女祠，在巫山飞凤峰之下。

③谒(yè)：晋见，拜见。妙用真人：后世为神女所加之封号。

④巫山神女：传说赤帝之女瑶姬，未嫁而死，葬于巫山之阳(南)，故名"巫山神女"。

⑤太、华、衡、庐：即太山、华山、衡山、庐山，均为我国名山。

⑥十二峰：巫山峰峦甚多，著名的有十二峰。其名为：望霞、翠屏、朝云、松峦、集仙、来鹤、静坛、上升、起云、飞凤、登龙、圣泉。见《名胜志》。

⑦悉：全，都。

⑧祝史：祠庙中的主持人。

⑨霁：天放晴。

⑩纤翳(yì)：微小的云雾。翳：掩蔽物，此指云烟雾气。

⑪裴徊：同"徘徊"。

⑫幸：庆幸，希望。胙(zuò)：供祭祀用的肉食。

⑬黮闇（tǎn àn）：黑暗不明。

【品读】

众所周知，长江三峡巫山十二峰，峰峰有故事，处处好景致，在文人笔下，它们与众不同，各具特色。神女峰更是传说悠远。作者亦步亦趋，随着山水深入，边走边看，边行边议，将眼见为实与心中感怀融为一体，借他人之言发出了“泰山、华山、衡山、庐山都没有巫山奇特”的慨叹。

他说：“所见八九峰，惟神女峰最为纤丽奇峭，宜为仙真所话。”再引用祝史所言和民间传说，多层次、多角度地推进山中奇观，释义山名蕴藉，再现了神女峰中秋月圆夜之美好，丝竹妙音盘桓山巅，众猿啼鸣通宵达旦，而有一处平整开阔的石坛，正是神女授符书于夏禹之地，婉转处引人遐思。抬眼望去，山峰几片白云岫出，犹如凤凰、白鹤蹁跹舞蹈，美不胜收，好似置身仙境也。

从他人眼中、文中、传说中探寻神女峰的别韵气质，再辅以自我游历的感触，陆游此篇山水记读来让人向往、神思。

景州陈公山观鸡寺碑铭[①] 志　延[②]

观鸡寺者，离垢远尘之兰若也。按《幽州风土记》：蓟城[③]东三百里陈公山有观鸡寺，而土俗传说，曾观山峰有金鸡之瑞，因以名焉。载考创修，不详何代。地方沃爽[④]，路概虚通。北依遵化城，实前古养马之监；南临永济院[⑤]，乃我朝煮盐之场。九峪十峰[⑥]，萦回左右；甘泉仙洞，溶列东西。而况宝塔灵应之山，镇其形胜；龟灵佑国之寺，翼乃标奇。信绝世之福田[⑦]，幽岩之殊致矣。

【注释】

①景州陈公山：今河北遵化市，唐属平州，于此置买马监。辽重熙(1032—1054)间，于此置景州。陈公山，即陈官山，在唐山丰润区东北

七十里，东临还乡河，西接黄上岭，绵亘数十里。

②志延(1048—1108)：高阳军(今河北易县)涞水县水东里人。年二十四，出家于燕京天王寺，通大小乘，戒行高雅。辽天祚帝乾统八年(1108)卒，得年五十九。志延能文善书，《观鸡寺碑铭》，即由其撰文并书篆。

③蓟城：古蓟州，即今河北蓟县。

④沃爽：肥沃清爽。

⑤"永济院"二句：永济院，入金后改永济县，即今河北唐山丰润区。向南滨海，多渔盐之利。

⑥"九峪十峰"四句：泛指观鸡寺周围峰峦岩泉之美。

⑦福田：犹云福地。

【品读】

析《全辽文》十三卷，竟无一篇专写山水者，这可能是文献散佚的缘故。因而，由于这类作品的保存欠缺，常给人以假象，认为辽人于山水近似无缘。不过，在一些金石文字中，特别是一些修建于名山胜水的道庙寺观的碑刻上，往往有绝妙精湛的写景文字镌录着。

志延记观鸡寺，简短百余字，而寺之形神全出，栩栩如生，犹如眼前。从大地理坐标写到具体情景，娓娓道来，非常有秩序、层次感。仅用十六个字："九峪十峰，萦回左右；甘泉仙洞，溶列东西。"陈公山官鸡寺的气象万千就全部概括，不必详尽细书，然不觉有何疏落、欠缺。

上方山[①]四记(其一)　袁宗道[②]

自乌山口起，两畔乱峰束涧[③]，游人如行衖中[④]。中有村落、麦田、林屋，络络不绝[⑤]。馌妇牧子[⑥]，隔篱窥诧，村犬迎人。至接待庵，两壁突起粘天，中间一罅[⑦]，初疑此罅乃狖穴蛇径[⑧]，或别有道达颠，不知身当从此度也。前引僧入罅，乃争趋就之。至此游人如行匣中矣。三步一回，五步一折，仰视白日，跳而东西[⑨]。踵屡高屡低，方叹峰之奇，而他峰又复跃出。屡陟屡歇，抵欢喜台。返观此身，有如蟹螯郭索[⑩]潭底，自汲井中，以身为瓮，虽复腾纵，不能出栏。其峰峦变幻，有若敌楼者，睥睨栏楯俱备[⑪]；又有若白莲花，下承以黄趺[⑫]，余不能悉记也。

【注释】

①上方山：在北京市房山，为大房山支脉。山势陡峭，峰峦重叠，有九洞、十二峰、七十二庵之胜，曾被誉为"北方桂林山水"。

②袁宗道(1560—1600)：字伯修，号石浦，湖广公安(今湖北公安县)人。万历十四年举进士第一，授翰林院庶吉士，后转编修、东宫讲官。他深恶当时文坛上的拟古主义，"力排假借盗窃之失"，是公安派文学革新运动的创造者。

③束涧：指山峰高峻，两畔对峙，像是约束着涧水。

④衖：通"弄"，小巷。

⑤络络：前后连接。

⑥馌(yè)妇：给种田人送饭的妇女。

⑦罅：裂缝。

⑧狖(yòu)：一种像狸的动物。

⑨跳而东西：因为上山的道路极为曲折，所以太阳忽而在东边，忽而又在两边。

⑩郭索：形容蟹爬行或蟹爬行的声音。

⑪睥睨：城墙上的女墙。

⑫趺：碑下的石座。

【品读】

袁宗道是明代著名文学家，与其弟宏道、中道合称为"三袁"，三兄弟皆擅长山水小品创作，造诣颇高，极具影响力。其论文反对前后七子摹拟、复古的主张，崇尚本色，世称"公安派"。其虽科举荣达，任职东宫讲官，却生性淡泊，常怀丘壑之思，畅想山水之乐，难能可贵的洁身自好。因而，生活中时邀约三五好友，纵情于乡野山林，饱览自然风光，无不逍遥。

作者游历上方山，有四记，此为其中第一篇。曰：“及游上方，则小西天寻常培塿耳。”

作者是一位专擅描绘山水的高手，构架层次分明，勾描简洁流畅，点染从容精心。一路行，一路观，一路探，抓住自然景物和人文特色，从极细微处落笔，说“村落、麦田、林屋”的错落风光，道“村犬迎人”的乡间情致，整个画面予人情境感和镜头感，现实、温暖，极能吸引人眼球，带动游览气氛。而山中峭壁、罅隙、峰峦、潭、井等物象特点，又构成了山里特有的景致，幽深清净，空悠深邃，置身其中，令人心旷神怡，备觉心情愉悦，舒畅情绪油然而生，甚是迷人、动心。

华山后记[①] 袁宏道

从玉泉院至青柯坪[②]，东西皆石壁，涧水萦洄出[③]。逾张超谷[④]，壁乃峭。至希夷峡[⑤]，石忽具态，摩云缀日[⑥]，压叠而上行，大石累累卧涧中，水不得直去，则跃舞飞鸣，与山争奇于一罅之内[⑦]。

至青柯坪，西峰斗绝出，诸山忽若屏息，奇者平，高者俯，若童子之见严师，不知其气之微也。西峰之奇在水帘洞，远视见窦[⑧]，下有丹石，瀑布幂之。千尺幢而上，大奇则大崄，小奇则小崄，寸寸焉如弱大之挽劲弩。至苍龙岭[⑨]，千仞一脊，仄仄如锐龙之骨[⑩]，四匝峰峦映带，秀不可状。游者至此，如以片板浮颠浪中，不复谋目矣。然其奇可直一死也。若日月岩前方石，峭壁直上，止崄耳，无他奇也。逾岭路绝，折身反度，其崄更甚，而不名者，崖不甚修也。过五将军树，度桥至通天门，崄乃尽。山自仙人拇始为岳，岳以内若自为天地者。诸星曜平视，得人间之半。其地微肤，长松桧，污处齐云台峰顶。

云台直北，当入嶂时，犹干霄，诸峰之在云台下者，犹矗矗也。南上即落雁峰，千山环之，如羽林执戟儿。山皆奇峭，锋锷林林，一峰直背如轮，若与峰争秀。渭水东行，与黄河合，下见树影。东峰即玉女峰也[11]。祠玉女者，乃峰之一臂；所谓洗头盆，亦渴而浅，而东峰有之，圆滑深洁，锡以盘名亦称。

西峰最幽奥，石态生动，有石叶如莲瓣，覆崖巅；其下有龟却立，昂首如欲行，盖叶上物也。是即所谓莲花峰矣。锡玉井在峰足[12]，二十八潭圆转而下[13]，瀑布上流也，恨不于雨后观之。山壁树如错绣，鸟语从隙中来，云“无鸟”者误。洞少天成，然整洁可居。庐舍亦有，而黄冠不至[14]；岁一至，以馆香客耳。山灵之寂寞无侣可知矣。

【注释】

①华山：在陕西东部，华阴市南，为五岳中的西岳。

②玉泉院：在华山北麓谷口，为登山必由之地；因院内有泉水得名。青柯坪：在华山谷口内约二十里，山玉泉院到这里，谷道已尽，豁然开朗。

③萦洄：环绕曲折。

④张超谷：又称雾谷，传说东汉时张超居此，因其能布五里雾得名。

⑤希夷峡：五代隐士陈抟号希夷先生，此峡即以之命名。

⑥摩云缀日：形容山之高，上可与云相触、与日相连。

⑦罅：指谷道中狭长的山涧。

⑧窦：洞穴。

⑨苍龙岭：古称搦岭，在华山山腰。

⑩仄仄：形容山脊狭窄起伏的样子。锐龙：即恐龙，头小体大。

⑪东峰：应为中峰，又称玉女峰，因传说秦穆公女儿弄玉隐居于此得名。

⑫锡玉井：在莲花峰镇岳宫内，据说与玉泉院泉水相通。

⑬二十八潭：在玉井东北不远处，是二十八个石洼，排列如贯珠，崖

端上有水流至其腹，形成瀑布。

⑭黄冠：代称道士。

【品读】

明万历三十七年(1609)，作者赴秦中主持陕西乡试。典试后，即遍游秦中诸胜，曾登临华山绝顶。

此篇《华山后记》，着重以西峰(莲花峰)为观赏对象和写意风景，并联袂其周边诸峰、诸色、诸林、诸石、诸水、诸景等，构架出一幅雄伟宏阔的峰峦跌宕图，将西峰营造成众星捧月的突出效果，使其不露自显，肃穆威严，雄健自成。全文以游踪为线索，尽述途中所见所闻所观所思所悟。作者从玉泉院开始，前往青柯坪，其间涧水萦洄，壁峭肃立，岩石具状，累累大石中有涧流穿行，与山争罅。到了青柯坪，西峰陡然绝出，群山屏住气息，或平，或俯，皆作恭敬样。最奇之处则是水帘洞，远观洞下有丹石，瀑布宽阔如带。上眺亦是险要绝处。至苍龙岭，“千仞一脊，仄仄如锐龙之骨，四匝峰峦映带，秀不可状”群峰势态逼仄而来，情境尤显壮阔、宏美。再往前，比比皆是的峭壁、山险、路绝，让人不敢大意万分。“过五将军树，度桥至通天门，崄乃尽。”于是，眼前开阔一片，犹如“得人间之半”，四野尽收于眼底。

登上云台，诸峰之下矗立，千山环绕，群山峻秀。见渭水东往与黄河合，玉女峰前方绝立。最幽处，诸石栩栩如生，“有石叶如莲瓣，覆崖巅；其下有龟却立，昂首如欲行，盖叶上物也。是即所谓莲花峰矣。”莲花峰的名字由来呼声而出，点题收梢。

如与作者同游华山，同赏西峰之奇，备觉意趣无穷。文章的结语：“山灵之寂寞无侣可知矣。”诙谐风趣，而且透露出作者的情旨与个性。因而，读这篇游记，真如与作者同游华山，同赏西峰之奇，备觉意趣无穷。

临安至昌化 程嘉燧[1]

既雨宿临安邸中[2]，明发遂行[3]。云气淋漓，衣袂皆润。至九州山，路缘崖屈曲上下，小溪绕山足，苕溪亦相映带[4]，而稍远。俯察水涯，枫柽丛生。溪得雨乍涨，迴萦林间，仰视崖树，宿雨滴沥。数里外人家，林木翳然[5]。晨烟如缕，明灭远上，半入云雾，屡回不觉，旋至其地，又前为一泉山，有泉悬石上，旁有石磴，闻上有佛寺。山麓犬牙回互，水木盖攒簇，至藻溪，遂入於潜境。水皆分流其中，聚为山市，散为远村，疏数出没，曲有异趣，凡若干里，道左临溪，故双溪之下流也。望见九里桥，山峦岑秀，松柏槠楠[6]，蒙茏其上，人家倚薄其下[7]。危桥浅河，马渡河际，人行树间，暮色晻霭[8]，宛在画中。又一二里，抵于潜。

明日，游观山[9]，亭午始就道。时余霑醉舆中[10]，胜概已失其十九。至罗岭，不甚高峻，然有关踞其隘，其上逶迤，旁见林坞：其下陡狭，回俯县邑；山县无城，其大不能当歙之聚落。然溪谷特回合，县东石桥亦壮，县南隔溪，小山峭崿[11]，上有古刹，皆足寓目。薄暮独南行溪水，上观寺阁，复东渡石桥，读山下古碑。碑载县沿革甚详，惜好事者未尝至也，故记之。

【注释】

①程嘉燧(1565—1644)：字孟阳，号松圆、偈庵，本休宁(今属安徽)人，后寓居嘉定(今属上海市)。工诗善画，与唐时升、娄坚、李流芳合称为“嘉定四先生”。著有《偈庵集》《松圆浪淘集》等。平生游屐至广，所作小品多记所游山川水滨之美景和游中之乐，惯以画意入文，描画含蓄空灵，极富天然情致。

②临安：今浙江杭州市。昌化：旧县名，在浙江省西部，今已并入临

安市。

③明发：天破晓时出发。

④苕溪：此指东苕，源出浙江天目山南麓，流经临安、余杭等县。相传夹岸多苕花，故名。

⑤翳然：遮盖的样子。

⑥槠(zhū)：树名。结实如橡，可食。

⑦倚薄：依靠贴近。

⑧晻霭：昏暗无光。

⑨观山：一名石头山，在浙江杭州富阳区东。

⑩霑醉舆中：大醉于轿中。

⑪岞崿(zuò è)：山深险的样子。

【品读】

南国腹地，江南水乡，千百年来无不令人艳羡和垂青。

淡妆素裹，眉目含烟，清风杨柳，水墨生花，这就是人们心中想象的清妙江南。在古人眼里，在诗人笔下，其实它更为荡漾、幽美、绝丽。程嘉燧这篇《临安至昌化》即有此特点。

在湿漉漉的夜雨后，翩然行走在临安至昌化的路途上，穿越阡陌、蹊径、山路、林间，一路风光满目美景，四野之上皆是溪涧、山林、岩崖、村落、炊烟、云雾、泉水、山麓、渡口等犬牙交错的山水丽景，勾勒出一幅水墨江南，天然清绝，自然飘逸。犹如人在画中游，诗在画中吟，景致逶迤多姿，风光美妙蹁跹。

这篇山水小品，作者笔触空灵，笔意含蓄，笔墨清丽，质感形象地展现了一幅奇丽险峻的南国水乡图。其间山水互对，相映成趣，人行景中，神情清爽，更添活力，是富有江南特色的山水妙品。

黄果树瀑布记[①] 徐宏祖

二十三日，雇短夫遵大道南行[②]。二里，从陇头东望双明西岩，其下犹透明而东也；洞中水西出流壑中，从大道下复西入山麓，再透再入，凡三穿岩腹，而后注于大溪。盖是中洼壑，皆四面山环，水必透穴也。又南逾阜，四升降，共四里，有堡在南山岭头。路从北岭转而西下，又二里，有草坊当路，路左有茅铺一家。又西下，升陟陇壑，共七里，得聚落一坞，曰白水铺，已为中火铺矣。

又西二里，遥闻水声轰轰，从陇隙北望，忽有水自东北山腋泻崖而下[③]，捣入重渊，但见其上横白阔数丈，翻空涌雪，而不见其下截，盖为对崖所隔也。复逾阜下，半里，遂临其下流，随之汤汤西去[④]；还望东北悬流，恨不能一抵其下。担夫曰："是为白水河。前有悬坠处，比此更深。"余恨不一当其境，心犹慊慊[⑤]。随流半里，有巨石桥架水上，是为白虹桥。其桥南北横跨，下辟三门，而水流甚阔，每数丈，辄从溪底翻崖喷雪，满溪皆如白鹭群飞，白水之名不诬矣。

渡桥北，又随溪西行半里，忽陇箐亏蔽[⑥]，复闻声如雷，余意又奇境至矣。透陇隙南顾，则路左一溪悬捣[⑦]，万练飞空，溪上石如莲叶下覆，中剜三门，水由叶上漫顶而下，如鲛绡万幅[⑧]，横罩门外，直下者不可以丈数计，捣珠崩玉，飞沫反涌，如烟雾腾空，势甚雄厉；所谓"珠帘钩不卷，匹练挂遥峰"，俱不是以拟其壮也。盖余所见瀑布，高峻数倍者有之，而从无此阔而大者；但从其上侧身下瞰，不免神悚。而担夫曰："前有望水亭可憩也。"瞻其亭，犹在对崖之上。

遂从其侧西南下，复度峡南上，共一里余，跻西崖之巅。其亭乃覆茅所为，盖昔望水亭旧址，今以按君道经，恐其停眺，故编茅为之耳。其处正面揖飞流[⑨]，奔腾喷薄之状，令人可望而不可即也。停憩久之，从亭南西转，涧乃环山转峡东南去，路乃循崖石级西南下。

【注释】

①本文选自《徐霞客游记》卷四，题目为编者所加。黄果树瀑布：在贵州镇宁布依族苗族自治县西南三十里的白水河上，由瀑、潭、洞三部分组成。

②短(shù)夫：仆夫。短，通裋，仆役穿的粗衣。

③山腋：山腰部位。

④汤(shāng)汤：大水急流的样子。

⑤慊(qiè)慊：心里不满足的样子。

⑥陇箐：山上的竹林。

⑦悬捣：悬空直冲而上。

⑧鲛销：薄纱。

⑨揖飞流：与飞流相对，如作揖的样子。

【品读】

这篇文章选自《徐霞客游记》卷四，题目为编者所加。

黄果树瀑布，素有“天下奇景”之称。其主瀑高67米，顶宽84米，每至夏季水势格外汹涌，倒悬倾泻犹如天漏，下跌犀牛潭中，轰然巨响，声震十里，飞沫四溅，雾雨升腾，数百米外一片迷蒙。

作者于农历四月下旬来游，正值夏初洪水上涨，得以尽观瀑布至壮至奇的景象。

此篇游记以行动线路为发展，以亲临感受为体悟，以各个角度为视点，描绘出黄果树瀑布蔚为壮观、奔腾雄壮、激昂奋进的壮丽特征。或俯仰之姿，或远观近眺，或直视侧目，将距离、方位、高低等辅以镜头的敏感捕捉，全方位打开作者的视觉、听觉、意觉，营造一种清爽剔透的即触之感，犹如一场自然盛宴的生命畅享。

文中着力描绘水势，用各种新鲜贴切的比喻渲染夸饰，如“万练飞空”，如“莲叶下覆”，如“鲛绡万幅”，都以生动传神的视觉形象，有声有色地展示出瀑布“漫顶而下”时的动态美，为读者创造了一个雄丽瑰奇，使人目眩神悚的艺术境界。

红螺崄[1] 刘侗

山头苦乱，目不给瞬也，正复爱其历乱。山涧苦喧，耳不给聒也，正复爱其怒喧。山路苦陡，趾不给错也，正复爱其陡绝。尔乃樵夫牧儿，释厥苦辛，来助游人，矻矻惘惘[2]，盖险思僻情，夫人而有之已。上方山之险僻，未险僻也。东去三十里，有红螺崄焉。

山通体一峦锷，而峦诸相具。循九龙峪，度八达岭，犯云雾而上[3]，上牛羊径，非人径也，曰桃叶口。入五里，数十人家，苑随崖起，户随涧开。远望云会门，两峰立矣。到门而坠石开裂，真若门然。荒荒落落，亦有僧烟。如是者下崄，下崄上里余，溇溇出石隘中者[4]，龙潭水也。过此径穷而梯，垂铁絙挽而下上，久之梯穷又迳；洞曰红螺，当年有红螺放光也。洞石作古色，下土穹然，当年有人饮此，霹雳骤至也，龙窟欤？如是者中崄，中崄复上半里，崄意渐弛，僧渐拓其宇，峰蹙者渐列，面面见其巧，然势仍仄逼，直上视，莫及列峰之顶。右松棚庵，一松横阴，广轮四五丈，半覆庵，半覆空。僧聚石松根，为松御风也。再右百磴，观音洞，曲而容坐，深而朗朗[5]。如是者上崄，出崄，有宇翼翼差差[6]，花竹簇簇者，嘉避庵，中贵山栖焉。

崄旧名幽岚山，一曰宝金山。樵迳之，成化年始。僧宇之，嘉靖年始。游人传之，万历年始。

【注释】

①红螺崄：在北京西南上方山以东三十里，一名洪螺山，山上有棺材峰。袁宏道《游红螺崄记》中说此山的景色是巧而纤、险而酷、仄而旋。

②矻矻：勤奋不懈。惘惘：心中若有所失的样子。

③犯：插入。

④溱溱：泉水缓缓流出的样子。

⑤朗朗：明亮。

⑥翼翼：有次序。差差：参差不齐。

【品读】

这篇山水佳品不走寻常路，起句以三联排比开始，道远峰、山涧和山路，颇有新奇之效，吸引读者眼球。

作者将红螺崄分为下崄、中崄、上崄三个部分进行描绘，各取其怡人的美景，贯注以“险思僻情”，如同一幅画，一首歌，流露出一片浓浓的情思。作为景观的中心点，对红螺洞还以民间故事传说增添一层神秘的色彩，更使文章大生妙趣。至于行文中骈散交错，时见对仗，以及善用短句和造字，以最少文字包含最大容量，则是显示了竟陵派作家遣词用字特有的风采。

红螺崄山水的幽奇险僻，惹得山水诗人竞相前来，留下不少清妙篇章。袁宏道说“霜岩透斑锷，石骨竦清怒。”又道“山风吹晓作新岚，仙梦茫茫古石龛。”王应翼落笔应声叹：“万峰面面来，奋起摩苍穹。仰首岚翠飞，吾意默与融。”沉寂于此间，万古空旷，天地于心，情怀幽远，如缕如丝的连绵不断。

游黄山记　钱谦益[①]

山之奇，以泉、以云、以松；水之奇，莫奇于白龙潭：泉之奇，莫奇于汤泉：皆在山麓。桃源溪水流入汤泉，乳水源、白云溪东流入桃花溪，二十四溪皆流注山足，山空中，水实其腹，水之激射奔注，皆自腹以下，故山下有泉而山上无泉也。

山极高则雷雨在下，云之聚而出，旅而归，皆在腰膂间。每见天都诸峰，云生如带，不能至其冢[②]；久之，滃然四合，云气蔽翳其下，而峰顶故在云外也。铺海之云[③]，弥望如海，忽焉进散，如臬惊兔逝。山高出云外，天宇旷然，云无所附丽故也。

汤寺以上，山皆直松，名材桧、榧、楩、楠，藤络莎被，幽荫荟蔚[4]。陟老人峰，悬崖多异松，负石绝出。过此以往，无树非松，无松不奇：有干大如胫而根蟠屈以亩计者；有根只寻丈而枝扶疏蔽道旁者；有循崖度壑因依于悬度者；有穿罅冗缝崩进如侧生者；有幢幢如羽葆者[5]；有矫矫如蛟龙者：有卧而起，起而复卧者；有横而断，断而复横者。文殊院之左，云梯之背，山形下绝，皆有松踞之，倚倾还会，与人俯仰，此尤奇也。

始信峰之北崖，一松被南崖，援其枝以度，俗所谓接引松也。其西巨石屏立，一松高三尺许，广一亩，曲干撑石崖而出，自上穿下，石为中裂，纠结攫拿，所谓扰龙松也。石笋矼、炼丹台峰石特出离立，无支陇[6]，无赘阜，一石一松，如首之有笄，如车之有盖，参差入云，遥望如荠，奇矣，诡矣，不可以名言矣。松无土，以石为土，其身与皮干皆石也。滋云雨，杀霜雪[7]，勾乔元气，甲拆太古[8]，殆亦金膏水[9]、碧上药、灵草之属，非凡草木也。顾欲斫而取之，作盆盎近玩，不亦陋乎！

度云梯而东，有长松夭矫，雷劈之仆地，横亘数十丈，鳞鬣偃蹇怒张[10]，过者惜之。余笑曰："此造物者为此戏剧，逆而折之，使之更百千年，不知如何槎枒轮囷[11]，蔚为奇观也。吴人卖花者，拣梅之老枝，屈折之，约结之，献春则为瓶花之尤异者以相夸焉[12]。兹松也，其亦造物之折枝也与！"千年而后，必有征无吾言而一笑者[13]。

【注释】

①钱谦益（1582—1664）：字受之，一字牧斋，别署蒙叟、绛云老人、东涧遗老、梧下先生，江苏常熟人。明万历三十八年（1610）进士，授翰林院编修。崇祯时，官至礼部侍郎。南明福王弘光时，为礼部尚书。清兵攻占南京后降清，顺治二年为礼部侍郎管秘书院事，充修《明史》副总

裁，后以病乞假归里。顺治四年，因黄毓祺案牵连下狱，一年后获释。康熙三年(1664)卒。有《初学集》《有学集》《杜诗笺注》等。博学多才，工诗文。其文波澜壮阔，极有气势。

②冢：指山顶。

③铺海之云：黄山奇观之一。站在山顶之上，可见山下白云四合，翻涌如海。

④荟蔚：形容草木繁多，蔚然生秀。

⑤羽葆：用鸟羽装饰的车盖。这里用来形容松树枝叶茂密。

⑥无支陇：没有分出的山冈。无赘阜：没有多余的支脉。

⑦杀霜雪：经受霜雪洗礼。

⑧甲拆：同“甲坼”，指草木种子外皮开裂而萌芽。

⑨金膏水：相传是山川和气所生的浆液，喝了可以长生。灵草：即灵芝。

⑩鳞：指松树像鳞甲般的外皮。鬣：指松树像鬣须般的松针。

⑪槎枒：枝条向旁伸展。轮囷：屈曲盘旋的样子。

⑫“献春”句：到了春天就做成特别奇异的瓶花来互相夸耀。

⑬征：证验，证实。

【品读】

黄山之奇，“以泉、以云、以松。”而此文之奇正在于短幅之中笼尽黄山奇绝，更于云泉之外绘尽黄山松姿，让人拍案叫绝，叹为观止。

文中写泉奇，追根溯源，从发源到流经，从流经再到泉眼。泉奇在“溪水归宗”，从山麓始，乳水源、白云溪流入桃源溪，桃源溪径自入汤泉，其中有二十四条溪水不断注入泉中，形成了庞大的泉水源头，供给充沛。再有一奇，便是山上不留泉水，从山的腹部顺流而下，使得山下有泉而山上无泉。云奇，奇在“云铺海”云的“聚”“旅”“归”“如带”“四合”“进散”等奇妙变幻，经作者大笔涂抹，情境尤显酣畅淋漓。松奇，奇在黄山松姿，有总写，有特写。倚倾横斜，夭矫开张，争奇斗诡，写出了黄山“无树非松，无松不奇”的特立独行之处。作者着力勾勒和渲染其坚韧不拔和奋力抗争的风貌与气度，展现出黄山松遒劲、刚烈、肃穆、硬朗的积极形象，以“以石为土”“滋云雨，杀霜雪，勾乔元气，甲拆太古”等精要描述，将黄山松高洁、灵异的特性完整、完美呈现，不知不觉中使人产生钦佩、敬慕、瞻仰之情，催人奋进，引导人健康向上，激励人永葆本色。

钱谦益所作《游黄山记》共九篇，这是其中一篇。其文开阔大气，气象万千，富有胸襟。与徐霞客《游黄山日记前、后》相较，前者注重内蕴实质的追寻和人文精神的发掘，后者偏于绎理追源，遵循自然和科学态度。两人的黄山游记皆是小品中的精品，各具韵味，各有千秋，各自流芳。

山市[①] 蒲松龄

奂山山市[②]，邑八景之一也。然数年恒不一见。孙公子禹年，与同人饮楼上，忽见山头有孤塔耸起，高插青冥[③]。相顾惊疑，念近中无此禅院。无何，见宫殿数十所，碧瓦飞甍[④]，始悟为山市。未几，高垣睥睨[⑤]，连亘六七里，居然城郭矣。中有楼若者，堂若者，坊若者[⑥]，历历在目，以亿万计。忽大风起，尘气莽莽然[⑦]，城市依稀而已。既而风定天清，一切乌有；惟危楼一座，直接霄汉。楼五架，窗扉皆洞开；一行有五点明处，楼外天也。

层层指数：楼愈高，则明愈小；数至八层，才如星点；又其上，则黯然缥缈，不可计其层次矣。而楼上人往来屑屑[⑧]，或凭或立，不一状。逾时，楼渐低，可见其顶；又渐如常楼，又渐如高舍；倏忽如拳如豆，遂不可见。

又闻有早行者，见山上人烟市肆，与世无别，故又名“鬼市”云[⑨]。

【注释】

①山市：这里指一种因折光反射而形成的山市幻景，如同海市蜃楼。

②奂山：一作焕山，在今山东省淄博市淄川区西北十五里。

③青冥：青天。冥，形容天空极其高远。

④飞甍（méng）：翘起的屋脊，像要飞举的样子。

⑤睥睨（pìnì）：城上的女墙，有洞，可以窥望城外。

⑥坊若者：像牌坊的。

⑦莽莽然：广大迷茫的样子。

⑧屑屑：动作琐碎的样子。

⑨鬼市：古人以为山市幻景是鬼怪作祟形成的，故以"鬼市"称之。

【品读】

一种大自然的奇特现象，在作者笔下别具魅力、引人入胜。

作者腾龙走笔，泼墨挥毫，胜在气势恢宏，妙在落笔精准，无不彰显鬼斧神工特效，犹有诡异玄妙特质，很有其《聊斋志异》的意境，让人啧啧称奇，不由暗自惊叹。

文中草蛇灰线两条线路。一是时间变化，从"忽"至"无何"，再到"未几"，又"忽"，再至"既而"，随后"逾时"，终于"倏忽"。二是景致变化，先是孤塔绝立，再是宫殿显现，直到城郭延绵，最后是"危楼"耸然。通过不断地连续地勾绘出不同境界的图景，将山市景物的变幻穷形尽相，使人眼花缭乱、目不暇给。在一波波的视角冲击下，挑起身形、语言、意识、思维、心理的内在激荡，并随着山市的变幻莫测，一点点加剧着心中的疑惑、惊诧和玄迷，其变化多端，美轮美奂，足以让人目瞪口呆。

作者将其称为"鬼市"，实则就是现代所说的"海市蜃楼"现象，玄妙之极，难以忘怀，唯有观者能明了其中不同凡响之处吧。

霍山　李调元[①]

霍山在龙川县北[②]，周旋七十余里[③]，为峰三百七十有二，最秀者曰大佛迹。秦始皇时有霍龙字灵阳者居之，因名霍山。

其巅有二岩。东向者曰望月，无甚奇。西向者曰太乙，深八九丈，广倍之，宽二丈余。上有覆石[4]，平如掌，左右两峰夹之，是为霍山洞天。

其东有横岩。在半壁岩中[5]，有一石出地数尺。人偶撼之，辄动；及力撼之，反不动；亦一异也。岩上峰名酒瓮石，崛起平地百余仞，上锐[6]，中博，下顿，如瓮然。泉涓涓倾出，味甘如醴[7]，因名酒瓮泉。所注成潭，大亩许，清深不测[8]。旁多万年松、风兰、仙人掌、金星草、黄精、白术之属，远近随风，处处芬馥，如入罗浮之百花迳矣。

大佛迹峰在山南。石上有大人迹十四所。迹有黄牛浆，甚澄澈。邻峰曰石楼，亦有巨人履迹。下有一石，可坐数十人，为仙乐石。又有捣药石，常闻杵声，而不可见。寻之，多在志公楼峰之腰[9]。又有七星石井，大各如盆，深数尺，水随汲随盈，不汲不盈，盈必七井一时盈。其上一峰曰船头，凌晨望之，若大舶在海岛中，云气往来，如鼓枻摇动[10]，亦一异也。

【注释】

①李调元(1734—1803)：字美堂，号雨村，别署童山蠢翁。四川绵州(今属绵阳市)人。清代四川戏曲理论家、诗人。乾隆二十八年(1763)进士，任吏部文选司主事、考功司员外郎、翰林编修、广东学政。诗作《万善堂诗》清婉雍容，名震一时。著有《童山诗集》《曲话》《剧话》等。

②霍山：在广东龙川县东北，为广东名胜。

③周旋：周围。

④覆石：指望月、太乙两峰间覆盖的平石。

⑤半壁岩中：岩壁的半腰处。

⑥“上锐”三句：意谓上端尖、中间宽、底部沉。

⑦醴：甜酒。

⑧不测：测量不出。

⑨志公楼：相传是南朝齐、梁高僧宝誌曾在此处显示灵验。志公，即“誌公”，时人对宝誌的尊称。

⑩鼓枻(yì)：划动船桨，即划船。

【品读】

山水小品中写意描摹广东自然景观和人文风光的作品鲜有，李调元所作十六卷《南越笔记》弥补了这个空白。“笔记”很为详实地记录下广东地区的天文地理、风土人情、矿藏物产等情形，值得品读和研究。《霍山》选自其第二卷。

霍山位于龙川县北，是一处自然景观。作者以山、水、石之“奇”为落笔点，围绕“奇”做文章，惹人生奇，引人赏奇，发人奇趣。道奇石，有“人偶撼之，辄动；及力撼之，反不动”的异石；有“崛起平地百余仞，上锐，中博，下顿，如瓮然”的形象石；“有一石，可坐数十人，为仙乐石”的巨大平石；“又有捣药石，常闻杵声”的声形石等，山奇在状物、有声、有形。言水奇，“泉涓涓倾出，味甘如醴”“迹有黄牛浆，甚澄澈”“七星石井……水随汲随盈，不汲不盈，盈必七井一时盈”，奇在水质绝佳，从不枯竭，让人产生抢瓮痛饮的渴望。说峰奇，“西向者曰太乙，深八九丈，广倍之，宽二丈余。上有覆石，平如掌，左右两峰夹之，是为霍山洞天”“邻峰曰石楼，亦有巨人履迹”“其上一峰曰船头，凌晨望之，若大舶在海岛中”，奇在远近相宜，虚实相间，神奇相吸。置身于如此美轮美奂的奇幻世界里，自然油然而生自我陶醉，物我化一的境界。

奇山奇水奇峰，李调元笔下的《霍山》，便经久流传了。

少寨洞记　洪亮吉[①]

黎平府西四十里[②]，有少寨河。河左数里，有洞焉。门险若劈，崖危欲倾。入数十步，则左涂右溪[③]，径益深邃，陆可乘马，川能棹舟。土人云：“桃花水时[④]，鱼则麕至[⑤]。”寻源而进，势及百里，惜未获穷其胜也。徒观积崖万丈，无一尺之坦；悬瀑百仞，靡暂时之停[6]。荒寒接天，阴翳匝地[7]，虽思狂搜，不觉瑟缩。

又未至少寨以前，景亦奇丽：石径百折，蟠如怒蛇；危桥十寻，衬以鲜羽。绕岸居者，凡数百家，牖接渔艇，楼通鸟巢[8]，花红上床，苔绿入灶。人禽俱蛮，莫辨啁啃[9]；土石尽赭，尤凌景光。名花夥于种人[10]，鹅鹜繁于沙石。则又楚南之秀壤，荒外之奇観云。

【注释】

①洪亮吉（1746—1809）：字君直，一字稚存，号北江，晚年号更生。安徽歙县人，出生于江苏阳湖（今常州）。清代乾隆、嘉庆年间著名学者、文学家。因上书直言时弊触怒嘉庆，流放伊犁百日后释放回籍，家中著述终老。

②黎平府：清代贵州省府名，辖境包括今清水江以南、榕江县以东地区；境内山川环绕，为苗、侗等族聚居地区。

③涂：通“途”，道路。

④桃花水时：指农历二三月间，时桃花初开，水势盛涨，俗称桃花水。

⑤麕（qún）：通“群”，成群地。

⑥靡：无，没有。

⑦阴翳匝地：阴影布满地上。

⑧楼通鸟巢：当地少数民族所居竹楼，多与大树相傍，好似与树上鸟巢相通。

⑨啁啃（zhōu jí）：鸟鸣声，这里喻指难以听懂的当地土话。

⑩夥（huǒ）：多。种人：种花之人。

【品读】

世外之所，桃花源地，洪亮吉笔下的少寨洞就是这么一处好地方。少寨洞乃今贵州黎平县一处溶洞。

少寨洞的奇丽风光和山水人情让作者赏心悦目，那是一处当地少数民族的栖息生活的地方，处在边远的荒外，却有着诗意梦幻般的自然环境，不管是悬崖峭壁的诡奇，还是桃花水的瑰奇，或者是瀑布的幽奇，乃至百转千回石径的深奇，连着花草树木也很鲜奇，不同其他世俗处。这里处处透着一股让人探究的好奇意味，非常引人入胜。

作者精于布局，擅于婉转，不足三百字的山水小品，却描绘出古代少数民族地区绝胜一隅，很是美妙，别有洞天。本文如一幅功底深厚的素描，如一幅水平精湛的速写，其勾勒技法高超，文字靓点可圈可点。

游狮子林记[1] 黄金台[2]

有境焉，秀夺天巧，奇争鬼工。险凿五丁[3]，雄驱六甲[4]。割将鹫岭[5]，分得龙湫。侧走雷霆，倒垂菡萏。寒蛟跃出，日光不红；孤鸿归来，云气尽绿。烟青朝吐，月白夜吞。到溉奇礓，逊其布置。苏公雪浪，无此玲珑。则吴门狮子林是也。

庚子之春，余客吴下。鹤市七里，虎丘一峰，天平之巅，支硎之麓，亦既风光入眼，烟景娱神。而独恋恋于狮子林区区之地者，何哉？

犹记初入门时，但见高不十寻，广非百亩，双冈对峙，一览无余，以为无甚奇观也。岂知渐进渐幻，愈入愈佳。勇士植竿，猛若赴敌。靓女照镜，艳乃无言。空青塞扉[6]，浓紫满坞。松抱石罅，老而生髯；苔铺砌坳，细皆似发。曲池波涨，鱼跳桥心；深谷风塞，雀堕亭角。百磴雁列，一径蛇蟠；步步高低，层层凹凸。教猱升木[7]，昂头可呼；以蚁穿蛛，捷足先得。将登复下，兔窟藏踪；欲往仍还，螺纹旋掌[8]。蜂腰几折，径讶崎岖；驼腹频摩，洞偏空旷。深抵龙穴，恐埋地中；仰攀鸟巢，别出天外。犬牙互错，蜢腿交撑。在后在前，交臂忽失；或或石，拍肩又逢。危栈干盘，老马犹怯；怪峰九屈，神狐亦迷。真觉海上三山[9]，近悬眉睫；人间五岳，收入心胸矣。

或谓石以狮名，于义何取？盖狮者势能博象[10]，气可怖熊，威摄南蛮，雄传西域。而兹林也，卷毛舔舌，钩爪锯牙。夕阳坠黄，英姿兀傲；午夜昏黑，猛态狰狞。翩翩仙灵，骑来蝴蝶；咄咄怪事[11]，琢就狻猊[12]。缅怀迂倪，千秋绝技；愿学颠米[13]，再拜不遑而已。

【注释】

①狮子林：江南名园，在今江苏省苏州市内东北隅。元至正二年(1342)天如禅师于此建寺，有竹万枝，竹外多怪石，状如狮子，故名狮子林。原名狮子林菩提正宗寺，简称狮子林。

②黄金台(1789—1861)：字鹤楼，清浙江平湖人，贡生。年少有才名，屡试不中，于是专心著述，博极群书。文体效法徐陵、庾信。好交游，遍历江淮诸都，作文纪游。著有《木鸡书屋诗文钞》《左国闲吟》《听鹂馆日识》等。

③五丁：古代神话中的五个力士。

④六甲：古代方士的一种方术，此处指神技。

⑤鹫岭：印度灵鹫山，释迦牟尼尝居此说法，又称灵山。

⑥空青塞扉：意思是庭院门扉之间唯见一片空阔青翠之色。

⑦"教猱升木"一句：指上登假山时，似猿猴爬树，仰头可呼；下山时像蚂蚁穿洞，捷足者先到。

⑧螺纹旋掌：形容穿越假山，如盘旋在手掌上的纹路，找不到头绪。

⑨海上三山：古代传说东方海上的三座神山——方丈、蓬莱、瀛洲。

⑩盖：推究原因之词。

⑪咄咄(duō)怪事：这里表述石狮子的艺术造型使人惊叹。

⑫狻猊(suān ní)：狮子，指石狮子。

⑬颠米：指爱石成癖的米芾。

【品读】

这是一篇用骈偶句法描形摹态的山水佳作。

文中巧妙地运用了“红”“绿”“白”“紫”“青”“黄”“黑”等色彩为图案底蕴，泼墨出五光十色、色彩缤纷的山水世界，很具有视觉冲击力。再而细致周到地勾勒出其中物象，营造一个纷繁茂盛的盛大场景：花草树木，日月奇观，山岭奇峰，鱼兔鸟兽，曲池流水，松林虬枝，洞穴山径等。作者搜罗万象的概括出来了凡能入镜的事物，描摹惟妙惟肖，精彩纷呈。其次是动静相宜，虚实结合，远近相交，相互辉映出犬牙交错的狮子林奇特景观。

狮子林以假山为其特色，全文刻画了假山的姿态种种，移步换形，令人叹为观止。文章韵律错落有致，将假山之神、之形优雅地清晰地尽情展现出来了，毫无做作和艰涩之感。作者并不仅仅客观地记叙佳景，而是睹物感怀，思接千载。擅用比拟方法，扩充了文章的容量、内涵，使得假山各具姿态、各赋其韵，各有灵性。

作者富有丰富的联想力和非凡的创作力，呈现出特异独行的狮子林山水之景。

竞雄

谢太傅吟啸风浪[1] 刘义庆[2]

谢太傅盘桓东山时[3]，与孙兴公诸人泛海戏。风起浪涌，孙王诸人色并遽[4]，便唱使还。太傅神情方王，吟啸不言。舟人以公貌闲意说[5]，犹去不止，既风转急，浪猛，诸人皆喧动不坐。公徐云："如此，将无归？[6]"众人皆承响而回。于是审其量足以镇安朝野。

【注释】

①谢太傅：即谢安，东晋著名政治家，孝武帝时位至宰相。

②刘义庆(403—444)：南朝宋彭城(今江苏徐州市)人。刘宋宗室，袭封临川卫，曾任南兖州刺史、都督加开府仪同三司。性好文义，爱招纳文士。撰有《世说新语》。是书分德行、言语、政事、文学等三十六门，记述汉末到东晋名士们的逸闻轶事，言行风貌；而其文笔"简约玄读，真致不穷"，堪称古今绝唱。

③东山：在今浙江上虞市西南。谢安四十岁前隐居于此。

④王：指王羲之，东晋书圣。

⑤说：通"悦"。

⑥将无归：意为莫不就归去吧？

【品读】

俗话说，经得起风浪，受得住考验，沉得住气胸，方能成大事也。刘义庆这篇《谢太傅吟啸风浪》讲述的就是这个道理。

山水可以娱人，更可以磨炼和考验人。文中两次写到海上风浪，先是"风起浪涌"，众人被吓得脸色皆变，惟谢安神情淡定，兴致正浓，只顾吟咏歌啸中。进而是"风转急，浪猛"，船上诸公大惊失色，再也坐不住了，喧哗叫喊起来，只见谢安一派从容淡定、胸有成竹地道："看样子，是该回去了。"

文章不仅勾画出大海雄奇壮阔之美，而且展现出谢安非同寻常的胸襟和气度，雄迈豪壮的胆略和勇气。遇风浪安然受之，吟啸而歌；遇困难泰然处之，谁与争锋。他深知和熟谙事物的发展变化规律，心有定数，了然于心，此等气概和心怀，何所惧，何所畏。

以小见大，以事明理，这篇轶事小说实开后世小品惯中以景鉴人、景中写人的创作传统。

江水·三峡 郦道元

自三峡七百里中，两岸连山，略无阙处[①]。重岩迭嶂，隐天蔽日，自非停午夜分[②]，不见曦月。至于夏水襄陵[③]，沿诉阻绝[④]。或王命急宣，有时朝发白帝，暮到江陵，其间千二百里，虽乘奔御风，不以疾也。春冬之时，则素湍绿潭[⑤]，回清倒影[⑥]。绝巘多生怪柏，悬泉瀑布，飞漱其间[⑦]，清荣峻茂[⑧]，良多趣味。每至晴初霜旦[⑨]，林寒涧肃，常有高猿长啸，属引凄异[⑩]，空谷传响，哀转久绝[⑪]。故渔者歌曰："巴东三峡巫峡长[⑫]，猿鸣三声泪沾裳！"

【注释】

①略：大略，大概。阙：同"缺"。

②自非：如果不是。停午：正午。夜分：夜半。

③襄陵：水漫上山陵。襄：上。

④沿溯阻绝：往上和往下的船都被大水阻挡，不能通行。沿：顺流而下。溯：逆流而上。

⑤素湍(tuān)：白色的急流。

⑥回清：回映清光。

⑦飞漱：飞流喷射。

⑧清荣峻茂：水清，树荣，山峻，草茂。

⑨霜旦：下霜的早晨。

⑩属(zhǔ)：连接。引：延长。凄异：凄凉怪异。

⑪哀转：悲哀宛转。久绝：很久才消失。

⑫巴东：古郡名，辖境包括今重庆开县、万县以东，巫山西部以西长江南北和大宁河中上游一带。

【品读】

清人纪昀等人在《钦定四库全书总目·水经注》卷六十九中说后魏郦道元："至塞外群流，江南诸派，道元足迹皆所未经。纪载传闻，间或失实，流传既久，引用相仍，则姑仍旧文，不复改易焉。"经过溯源追踪，认为郦道元所作山水散文多是想象而为，足迹未曾踏至。其中名动天下的《三峡·江水》亦是其思慕、架空而作。于是，就心存疑惑了，郦道元写三峡，其摹本源自何处，何以写得如此逼真、传神呢？

前人袁山松作《宜都记》，盛弘之作《荆州记》，三峡风貌付诸笔下，其雏形已显，概貌亦现。更是有李白、苏轼等千古名家诗词作品的栩栩如生刻画，因而成就了三峡生命力的活泼生动，形象逼真。郦道元再道三峡风光，绎理依据是充分的，借鉴情景是现成的，临摹画面是丰富的，不过，其最重要的本事皆不在于此，而是自身所拥有的机敏、趣味、情志、思想、观念等，综合反映在了文学作品中，而所撰的《江水·三峡》正是这种能力的完美体现。

在郦道元写三峡风光前，其实早有摹本的定格，文字水平和文学造诣已然很高了，要想推陈出新，特别是在不能身临其境的情况下写出新意，实属很难。但郦道元做到了。其做法是打乱时序，重新排列，组合再建，从而将三峡风景推向更高情志中、更美情趣上。

文章从大格局入手，写山之雄伟，狭长之幽深，全景之壮美。以夏季着笔，展开对夏水激涨澎湃、险峻豪放的气势写意。作者以"或王命急宣，有时朝发白帝，暮至江陵，期间一千二百里，虽乘奔御风，不为疾也"这样的绘意来凸显水域的激昂和宽阔，有一泻千里之势。接着转向春冬的秀美和韵致，将节奏和情调拉长转缓，进而延展到

"回清倒影"的静态清美和"悬泉瀑布"动态清冽中，以此突出绝壁之怪，展示出"清荣峻茂"的洁净透明和棱角分明，其情态与势态、风情与风骨因而得到更充分的挖掘和张扬，并在凝神相望中形成物我两忘的精神境界。其中，"趣味"一词尤显雅意和情致。当江水从激、湍转而到秀、清时，作者笔锋落到萧与寂中，说秋景"林寒涧肃"，道秋日"高猿长啸"，如此清寒凄冷的瑟瑟情景，引得悲从中来，荒凉不已。几声渔者歌唱"巴东三峡巫峡长，猿鸣三声泪沾裳！"的高亢音，更是将这种凄怆推向更悲凉的境界，艺术效果得到了急剧升华。

作者写风光，用散点透视法，移步换形，从不同的角度和侧面勾画了三峡雄奇秀丽的全貌；写景物，则依江水的变化，不断变换画面，使三峡丰富多彩的四季景观各现特色。写声色，猿啼幽长，渔歌空明，几百里即是遥相呼应中。故而全文大气磅礴，声情并茂，隽秀谐永。

孟门 郦道元

孟门①，即龙门之上口也②，实谓黄河之巨厄③，兼孟津之名矣④。此石经始禹凿，河中漱广⑤，夹岸崇深，倾崖返捍⑥，巨石临危⑦，若坠复倚。古之人有言："水非石凿而能入石。"信哉！其中水流交冲，素气云浮⑧，往来遥观者，常若雾露沾人，窥深悸魄⑨。其水尚崩浪万寻⑩，悬流千丈，浑洪赑怒⑪，鼓若山腾⑫，浚波颓叠⑬，迄于下口，方知慎子下龙，流浮竹，非驷马之追也。

【注释】

①孟门：古山名，在陕西宜川东北，山西吉县西，绵亘于黄河两岸。

②龙门：即禹门口，在陕西韩城市东北，山西河津市西北。黄河至此，两岸峭壁对峙，形如阙门，故名。因孟门在龙门上游，故称为龙门之上口。

③厄：险要之地。

④孟津：古黄河津渡名，在今河南孟津县东北，孟州市西南。

⑤漱：这里指黄河之水流淌冲刷。

⑥倾崖返捍：意为山崖斜插水中。

⑦“巨石”二句：意为巨石在高处突出岸前，像要落下，又像斜靠得很紧。

⑧素气云浮：白色水沫像云一样浮动。

⑨窥深悸魄：看到深处令人害怕。

⑩崩浪万寻：滚落的浪头很高。寻：古代长度单位。万寻：极言浪头之高。

⑪浑洪赑（bì）怒：盛大的洪水像在用力怒吼。赑：这里指用力的样子。

⑫鼓若山腾：波涛推进如山腾跃。

⑬浚波颓叠：大浪重叠推涌向下奔流。

【品读】

黄河岸边的山不同于江南的山，黄河之中的水也不同于江南的水。作者写孟门写出了这里山的险峻，水的气势，突出了孟门的壮美、宏阔。

山高得“夹岸崇深”；山之险，险到山石随时都有下坠的情势。写水，遥观则“素气云浮”，近看则“雾露沾人”。最后，作者用一系列四字句正面描绘这里水流的姿态、气势、声响，形成一组跳跃的短促的音节，给人一种高亢跌宕的动态感，从而恰当地突出了孟门之水的特征。

纵观作者文笔风格，行文犹如蛟龙蹈海，落笔尽显慷慨激昂，气韵蕴涵磅礴之势。非常具有撼动力，能感染人，烘托心境。

黄鹤楼记[①] 阎伯瑾[②]

州城西南隅，有黄鹤楼者。《图经》云：“费祎登仙，尝驾黄鹤,返憩于此,遂以名楼。”事列神仙之传,迹存述异之志。观其耸构巍峨[③],高标笼灲,上倚河汉,下临江流,重檐翼馆[④],四闼霞敞[⑤];坐窥井邑,俯拍云烟,亦荆吴形胜之最也[⑥]。何必赖乡九柱[⑦],东阳八咏[⑧],乃可赏观时物,会集灵仙者哉!

刺史兼侍御史、淮西租庸使、鄂岳沔等州都团练使河南穆公名宁,下车而乱绳皆理[⑨],发号而庶政其凝[⑩]。或逶迤退公[⑪],或登车送远,游必于是,宴必于是。极长川之浩浩,见众山之累累。王室载怀,思仲宣之能赋;仙踪可揖,嘉叔伟之芳尘。乃喟然曰:“黄鹤时来,歌城郭之并是:浮云一去,惜人世之俱非!”有命抽毫[⑫],纪兹贞石[⑬]。

时皇唐永泰元年,岁大荒落,月孟夏日庚寅也。

【注释】

①黄鹤楼记:黄鹤楼始建于三国吴黄武二年(223),历代屡毁屡建,原址在湖北省武昌蛇山靠长江边的黄鹤矶头,是我国历史上三大名楼之一,与湖南的岳阳楼、江西的滕王阁并负盛名。

②阎伯瑾:一作阎伯理,唐朝人,生卒年不详;主要活动在唐代宗永泰元年(765)前后。所写《黄鹤楼记》,是现存最早的一篇记述黄鹤楼所见山水胜景的文章。

③耸构巍峨:耸立的构架高大雄伟。

④重檐翼馆:重叠的飞檐像鸟的翅膀一样拱托着楼馆。

⑤四闼(tà)霞敞:四面门窗敞亮,吞吐云霞。闼,门。

⑥荆吴:指古代楚国和吴国所辖之地,这里泛指长江中下游流域。

⑦赖乡九柱:指赖乡的九柱楼。赖乡,在今河南省鹿邑县东十里,相传是老子的故乡。九柱,楼名。据《艺文类聚》卷六三引《赖乡记》:“老子庙有皇天楼、九柱楼、静念楼,皆画仙人云气。”

⑧东阳八咏:东阳的八咏楼。东阳,郡名,治所在今浙江省金华市。八咏,楼名,在金华市南,南朝齐隆昌元年(494)东阳太守沈约所建,因沈约题有八首长诗在楼上,故称八咏楼。

⑨乱绳：比喻混乱的局面。

⑩庶政其凝：各种政事办成了。凝，形成。

⑪逶迤退公：从容自得办完公务回家休息。

⑫抽毫：提笔作文。

⑬贞石：碑石的美称。

【品读】

建于三国时期的黄鹤楼有“天下江山第一楼”和“天下绝景”的美誉，吸引了古往今来文士竞相来赏，留下诸多佳句美文。如崔颢的“黄鹤一去不复返，白云千载空悠悠。”而诗仙李白描写黄鹤楼的诗歌多达五首，极为喜欢此景致，才有了“孤帆远影碧空尽，惟见长江天际流”的悠远流传。

相对于诗词的短小精湛，阎伯瑾这篇山水小品承载的内涵和蕴藉更多、更广、更深。

文中将人文景观和自然景观统一起来，写黄鹤楼名称的由来及其巍峨壮观的雄姿，用九柱楼和八咏楼与之对比，更见出黄鹤楼上倚河汉，下临江流的壮观形势。写鄂州刺史穆宁登临黄鹤楼的观感，对穆宁的政绩不免有溢美之词，其描写登临黄鹤楼所见浩浩长川，累累众山的美景，抒发了对祖国雄伟山川的赞美之情，也流露出物是人非的无限感慨。全文以骈体为主，句式整齐，辞采华美，读来韵调铿锵，激动人心。

剑阁赋[①] 李白

咸阳之南，直望五千里，见云峰之崔嵬[②]。前有剑阁横断，倚青天而中开。上则松风萧飒瑟飔[③]，有巴猿兮相哀。旁则飞湍走壑[④]，洒石喷阁，汹涌而惊雷。送佳人兮此去，复何时兮归来。望夫君兮安极，我沉吟兮叹息。视苍波之东注，悲白日之西匿[⑤]。鸿别燕兮秋声，云愁秦而暝色[⑥]。若明月出于剑阁兮，与君两乡对酒而相忆。

【注释】

①剑阁：在今四川省剑阁县北，即大剑山和小剑山之间的一条阁道，两山形若利剑，高连霄汉，故名。

②崔嵬：形容山势高大雄峻的样子。

③飓(yù)：大风。

④飞湍：飞腾的急流。

⑤匿：隐藏。

⑥暝色：天黑。

【品读】

本文原注为"送友人王炎入蜀"。

文中所说剑阁乃古代入蜀走旱路必经之地。作者起句于"咸阳"，将距离感陡然拉开，有种"我送千里之外，你无声黑白"的杳渺感，赋有空间和想象，行文别具一格。

先用极其夸张的语言铺写剑阁的雄峻险阻，给人以"蜀道之难难于上青天"之感。友人通过如此险峻的剑阁入蜀，作者不由对友人的前程充满了担心，在明月下沉吟叹息。作者通过明月的意象表达了对于走在剑阁道中朋友的思念。雄伟奇险的山水和一轮明月，使得这篇小赋增添了浪漫主义的色彩。

剑阁天险，入和出，一道屏障，里外谁道得清那些情感的倾注和人事的纠葛。因为那是家的方向，故乡的标志。

天门山铭[①] 李　白

梁山博望，关扃楚滨[②]，夹据洪流，实为吴津[③]。两坐错落，如鲸张鳞。惟海有若[④]，唯川有神。牛渚怪物[⑤]，目围车轮，光射岛屿，气凌星辰。卷沙扬涛，溺马杀人。国泰呈瑞，时讹返珍。开则九江纳锡[⑥]，闭则五岳飞尘。天险之地，无德匪亲。

【注释】

①天门山铭：天门山，又叫梁山，在安徽省境内，长江流到这里，把此山分为东西二梁山。东梁山又叫博望山，在当涂县西南，西梁山在和县北，两山夹江对峙，像一道门，因而得名。铭，文体的一种，古代常刻铭于碑版或器物，或以称功德，或以申鉴戒，后成为一种文体。

②关扃(jiōng)：关锁。扃，门窗箱柜上的插关。

③吴津：吴地的水陆冲要之地。吴，指古代吴国所属之地，即长江下游一带。

④若：海若，传说中的海神名。

⑤牛渚怪物：牛渚矶，在当涂县西北三十里长江边，与天门山相距不到百里。这里水深不可测，据说水下多怪物。

⑥纳锡：纳贡。

【品读】

李白在安徽宣城、当涂一带优游颇广，留下了许多诗文佳句，这篇《天门山铭》就是他漫游当涂时所写。

开篇作者从自己奇异的感觉中，为读者展示了一幅壮美的江山胜景图。浩浩荡荡的长江水奔腾而来，天门山奇峰争出，“关扃”、“夹据”两词，凸显了两岸山峰夹江对峙的险要，而“如鲸张鳞”的比喻，又给人以神态如飞的感觉。而写天门山附近的牛渚怪物，以及夸张的语言极言怪物的神异之力，渲染一种神秘的色彩，此段江流的险阻天门山的险峻跃然纸上。

全文笔墨雄健有力，意境阔大壮观，读来直觉虎虎有生气。

观潮[1] 周　密[2]

浙江之潮，天下之伟观也。自既望[3]以至十八日为最盛。方其远出海门[4]，仅如银线；既而渐近，则玉城雪岭[5]，际天而来，大声如雷霆，震撼激射[6]，吞天沃日[7]，势极雄豪。杨诚斋诗云“海涌银为郭，江横玉系腰”者是也。

每岁京尹出浙江亭教阅水军，艨艟数百[8]，分列两岸；既而尽奔腾分合五阵之势[9]，并有乘骑弄旗标枪舞刀于水面者，如履平地。倏尔黄烟四起，人物略不相睹，水爆轰震[10]，声如崩山；烟消波静，则一舸无迹，仅有“敌船”为火所焚，随波而逝。吴儿善泅者数百，皆披发文身，手持十幅大彩旗，争先鼓勇，溯迎而上[11]，出没于鲸波万仞中[12]，腾身百变，而旗尾略不沾湿，以此夸能。而豪民贵宦，争赏银彩。江干上下十余里间，珠翠罗绮溢目，车马塞途。饮食百物，皆倍穹常时，而僦赁看幕[13]，虽席地不容闲也。禁中例观潮于“天开图画”。高台下瞰，如在指掌。都民遥瞻黄缴雉扇于九霄之上[14]，真若箫台蓬岛也[15]。

【注释】

①观潮：浙江(今称钱塘江)之潮，举世闻名。自魏晋始，观潮之风渐盛。因此文人咏潮之诗、文，层出叠见，交相辉映，此文为杰作之一。

②周密(1232—1298)：字公谨，号草窗，又号四水潜夫、弁阳老人。祖籍齐州历城(今山东济南)，始居湖州(今浙江吴兴)。南宋词人、文学家。历任临安府、两浙转运司幕职、义乌县知县。宋亡，入元不仕。擅长诗词与书画。著有《草窗韵语》《蘋州渔笛谱》《草窗词》《癸辛杂识》《齐东野语》《武林旧事》等。

③既望：阴历每月的十六日。此为八月十六日。

④海门：指钱塘江与大海交汇处。海门在钱塘江之东北，有山叫赭山，与龛山对峙，潮水出其间。(见吴白牧《梦梁录》卷十二“浙江”条)

⑤玉城：如玉石砌成的城墙。雪岭：如积雪的山岭。

⑥激射：言潮水势头迅急如激水喷射一般。

⑦吞天沃日：形容潮势之猛烈，像是要吞没天日。沃，浇，浴。

⑧艨艟(méng chōng)：战船。

⑨奔腾分合：指队列迅急变换，忽分忽合。五阵之势：指战船按前、后、左、右、中编队列阵。

⑩水爆：指江面上点放烟爆。

⑪溯迎：逆水游泳迎着潮头而上。

⑫鲸波:巨大波浪。万仞:极言潮头之高。仞:古时八尺为仞。

⑬僦(jiù)赁:租借。看幕:用帐幕临时搭成的看台。

⑭都民:都城中的人民。黄繖:黄伞,黄罗御伞。是帝王外出时用的仪仗。雉扇:雉尾扇,下方上圆,周围饰以雉尾。亦帝王所专用仪仗。

⑮箫台:指萧史吹箫引凤的凤台。事见《列仙传》。蓬岛:即蓬莱仙岛,传说中海上三神山之一。此句意为,真如神仙居所一样。

【品读】

钱塘观潮,天下闻名。文人诗咏,层出不穷。

周密这篇写钱塘潮水的山水小品,立足"观"字,围绕"潮"展开,不仅限于百姓观潮,更有水军弄潮,还及蜂拥人潮,犹如一幅"观潮上河图"铺卷而来,描摹栩栩如生,既有现实感,又赋艺术性。

文中单刀直入,写"观潮"的实景。从远处海门时的"仅如银线"开始,渐近为"则玉城雪岭,际天而来"的潮起潮涌形象,再而至"大声如雷霆"呼啸而来的声威,以及"震撼激射,吞天沃日"的波澜壮阔气势,勾勒出一幅由远及近的观潮动态图,摄人心魄,尤为赞叹。至此,作者笔锋一转,转向另一个宏大场面。水军的操练演习中,其实就是人与潮的激昂搏斗,阵仗空前,阵势延绵,展现了水军号令如山,勇猛强盛的虎狼之势,再大的风浪也敌不过他们齐心协力建筑的钢铁长城。最后,作者从水面转向岸边,将气势磅礴瞬间化为繁花似锦,将自然景观移植现实场景,商贾小贩,珠翠罗绮,熙熙攘攘,吆喝叫好,又一幅截然不同的"潮动"画面,充满了生活的气息。

作者以雄伟宽阔的胸怀,排山倒海的笔力,浪涌涛翻的笔势,写出如此壮观的场面,让人惊心动魄,犹如眼前。

松风阁记① 刘　基②

松风阁在金鸡峰下,活水源上。予今春始至,留再宿,皆值雨,但闻波涛声彻昼夜,未尽阅其妙也。至是,往来止阁上凡十余日,因得备悉其变态。

盖阁后之峰独高于群峰，而松又在峰顶，仰视如幢葆临头上[③]，当日正中时，有风拂其枝，如龙凤翔舞，离褷蜿蜒[④]，轇轕徘徊[⑤]，影落檐瓦间，金碧相组绣[⑥]。观之者，目为之明。有声如吹埙篪[⑦]，如过雨，又如水激崖石，或如铁马驰骤[⑧]，剑槊相磨戛[⑨]，忽又作草虫鸣切切[⑩]，乍大乍小，若远若近，莫可名状。听之者，耳为之聪。

予以问上人，上人曰："不知也。我佛以清净六尘为明心之本[⑪]，凡耳目之入，皆虚妄耳"。予曰："然则上人以是而名其阁，何也?"上人笑曰："偶然耳。"

留阁上又三日，乃归。至正十五年七月二十三日记。

【注释】

①本文原分前后两篇。前篇写于游历之初，侧重于议论；后篇写于游历之末，多作具体描绘。这里选的即是后篇。

②刘基(1311—1375)：字伯温，青田(今属浙江)人。元末明初有名的诗文作家。元代至顺年间(1330—1333)进士，任高安县丞、江浙儒学副提举，不久罢职归田。后任浙东元府都事、江浙行省都事。1360年受朱元璋聘，协助朱元璋平定天下，任太史令。1368年拜御史中丞兼太史令。1370年授弘文馆学士，封诚意伯。散文古朴浑厚、锋利遒劲，以寓言体散文最为著名。游记则描写细致，清新生动。著有《郁离子》《覆瓿集》《犁眉公集》《写情集》《春秋明经》等。

③幢葆：羽幢葆车，古代帝王乘坐的车驾上的旌旗和车盖。

④离褷(xǐ)：羽毛初生的样子，这里形容松针。

⑤轇轕(jiāo gē)：交错纵横。

⑥组绣：编织成彩带。

⑦埙(xūn)：古代一种吹奏乐器，六孔，用土制成。篪(chí)：古代管乐器，单管横吹，用竹制成。

⑧铁马：披铁甲的战马。

⑨磨戛：相碰撞击。

⑩切切：形容声音细而急促。

⑪六尘：佛教教义把声、色、香、味、触、法称为六尘，认为六尘与耳、目、鼻、舌、身、意（六根）相接触，会使洁净的心意污浊。所以把六尘清洗干净，是使心地明洁的根本途径。

【品读】

刘基生活于元末明初的乱世纷争、沧海更迭中，本打算远离庙堂，放逐山野，纵情山水，自娱诗文，但内心燃烧的功名薪火始终左右着他摇摆不定，两种心态的纠结使得其心生动荡、心事难安。虽逍遥于尘世之外，思想却挣扎；虽处于恬淡寂寥之中，心里时而浮躁，其自相矛盾的内里痛苦可想而知。

作者在《活水源记》中说："寺之后，薄崖石有阁，曰松风阁。"原来，松风阁是处佛门清净之所，乃福地也。其曾多次游历会稽山水，所作《松风阁记》分为上下两篇，内容和侧重点各不相同。第一篇以议论为主基调，说风、松、松声，第二篇是为补充也。勾勒简练，刻画形象。

文章虽题为《松风阁记》，但旨在对此阁命名的解释，所以落笔处处不离"松"、不离"风"，行丈从观松写到听松，由视觉转为听觉，从风吹左松的奇景中引发出人生的哲理。

作者用了六个比喻组成的排比句，使远近高低的松声形象化，并与人世间生活中不同内容的音响相感应，或激越，或雄壮，或悱恻，或幽婉，传达了作者对社会民生深挚的关切之情。因而，方舟上人的"清净六尘"之说，是作者不能同意的。作者带着几分幽默从松风阁的得名诘难上人，轻轻一语道破了佛家教文的虚伪，同时也表明了自己积极用世的情致。这个结尾寓庄于谐，婉而带刺，使文章更富于思想意趣。

松为高洁之物，纯净、独立、倔强，永葆青春之色，满怀不屈精神，作者写松道松，实则表达了自己的追求、心境和品格，生命要青如松，人生要形如松，境界要达如松。

小西天[①] 袁宗道

自卢沟桥折而西[②]，眼中乍离车铎煤尘[③]，路上马兰作花，碧紫满谷，如脱笼鸟，日在绦绁[④]，忽观平原草树，若归故巢矣。夜宿野寺，坏殿颓床，独画壁稍可观。早起行七八十里，高嶂拒马首。破壁而升[⑤]，至壁上，则群峰尽出，对面两尖峰拔地起，若双乳。其中一山雄峙，所谓小西天也。度此路稍坦，马行山麓，上广下削，若走屋廊间。时天已暮，雷声隐隐。出山腰，相顾忧雨至，亟走[⑥]，始得达东峪寺。寺门白杨成林，风吹惨凄，夜不能寐，携诸公饮寺门右隙地。地光净似人家打麦场。余出一令：每人说一鬼一虎，须一二年间新事，不得引古书中所载，不能者罚巨觥[⑦]。一客谈虎，旋撰说不成章，满座皆倒[⑧]。

【注释】

①小西天：在北京市房山区的石经山中，其地峰峦秀拔，俨若佛家说的西方极乐世界，因称“小西天”。

②卢沟桥：在北京市丰台区永定河上，也作“芦沟桥”。

③车铎：车铃。

④绦绁(tāo xiè)：绳索，此指用绳索拘禁于笼中，暗寓受官场的束缚。

⑤破壁而升：从崖壁的缺口攀登上去。

⑥亟走：急跑。

⑦觥(gōng)：酒器。

⑧倒：意谓俯仰大笑。

【品读】

书生意趣，文人雅兴，常有临屏起意的诗书段子作众乐。这篇《小西天》即是。

在山水环抱、苍翠叠嶂中踏马而行，且行且走，且停且驻，优游乐哉，不甚畅快。作者善于描摹山势景物，简单勾勒，寥寥几笔，就能各见形胜，妙如图绣，极富质感和触感。其间气氛渲染，情致抒写，欢愉心情跃然纸上。而一行人故事兴发，即兴做令的举动，将文人圈情趣雅赏的欢愉活动展露无遗。

文章开头自比为脱笼鸟，看似闲笔，实足发人深思的文眼，表现出作者“居常省交游，简应酬”的闲适生活和人生情怀。

与自然为伍，与知己同行，生命畅游，自得其乐。

白洋潮[①] 张　岱

故事[②]：三江看潮[③]，实无潮看。午后喧传曰：“今年暗涨潮”，岁岁如之。庚辰八月，吊朱恒岳少师，至白洋，陈章侯、祁世培同席。海塘上呼看潮，余遄往[④]，章侯、世培踵至[⑤]，立塘上。见潮头一线从海宁而来[⑥]，直奔塘上。稍近，则隐隐露白，如驱千百群小鹅，擘翼惊飞[⑦]。渐近，喷沫冰花蹴起，如百万雪狮蔽江而下，怒雷鞭之，万首镞镞无敢后先[⑧]。再近，则飓风逼之，势欲拍岸而上。看者辟易[⑨]，走避塘下。潮到塘，尽力一礴，水击射溅起数丈，著面皆湿。旋卷而右，龟山一挡，轰怒非常，炝碎龙湫[⑩]，半空雪舞。看之惊眩，坐半日，颜始定。

先辈言浙江潮头，自龛、赭两山漱激而起[⑪]；白洋在两山外，潮头更大，何耶？

【注释】

①白洋：山名，又名龟山。今在浙江绍兴市西北，滨海。

②故事：旧例，旧俗。

③三江：在浙江绍兴市北，曹娥江之西；为防御海寇要地，明朝廷建有三江卫所。

④遄：迅速地。

⑤踵至：接踵（脚后跟）而至。

⑥海宁：今浙江海宁市，南临杭州湾，沿海有坚固的海塘工程。

⑦擘翼：张开翅膀。

⑧镞镞：同“簇簇”，形容浪头攒聚一起。

⑨辟易：惊退。

⑩龙湫：瀑布。

⑪漱激：冲刷激荡。

【品读】

张岱文风多变，可赏不可学也。时而清风和煦，时而幽美雅意，时而奇趣陡然，时而霸气雄健。别具匠心，思维活泼。这篇《白洋潮》就属于雄浑壮阔的运笔风格，山水奇观在其笔下高潮迭起，波澜起伏，气势如虹。

文中，作者从空间上拓展，由远及近拉拢镜头，表达井然有序，构建次第分明，层层递进，层层深入。文中立足“塘上”为观察站点，延伸视角广度，以“见”统领全景。先是写远景“潮头一线，从海宁而来”；再是“稍近，则稳隐露白，如驱千百群小鹅”；其次是“渐近，喷沫，冰花蹴起，如百万雪狮”；接着是“再近，则飓风逼之”；再特写“潮至塘，尽力一礴，才击射溅数丈”；最后收梢“旋卷而右，龟山一挡，轰怒非常，炮碎龙湫，半空雪舞”。六组镜头，六个画面，六种潮势，场景刻画惟妙惟肖，非常有动感和即视感。

整篇文字酣畅淋漓，节奏分明，气势磅礴，实乃精简干练的山水佳作。

登泰山记　姚　鼐

泰山之阳，汶水西流[1]；其阴，济水东流[2]，阳谷皆入汶，阴谷皆入济。当其南北分者，古长城也[3]。最高日观峰，在长城南十五里。

余以乾隆三十九年十二月自京师乘风雪[4]，历齐河长清[5]，穿泰山西北谷，越长城之限，至于泰安。是月丁未，与知府朱孝纯子颖由南麓登。四十五里，道皆砌石为磴，其级七千有余。泰山正南面有三谷：中谷绕泰安城下，郦道元所谓环水也。余始循以入，道少半，越中岭，复循西谷，遂至其巅。古时登山，循东谷入，道有天门。东谷者，古谓之天门溪水，余所不至也。今所经中岭，及山巅崖限当道者，世皆谓之天门云。道中迷雾冰滑，磴几不可登。及既上，苍山负雪，明烛天南。望晚日照城郭，汶水、徂徕如画，而半山居雾若带然。

戊申晦，五鼓，与子颖坐日观亭，待日出。大风扬积雪击面。亭东自足下皆云漫，稍见云中白若樗蒱数十立者[6]，山也。极天云一线异色，须臾成五采。日上，正赤如丹，下有红光，动摇承之。或曰："此东海也。"回视日观以西峰，或得日，或否，绛缟驳色，而皆若偻[7]。

亭西有岱祠，又有碧霞元君祠。皇帝行宫在碧霞元君祠东[8]。是日，观道中石刻，自唐显庆以来，其远古刻尽漫失。僻不当道者，皆不及往。

山多石，少土。石苍黑色，多平方，少圆。少杂树，多松，生石罅，皆平顶。冰雪，无瀑水，无鸟兽音迹。至日观数里内无树，而雪与人膝齐。桐城姚鼐记。

【注释】

①汶水：即大汶河，发源于山东省莱芜市东北原山，流经泰安市。

②济水：发源于河南省，东流至山东。

③古长城：指战国时齐国修筑的长城。

④京师：指京城北京。

⑤齐河、长清：山东省的两个县。

⑥樗蒱(chū pú)：古代的一种博具。

⑦若偻：像弯腰、曲背的样子。

⑧碧霞元君：传说中的女神，为东岳大帝之女。

【品读】

东岳泰山独尊五岳之首，源于其巍峨、雄健、壮美、清奇的风景，更是得力于其深邃的历史人文底蕴，引得谢灵运、李白、杜甫、苏轼、王安石、李隆基、玄烨等历代诗人和君王竞相歌咏与描摹。在众多洋溢之文中，姚鼐的《登泰山记》倒是显独特，源于其描绘的是酷冬严寒下的泰山冰雪风光，异在时节取胜。

乾隆三十九年(1774)，作为《四库全书》编纂官的姚鼐以养亲为名告归故里。冬十二月，与好友子颖从南麓入山，行四十五里，攀石阶七千余，翻过中岭，至南天门，登上山巅，得见了杜甫眼界中"一览众山小"的壮阔画面。但看座座巍峨的青峰披上了洁白的衣裳，银色的闪烁照亮了南边的天空；晕红的斜阳晚照，映射在古老的泰安城池上，与汶水、徂徕山流动成为一卷美妙的山水泼墨画；云雾轻柔似千万银丝环山腰、缠青峰，身姿曼妙之极，此刻，正是除夕前一天，腊月二十八夕阳西下时。次日五更时分，再与子颖站在高高的日观亭上，与天地，与新年，与好友共同守望新一轮朝阳冉冉升起，何等美哉，壮哉，幸哉！此时，大风正劲，扬起层层积雪扑铺卷而来，云雾渐次弥漫开去，一直伸向远方，波澜壮阔的云海里几十个白点像骰子般耸立着，远山若隐若现。稍过，天边出现一线异彩渐变明朗起来，并在刹那间幻成五彩斑斓的朝霞散漫天空中。太阳陡然而升，如丹般颜色，红光在下摇荡四射，托起旭日徐徐而上，像是东海的太阳从波涛滚滚中跳跃而出，何等惊艳啊！回望西边的峰峦，有迎向阳光的，有背依阳光的，因为方位和姿态的缘故，它们披上了或紫红或银白等深浅不一的颜色，像曲背弯腰的老人静静地沐浴在万丈红霞的光芒中。

冰雪茫茫之中登泰山，辞岁迎新之际观日出，泰山之巍、壮、肃、丽、静、洁，更显得珍贵有意义。

情怀激荡处，作者并不收梢，而是将泰山石多土少的土壤特征，树多松平的植被特点，少流水禽踪灭的季节现象一一道来，烘托出泰山平凡而坚韧的一面，较之泰山日出的宏伟雄壮，更能真实地反映了泰山的精神内涵和生命品格，值得天下人敬仰和追慕。

作者钟情于泰山，对泰山的爱与情，更是落笔于一首《岁除日与子颖登日观峰观日出歌》中："泰山到海五百里，日观东看直一指。万峰海上碧沉沉，象伏龙蹲呼不起。夜半云海浮岩空，雪山灭没空云中……"这首七古长歌铿锵激昂、抑扬顿挫、情切意真，足以成为歌咏泰山最美的旋律，时时应声而韵。

瀚海记[①] 洪亮吉

自嘉峪关以外[②]，皆属戈壁，古所云"瀚海"，亦曰"流沙"，亦曰"大漠"，亦曰"盐碛"。今略计云：玉门、敦煌、安西、哈密、巴里坤、奇台古城、萨木济、阜康、乌鲁木齐、玛瑙斯、呼图壁、绥束精河、伊犁之头台、二台、三台，以迄镇堡所在三道沟、疏勒泉、格子墩、长流水、松树塘、菩萨沟、肋巴泉、三个泉、木垒河、安济海、滋泥泉、四十里井、芦草沟等，有水草者不过二十余处，余皆戈壁也。

平沙漫漫，寸土不入，极目千里，殊无遁形，阴阳未分，霜雪不积。禽兽则四足二足以上，草木则一寸二寸以下。飞鸣杳然[③]，萌蘖顿绝[④]。水泉则远至三百里、五百里，方可负汲；程途则久至二十日、三十日，亦皆露宿。甚则怪火时出[⑤]，光逾日星，阴风倏束，势撼天地。鸣沙[⑥]逐人，则迅雷无其厉也；飞石击客，则霜刃无其铦也[⑦]。乌乎！此亦天之所以限中外而域南北乎？

盖凡不火食而露处[⑧]，前后至六十日，方抵戍所[⑨]。

【注释】

①瀚海：即翰海，明代以后特指戈壁沙漠。

②嘉峪关：在今甘肃省嘉峪山西麓，是明代万里长城西端的终点。

③飞鸣：飞禽的叫声。

④萌蘖(niè)：草木的嫩芽。

⑤怪火：在沙漠地区常见的一种自然现象。

⑥鸣沙：指从沙山顶上滑下的沙砾，鸣声不绝于耳。

⑦铦(xiān)：锋利。

⑧火食：熟食。

⑨戍所：边防地区的营垒、城堡。这里指作者谪戍的伊犁。

【品读】

习惯了江南山水如画、物草丰茂，戈壁沙漠的景观一定让人眼前一亮吧！

“自嘉峪关以外，皆属戈壁”作者开篇一网打尽塞外众多的沙漠地区，将读者拉到了一个寥廓苍茫的大画面中。

漫漫沙尘，风暴少雨，鸟兽绝迹，寸草难生，文中逐一描述了戈壁沙漠的原貌特征，勾画出一幅雄浑壮阔的瀚海神游图，画面开阔，意象新奇，声色各异，气势非凡。行文简洁，概括简练，文风简约，是一篇张弛有度、清晰明了的山水佳品。

天寿山说[①] 龚自珍[②]

由德胜门北行五十五里[③]，曰沙河[④]。沙河有城。出沙河之北门，实维广隰[⑤]，丰草肥泉[⑥]。引领东拜[⑦]，大山临之，是为天寿山。明成祖永乐十年所锡名也。

京师西北诸山，皆宗太行山，此山能不与群山势相属，有明尊且秩焉[⑧]。自永乐至天启十有二帝葬焉，谓之十二陵。独景泰帝无陵。崇祯十五年，妃田氏死，葬其西麓。十七年，帝及周后死社稷，昌平民发田妃之墓[⑨]，以葬帝后，因曰十三陵矣。

山多文杏，春正月而华[⑩]。山之势尊，故木之华也先。山气厚，故木之华也怒。山深，故春甚寒。深且固[11]，故虽寒而不冽。其石其鹿，皆绝大。山之理如大斧劈[12]，山之色黝以文。山之东支，有汤山焉[13]。其泉曰汤泉焉。山之首尾八十里。

【注释】

①天寿山：在北京西北郊，明十三陵葬地。

②龚自珍(1792—1841)：字璱人，号定庵，又号羽琌山民。仁和(今浙江杭州)人。清代思想家、诗人、文学家和改良主义的先驱者。曾任内阁中书、宗人府主事和礼部主事等。他的诗文主张“更法”“改图”，揭露清统治者的腐朽，洋溢着爱国热情，被柳亚子誉为“三百年来第一流”，著有《定庵文集》。

③德胜门：北京旧城西北门。

④沙河：即古濡水，在北京的西北郊。

⑤广隰：平旷的沃野。

⑥肥泉：同出而异归的泉水。

⑦引领：伸长脖子。

⑧尊且秩：尊奉并且给予祭祀。

⑨昌平：县名，今属北京市；明十三陵即在此县境内。

⑩华：同花，这里是开花的意思。

⑪固：四面闭塞。

⑫理：纹路。

⑬汤山：在河北沙河市西北七十里，下有汤泉，浴之可愈疾。

【品读】

这是一篇文笔简洁优美而意味蕴藉的山水小品。全文仅三百多字，将天寿山的地理形势、气候条件和生物特征，无不记叙得井井有序，生动逼真。

作者重笔导入人文景观，详尽追溯了十三陵的落葬经过，平易简劲而寓意隽永。字里行间充满了对明王朝败亡的哀惋之情，对人民思念故主的节义行义的敬仰之心。文章的结尾，以情绘景，夸说天寿山因是明代皇家陵园，草木争荣，山水竞胜，这是民族心态的象征，也幽婉地传达出历史转折的信息，称得上是“直入神化”“长留余味”的大家收笔。

文中针对山做了延伸描写。说其“厚”，易发草木；说其“深”，更显幽僻；说其“固”，能护元气；说其“大”“理”“色”，皆是绘形绘色，颇具生气，读来意犹未尽，使人联想蹁跹。

挹趣

秋夜小洞庭离宴序[1] 苏 预[2]

源明从东平太守征国子司业，须昌外尉袁广载酒于回源亭[3]，明日遂行，乃夜留宴。会庄子若讷过莒[4]，相里子同棉过如魏[5]，阳谷管城，青阳权衡二主簿在座，皆故人也。

彻馔新蹲，移方舟中。有宿鼓，有汶篔[6]，济上嫣然能歌者五六人共载。止回源东柳门，入小洞庭，迟夷傍徨[7]，眇缅旷漾[8]；流商杂徵[9]，与长言者啾焉合引；潜鱼惊或跃，宿鸟飞复下，真嬉游之择耳。源明歌曰："浮涨湖兮莽条遥，川后礼兮扈予桡[10]。横增沃兮蓬迁延[11]，川后福兮易予舷。月澄凝兮明空波，星磊落兮耿秋河。夜既良兮酒且多，乐方作兮奈别何！"曲阕，袁子曰："君公行当挥翰右垣，岂止典胄米廪邪！广不敢受赐，独不念四三贤！"源明醉曰："所不与吾子及四三贤同恐惧安乐，有如秋水！[12]"

晨前而归，及醒，或说向之陈事。源明局局然笑曰[13]："狂夫之言，不足罪也。"

乃志为序。

【注释】

①小洞庭：湖名，在东平州北三十里蚕尾山下。

②苏预：字弱夫，又名源明，京兆武功（今陕西省武功县）人。其生卒年不详。在唐玄宗时曾任东平太守（治所在今山东省东平县），擢升国子司业，与杜甫为友，活动在安史之乱前后。他是唐代古文运动的先驱者之一，所写散文得到韩愈的推崇，但却多已佚，《唐文粹》仅收其文两篇，《全唐文》另收其文五篇。

③须昌：县名，当时属东平州。外尉：县尉之一，为县令的辅佐官。回源亭：小洞庭湖亭名。

④莒(jǔ)：县名，在今山东省莒县，当时属高密州。

⑤魏：当时州名，治所在今河北省大名县境。

⑥汶篢：汶水一带所产的篢。篢，指笙管一类的乐器。

⑦迟夷傍徨：指舟在湖水中缓行，游来荡去。

⑧眇缅旷漾：形容湖水广阔浩渺。

⑨流商杂徵(zhǐ)：指演奏的乐曲时而凄切，时而激烈。商，五音之一，其音凄切。徵，五音之一，其音激烈。

⑩川后：河神。扈：扈从，护卫。桡：短桨，借指船。

⑪增沃：重重波浪。增，通“层”。沃，为“波”之形误。舷，船边，借指船。

⑫有如秋水：这是发誓的话，意思是有秋水为证。

⑬局局然：大笑的样子。

【品读】

《秋夜小洞庭离宴序》既是一篇酒宴序，又是一篇送别序，因而序言中展现的人物、活动、情境、心境、体悟等，值得品味和发掘。

适逢职务升迁，人生大喜事也，启程之际，故友携酒而来，遂留宴待之，另邀约三五友，再请歌舞者五六人，带宿鼓、汶篢，众人齐聚，一时热闹，舟行而出。舟子缓慢、迤逦地荡桨在小洞庭上。望湖面浩森寥廓，见湖水空旷微澜，一幅深远高阔的清凉夜景，使人心绪飘荡，情绪悠然。又见“流商杂徵，与长言者啾焉合引”，喧嚣不期而至，声响胶着着。四面八方的敲打、吹奏、拨弹应声而起，惊了潜鱼跃出，宿鸟扑簌而下，这一上一下的扑腾动作，骤然间将整个画面气氛调动起来，作者不由自主歌咏着“浮涨湖兮莽条遥，川后礼兮扈予桡。横增沃兮蓬迁延，川后福兮易予舷……”的清音，高亢声在空寂中漫漫划破天际。而后，袁子的说话，作者的醉话，将此情此景下的怀想推得更高更远。与朋友们即将离别，不知何日得以复见，想到这些，作者难免清浅失落。

不过，上任的憧憬，未来的期冀，将踌躇满志的心态逐渐拉回。

天明时，舟返回，天光亮了。问及其言，然大笑：“狂夫之言，不足罪也。”适才酒话能当真？

醉翁亭记[①] 欧阳修

环滁皆山也。其西南诸峰，林壑尤美。望之蔚然而深秀者，琅琊也。山行六七里，渐闻水声潺潺，而泻出于两峰之间者，酿泉也[②]。峰回路转，有亭翼然临于泉上者[③]，醉翁亭也。作亭者谁？山之僧智仙也。名之者谁？太守自谓也。太守与客来饮于此，饮少辄醉，而年又最高，故自号曰醉翁也。醉翁之意不在酒，在乎山水之间也。山水之乐，得之心而寓之酒也。

若夫日出而林霏开，云归而岩穴暝，晦明变化者，山间之朝暮也。野芳发而幽香，佳木秀而繁阴，风霜高洁，水落而石出者，山间之四时也。朝而往，暮而归，四时之景不同，而乐亦无穷也。

至于负者歌于途，行者休于树，前者呼，后者应，伛偻提携[④]，往来而不绝者，滁人游也。临溪而渔，溪深而鱼肥；酿泉为酒，泉香而酒洌；山肴野蔌，杂然而前陈者，太守宴也。宴酣之乐，非丝非竹[⑤]；射者中[⑥]，弈者胜，觥筹交错，坐起而喧哗者，众宾欢也。苍颜白发，颓乎其中者，太守醉也。

已而夕阳在山，人影散乱，太守归而宾客从也。树林阴翳，鸣声上下，游人去而禽鸟乐也。然而禽鸟知山林之乐，而不知人之乐；人知从太守游而乐，而不知太守之乐其乐也。醉能同其乐，醒能述以文者，太守也。太守谓谁？庐陵欧阳修也。

【注释】

①醉翁亭：在今安徽省滁（除）县西南的琅琊（郎牙）山上。作者《赠沈遵》诗序云：“余昔于滁州作醉翁亭。于琅琊有记刻石，往往传人间。”

②酿泉：一名醴泉，琅琊溪的源头之一。在醉翁亭下。

③翼然：像飞鸟展翅蓄势欲飞的样子。

④伛偻(yǔ lǚ)：弯腰曲背，指老人。提携：牵引而行，指小孩。

⑤非丝非竹：此指有淙淙泉流助兴，不用管弦乐器。作者《题滁州醉翁亭》："但爱亭下水，来从乱峰间……响不乱人语，其清非管弦。岂不美丝竹，丝竹不胜繁。所以屡携酒，远步就潺湲。"

⑥射：古代投壶的游戏。

【品读】

人与自然，人与景观，人与市井，人与社会，人与万物和谐相处、朝夕相对，这看似普通的周而复始，在诗人眼里、心中，却总能生出美妙的情怀和丰富的意趣，平添生活乐趣和生命律动。天下闻名的岳阳楼、黄鹤楼、赤壁、滕王阁等，因诗人们的妙笔，熠熠生辉，诗人也因它们的流芳千古而更具知名度和影响力。这就是山水人文的魅力。

欧阳修的《醉翁亭记》即是如此名篇也。

滁州本不是繁华闻名之地，也不是繁盛的揽胜寻幽之处，却因欧阳修以及他的这篇小品而著名于世。全文以醉翁亭为轴心，延展了一幅自然山水与人文生活，和谐气象与悠然境界的百味人生图。从自然景致开始描绘，先说醉翁亭林秀壑幽、泉清水潺，风光大好；再道醉翁亭名字的由来，以及醉翁酷爱山水美酒的逍遥心怀；由此延展出"百姓安康""老少相携""官民同乐"的融洽画面，情怀悠远，意趣盎然，镜头捕捉精准，展现出一种宁静致远、政通人和的生活盛景，极能勾起读者的想象空间。

文中写景：日出、林霏、云归、岩穴、佳木、风霜、山间、水落；写人：僧、太守、客、负者、行者、前者、后者、滁人、游人、射者、弈者、喧哗者；写情景：饮于此、歌于途、休于树、呼、应、提携、往来、游、渔、酿泉、觥筹交错、众宾欢。虽以滁州山水为背景，写醉翁亭游记，实则反映了作者被贬滁州后的生活、娱乐和精神，人生得失，付与山水，境界也。

欧阳修的山水小品，不同于柳宗元作品多从实处写景，而是以虚处生情为特色。多用虚笔、意笔、诗笔，轻轻落墨，淡淡点染，因而勾画更加形象鲜明，情思更显流溢漫长。

这篇文章骈散兼用，散行中有对偶，整饬中有变化，显得参差错落，摇曳多姿。叠用二十一个“也”字，以声传情，造成一唱三叹的吟咏句式，音节匀称，声调和谐，纡徐舒缓，余味无穷。

游沙湖[①] 苏　轼

黄州东南三十里，为沙湖，亦曰螺师店。予买田其间，因往相田[②]。得疾，闻麻桥人庞安常善医而聋[③]，遂往求疗。安常虽聋，而颖悟绝人[④]。以纸画字，书不数字，辄深了人意。余戏之曰：“余以手为口，君以眼为耳，皆一时异人也。”

疾愈，与之同游清泉寺。寺在蕲水郭门外二里许[⑤]。有王逸少洗笔泉，水极甘。下临兰溪，溪水西流。余作歌云：山下兰芽短浸溪。松间沙路净无泥。萧萧暮雨子规啼。谁道人生无再少？君看流水尚能西。休将白发唱黄鸡[⑥]！是日剧饮而归[⑦]。

【注释】

①游沙湖：题一作《游兰溪》，作于元丰五年(1082)三月，时苏轼被贬于黄州。

②相田：旧时买田时，先察看田的好坏。相，看，视察。

③麻桥：地名，属今湖北黄冈浠水县。庞安常：名安时，湖北蕲水(今浠水县)人。儿时读书，过目辄记。他医术高超，为人治病，大概十愈八九，救活人无数。著有《难经辨》等。

④颖悟：聪明过人。

⑤郭门：外城城门。

⑥“休将”句：意为不要为白发(年老)而感伤。白居易《醉歌示妓商

玲珑》诗中有“黄鸡催晓丑时鸣，白日催年酉前没”，是感叹人生易老，朱颜易改。此则反其意而用之。

⑦剧饮：豪饮，痛饮。

【品读】

《游沙湖》写于苏东坡因乌台诗案流放黄州的第三个年头，因患手疾，在治疗中与当地医生庞安常缔结的一段情谊韵事，恰好从另一种视角反映了其在人生低谷中的精神状态和生命姿态，有所探佚价值。

全文先讲述自己与“异人”之间的相交故事。何谓“异人”，东坡先生说：“虽聋，而颖悟绝人。”而“以纸画字，书不数字，辄深了人意。”原来，这位“异人”是“聋”人，虽“聋”却天赋异禀。若作寥寥几笔勾勒，附上数字，“异人”便能深谙其意，解惑其中。此等聪颖，在《东坡志林》中有载：“庞常安为医，不志于利，得善书古画，喜辄不自胜。”对其描述虽短，讯息却丰富。这位残疾医生庞安常行医治病，从不看中利益，益善寓乐，喜好书画，偶得馈赠，便欣喜若狂得手舞足蹈，一幅天真可爱、淳朴自然的憨态本色。其人身残志坚，尚能以己之力服务大众，东坡先生呢？自贬谪黄州，无所政事，惟畅游天地之间，常揽悦气象万千。

后文写东坡先生与“异人”庞安常共游清泉寺、洗笔泉、兰溪的畅快情形。寺不远、泉甘洌、溪悠远，置身如此自然风光中，生命轻松，情趣激越，感慨生发，不由踏歌而起：“谁道人生无再少？君看流水尚能西。休将白发唱黄鸡！是日剧饮而归。”此刻、当下，纵有万般无可奈何，纵有千万沟沟壑壑，纵有诸多愤慨难诉，都一并化作声声清音，徘徊山水中。

此小品格局特殊，文词一体，互为映衬和激发，构成了不可割分的艺术整体，妙趣横生。

书临皋亭[1] 苏 轼

东坡居士酒醉饭饱，倚于几上，白云左绕，清江右洄[2]，重门洞开，林峦坌入[3]。当是时，若有所思而无所思，以受万物之备[4]。惭愧！惭愧！

【注释】

①临皋亭：在黄州（今湖北省黄冈市）城南长江边上。苏轼贬官黄州时曾寓居于此。

②洄：水逆流而上叫洄，即旋流。

③坌（bèn）：并，一齐。

④"以受"句：意为拥有并享受到大自然所赐予的一切。

【品读】

苏东坡坎坷一生，其人生真正的分水岭，当属元丰三年（1080）二月，牢狱之灾后被贬黄州，于此开始了漫长而艰难的流放生活。临皋亭，正是其来到黄州时暂居的一处偏远的水驿官亭。

初到黄州，尚有心理阴影，余悸犹存，心情特别沉重。面对前景渺茫，生活艰辛，苏东坡选择了放逐山林，行舟江上，行走乡野中。五年时间里，他创作出《赤壁赋》《前赤壁赋》《念奴娇·赤壁怀古》《猪肉颂》等大量脍炙人口的诗词精品，名动天下，流芳万古，贬谪虽湮没了东坡先生的理想和未来，却激发出他创作的热情和创新的灵感，成就了千古文豪美名扬。

生活的苦难，生命的窘迫，在纵情山水中，畅想可化作文华的源泉，赋予人生色彩，沉淀思想光芒。这则山水小品，就体现了这种内涵和精神。

全文仅四十余字，作者虽惜墨如金，但文中所描摹的意境和体现的情景，却神采飞扬，构架饱满，蕴藉丰富。先是写人物神态和情态，文中用了"酒醉饭饱，倚于几上"八个字来精准勾勒人物百般无聊然又满足现下的真实画面。再是描绘了亭外的各种风情景致，“白云”“清江”“洞开”“林峦”错落萦绕其间，作者视角从仰望到俯首，从不远处渐次推向更远处，由上而下，由清晰到模糊，层次自然分明，镜头感十足。最后，文章以“有所思”“无所思”“惭愧”等心绪变化作收稍，将世间穷达、荣辱、得失等生命感慨接纳到万物苍穹中，方知胸怀渺小，顿生悔意之情！

本文以少胜多，寥寥数笔，将一位在政治上失意、精神上却丰富的人物形象栩栩如生地描绘于纸间，概括力极强，是为精妙佳品。

黄州快哉亭记[1] 苏 辙[2]

江出西陵[3]，始得平地，其流奔放肆大；南合湘沅[4]，北合汉沔[5]，其势益张[6]。至于赤壁之下[7]，波流浸灌，与海相若。清河张君梦得[8]，谪居齐安，即其庐之西南为亭，以览观江流之胜；而余兄子瞻名之曰“快哉”。

盖亭之所见，南北百里，东西一舍[9]。涛澜汹涌，风云开阖。昼则舟楫出没于其前，夜则鱼龙悲啸于其下。变化倏忽，动心骇目，不可久视。今乃得玩之几席之上，举目而足。西望武昌诸山[10]，冈陵起伏，草木行列，烟消日出，渔夫樵父之舍，皆可指数，此其所以为快哉者也。至于长洲之滨[11]，故城之墟[12]，曹孟德、孙仲谋之所睥睨，周瑜、陆逊之所骋骛，其流风遗迹，亦足以称快世俗。

昔楚襄王从宋玉、景差于兰台之宫，有风飒然至者[13]，王披襟当之，曰：“快哉此风！寡人所与庶人共者耶？”宋玉曰：“此独大王之雄风耳，庶人安得共之！”玉之言盖有讽焉。夫风无雄雌之异，而人有遇不遇之变；楚王之所以为乐，与庶人之所以为忧，此则人之变也，而风何与焉？

士生于世，使其中不自得，将何往而非病[14]？使其中坦然，不以物伤性，将何适而非快？今张君不以谪为患，窃会稽之余功，而自放山水之间，此其中宜有以过人者。将蓬户瓮牖[15]，无所不快；而况乎濯长江之清流，挹西山之白云[16]，穷耳目之胜以自适也哉[17]！不然，连山绝壑，长林古木，振之以清风，照之以明月，此皆骚人思士之所以悲伤憔悴而不能胜者。乌睹其为快也哉[18]！

【注释】

①黄州：治所在今湖北省黄冈市。快哉亭记：元丰年间，张梦得谪居黄州，在寓所西南筑亭。苏轼因其能览江山之胜，名之为“快哉亭”。作者作此文记之。

②苏辙（1039—1112）：字子由，号栾城，今四川省眉山市人。十九岁与其兄苏轼同中进士，官至尚书右丞门下侍郎。他的诗文深受苏轼影响，风格也大略相近。为文以策论见长，“汪洋澹泊，深醇温粹似其为人”（明·刘大谟《栾城集序》）。为唐宋散文八大家之一。著有《栾城集》。

③西陵：峡名，长江三峡之一，今湖北省宜昌市南津关为之出口处。

④湘：湘水；沅：沅水。均在湖南省境内，北流经洞庭湖汇入长江。

⑤汉沔（miǎn）：本一水，初发源称漾水，流经陕西勉县称沔水，合褒水（属陕西）后称汉水，向东南流经湖北，至武汉市注入长江。

⑥张：大。

⑦赤壁：见本书苏轼《前赤壁赋》注。

⑧清河：今河北省清河市。张梦得：字怀民，苏轼贬居黄州时曾与之交游。

⑨一舍：古时行军以三十里为一舍。

⑩武昌：今湖北省鄂州市。

⑪长洲：江中长形沙洲。

⑫故城：指隋朝以前的黄州城。墟：遗址。

⑬飒然：形容风声。

⑭病：指忧愁、怨恨。

⑮瓮牖(yǒu)：用破瓮做的窗子。

⑯挹(yì)：舀。

⑰胜(shēng)：担当，禁得起。

⑱乌：哪里。

【品读】

此文以“记”为文体，以“快哉”为风骨，写景描意，叙事抒怀，议论思考。文中七处道“快”，突出主旨，明晰要义。

“快哉亭”由来于贬官张梦得，他在房舍的西南建造一亭子，以供观赏长江美景之用，同为天涯沦落人的苏东坡为此亭取名“快哉亭”。快哉亭因此闻名于世。立于亭中，极目眺望四方，长江南北能望远百里，东西能见三十里。江面波涛汹涌，风云不定，白天船只穿梭，夜晚鱼龙长啸，景物变化莫测，让人惊心骇目，进而退到几案边观赏之。当草木成行，云淡风轻，阳光普照时，渔人和樵夫的房舍历历可数，清楚可见，眼前景呈现出惬意的快哉。

“快哉亭”令作者思接千载。遥想长江岸边的废墟古城，当年曹操、孙权等群雄傲视于此，周瑜、陆逊等名将驰骋在此，流传至今的千古韵事，足让人快意称道。“风快哉”的典故是这样的。楚襄王游兰台宫，遇阵风吹来飒飒作响，于是敞怀迎风道：“这风多么畅快啊！这是我和百姓所共有的吧。”同游宋玉则说：“这只是大王的雄风罢了，百姓怎么能和您共同享受呢？”话看似吹捧襄王，实则蕴涵讽刺意味。最后作者领悟到：“不以物伤性，将何适而它非快？”读书人心中有障则不通，不通则生忧。坦荡则通达，通达则快乐。道理如此简单也。因而，快乐是不受制于境遇，不受制于条件，不受制于环境的，聪明的人就会像张梦得一样，不以被贬而忧愁，而是利用公事之余，在大自然中找寻生命的真谛和人生的快乐。其日日临江而眺，惯看江水逶迤，白云悠悠，何来烦恼之忧呢？收梢处，作者尽数山水之美，峰峦连绵，沟壑深陡，森林辽阔，古木参天，清风拂摇，明月高照，这些原本伤怀伤感伤心的情景状物，平添了文人士大夫的忧思情怀,怎能看出其畅快呢!

快乐,快哉,快意!无非源于心罢了。

清人林云铭《古文析义》有评道:“全篇在拿定‘快哉’二字细发,可与乃兄《超然台记》并传。按‘超然’二字出自《庄子》,‘快哉’二字出自《楚辞》,皆有自乐其乐之意。‘超然’乃子由命名,而子瞻为文,言其无往而不乐;‘快哉’乃子瞻命名,而子由为文,言其何适而非快。俱从居官不得意时看出,取义亦无不同也。”曲致逶迤,波澜而兴,一唱三叹,恣意流畅,此文笔势雄深且灵活多变,于沉郁情意中见明快舒畅,于淡泊闲适中露不平之气,抒发了作者不以得失为怀的旷达乐观的情怀。

雁山观石梁记[1] 李孝光[2]

予家距雁山五里,岁率三四至山中,每一至,常如遇故人万里外。

泰定元年冬,予与客张子约、陈叔夏复来,从两家童,持衾裯杖履[3]。冬日妍燠,黄叶布地。客行,望见山北口立石,髡然如浮屠氏[4],腰隆起,若世之游方僧自襆被者[5],客辗然而笑[6]。时落日正射东南山,山气尽紫,鸟相呼如归人。入宿石梁。

石梁拔起地上,如大梯,倚屋檐端。下入空洞,中可容千人。地上石脚空嵌[7],类腐木根。檐端有小树,长尺许,倒挂绝壁上,叶着霜正红,始见谓是踯躅花,绝可爱。梁下有侍,寺僧具煮茶醅酒,客主俱醉。月已没,白云西来如流水,风吹橡栗堕瓦上,转射岩下小屋,从瓴中出[8],击地上积叶,铿镗宛转[9],殆非世间金石音。灯下相顾,苍然无语。夜将半,设两榻对卧。子约沾醉[10],比晓,犹呼其门生,不知岩下宿也。

【注释】

①雁山、石梁：雁山，即雁荡山，在浙江乐清、平阳县境内；石梁，在雁山东北谷。

②李孝光(1285—1350)：字季和。温州乐清(今属浙江)人。元代词作家。早年隐居雁荡山峰山下，至正四年(1344)应召为秘书监著作郎，至正七年(1347)擢升秘书监丞。其作文取法古人，不趋时尚。与杨维桢并称“杨李”。著有《五峰集》。

③衾裯(chòu)：指衾被一类卧具。

④髡(kūn)然：光秃秃的。

⑤襆被：以包袱裹着衣被。

⑥輾(chǎn)然：笑的样子。

⑦空嵌：谓石根多孔。

⑧瓴(líng)：瓦沟。

⑨铿(kēng)镗(tāng)：钟声。这里指橡实落地之音。

⑩沾醉：大醉。

【品读】

这是李孝光《雁山十记》中的首记，犹如柳宗元《永州八记》的《始得西山宴游记》。两位前贤游山玩水的寄意迥别，而棋写自然之心则一也。

开端数语，对雁山历游不厌，每游惊喜不已的深情，由“常如遇故万里处”的比喻和盘托出。作者为雁山常客，故对游程中的一般景物均略而不言。所见者，仅滑稽可笑、状如游僧之立石；所闻者，亦傍晚时唧唧喳喳如归人之宿鸟。而自己却匆匆再访石梁，可见其情之切。写石梁之形态、气势，拔地而起，如大梯倚屋檐；写石洞，可容千人，石根皆嵌空多姿；写洞门厓端小树，倒挂绝壁，叶红如杜鹃。加上寺僧好客，宾主沾醉，比晓不知岩下宿，写尽石梁洞之迷人，宜人。

文章擅长运用比喻和白描手法，如“五里”与“万里”，“立石”如“浮屠”，“腰隆起，若世之游方僧自袱被者”“如归人入宿石梁”等数字比对和人物状写意，栩栩如生，声形并茂，极富人情味，饶是风趣。

壶公山记[①] 李 有[②]

山皆四面，独此山有八面，高耸千余仞，郡治正对之[③]。山形方锐如圭首[④]，峙立如屏，秀特端重，盖郡之镇山也[⑤]。

旧经云[⑥]：昔有隐者，遇一老翁于绝顶，忽见宫阙台殿，似非人间。翁曰："此壶中日月也。"后人因以壶公名山。宋朱文公经莆，望见壶山，而南一面又独秀。曰："莆人物之盛，皆兹山之秀所钟，此老作怪也。"

【注释】

①壶公山：在福建莆田市南二十里，有盘陀石、法流泉、濯缨沼、石壁峰、虎溪岩诸胜。传说古代仙人壶公，常悬一壶，如五升器大，变化为天地日月，宛如人间。山以此得名。

②李有：生卒年不详，初名立义，字仲芳，燕（今河北）人。元代，官至两浙都转运盐使司经历。通雅博畅，工古隶。善古木竹石，笔意高远。作品收录于《书史会要》《画史会要》。

③郡治：元代兴化路置于莆阳。

④圭(guī)：即玉圭。古代帝王诸侯举行庆典时所执之礼器，上尖下方。

⑤镇山：一方之主山。

⑥旧经：旧日之图经、方志。壶公山故事见《九域志》。

【品读】

《壶公山记》，直如简笔画，线条明细，轮廓清晰，画面简析。

文中写山，仅作概貌之勾勒，而无细部之刻画。作者所立足突出的四个特征"八面""千仞""方锐""峙立"皆是棱角分明、锐利坚硬，具有强度和尺度，让人生畏，使人尊崇。

这些特点，恰好是壶公山的个性所在。通过直接渲染和如锥渗透，再辅以神话故事的浸润和名贤之士的礼赞，更平添了此山的神秘色彩，难免诱人怀想、发人深思，足见作者之匠心。

仰天山记[①] 完颜没里也

营丘之南百里[②]，仰天胜绝，甲于东方，闻名旧矣。皇统丙寅四月，予被命总帅诸郡[③]，首欲登览，然庶务鞅掌，有所未暇。岁几载周，公庭无事，思遂初约，乃帅宗婿敦信校尉少尹副都总管蒲察阿里布数人，相与来游。

越自临朐[④]，历五井而西[⑤]，捨车山行，如在锦屏间二十余里。登高俯深，野芳夹路，触目可观。比至招提[⑥]，曳杖屦，披薰风，荫嘉树。礼观音相[⑦]，谒丰济祠[⑧]，探黑龙渊[⑨]，息白云洞[⑩]。听水帘之潺湲[⑪]，望陂门之屹嶫[⑫]，凡足蹄可到者，皆周行而历览之。乃知尘埃之外，自有佳趣，功名富贵，有不与焉。徘徊叹赏，继日忘归。属以委寄之重，未快卜邻之便[⑬]，将遂言归，因志诸石。

【注释】

①仰天山：在山东青州城西南。

②营丘：山东临淄市之旧名。

③总帅诸郡：金山东东路兵马都总管益都尹，领益都、济南二府，滨、沂、密、海、莒、棣、淄、莱、登、宁海十州。

④临朐：在青州东南四十里，以县东南二里有朐山而得名。

⑤五井：镇名，临朐至仰天山途中。

⑥招提：指仰天寺，在仰天山下。

⑦观音相：仰天北岩有观音洞，壁间有石镜，大如掌，每月明，山中屋宇草树，咸在镜中。

⑧丰济祠：仰天龙王庙，宋崇宁五年封丰济侯。

⑨黑龙渊：即黑龙洞，每值雨季，诸岩壑水溢，皆汇于此。

⑩白云洞：又名罗汉洞，深广数丈，一窍仰穿，阳光下射，仰天之名，以此。

⑪水帘：仰天山阴有水帘洞，洞口石乳垂滴，泉水深可数丈。

⑫陂门屹嶫(yè)：仰天之东，逢山屹立如锦，上映青霄，隐隐如仰天之门。屹嶫：山势高耸险绝。

⑬卜邻：择邻而居。

【品读】

金代文集传世甚少，百余年间，单篇散文存世2000余篇，传世别集不过《拙轩》《滏水》等五集而已。特别是金代前期，更无一家有专集行世者。完颜没里也以善武而能文，其时又远在大定、明昌诸大家前，故弥足珍贵，特为表出。

山水小品中，多为文人优游，而这篇文章则是一群武将揽胜，气氛和感怀未因此些微变化，反而更加突出了作者的文采斐然。文中写“山行”，眼界开阔；写“登高”，胸怀广阔；写“山景”，婉丽清阔；写“遗迹”，肃然朗阔；写“水声”，缓展幽阔。展现出一幅宏阔的锦色绵延，宛如身临其境。而“功名富贵，有不与焉”的感受则体现了跨越民族与文化的共通。

仰天山辟处鲁东，文人韵士，少游览者。得完颜氏之表彰，始名于世。

岳阳纪行[①] 袁宗道

从石首至岳阳，水如明镜，山似青螺[②]，蓬窗下饱看不足[③]。最奇者，墨山仅三十里[④]，舟行二日，凡二百余里，犹盘旋山下。日朝出于斯，夜没于斯，旭光落照，皆共一处。盖江水萦回墨山中[⑤]，故帆墙绕其腹背，虽行甚驶，只觉濡迟耳[⑥]。过岳阳，欲游洞庭，为大风所尼[⑦]。季弟小修秀才，为《诅柳秀才文》，多谑语。薄暮风极人[⑧]，撼波若雪，近岸水皆揉为白沫，舟儿覆。季弟曰：“岂柳秀才报复耶？”余笑曰：“同袍相调，常事耳。”因大笑。明日，风始定。

【注释】

①岳阳：在湖南省东北部，长江南岸，滨临洞庭湖。

②青螺：古人结发为髻，形似青螺，这里用以形容山势。

③蓬窗：船窗。

④墨山：又名玄石山，在湖南省华容县，东接岳阳县城。

⑤萦回：环绕，盘旋。

⑥濡迟：迟缓，缓慢。

⑦尼：阻止。

⑧薄暮：傍晚。

【品读】

这篇山水小品词句精炼，意象丰美，情景轻松，可贵之处在于深入浅出，品读简单，意会容易。

全文布局三个场景，展现三种意境，领略三重境遇。从石首至岳阳行水路，清风和煦下的水清澈明净，犹如一面镜似的平静，山青黛如墨、形似田螺。作者写意状物，娓娓几笔，情景犹在眼前，引申出这美好如斯岂是能看得饱的。这里的"饱"字，画龙点睛刻画出作者意犹未尽的赏景感受，从而沉淀铺就出下一个场面，引出墨山的"奇"。奇在何处？墨山三十里水路，小舟行了两天，这还不算奇。"奇"的是两百里水路，像一直在墨山周围打转、盘桓般，朝出与日暮，似未曾离开、走远。当风帆绕着"墨山"逶迤，只觉人在舟中，舟在水中，水在山中，流水虽快，却始终驶不出圈圈绕绕的滞留。当然，一旦突破瓶颈，走出怪圈，另类情景便豁然开朗了。洞庭湖上，大风而至，波澜兴起，情境骤变，作者与其弟小修的心绪反而大好。小修作一《诅柳秀才文》，调侃戏谑着。临近暮色，风厉起来，搅得水面波浪翻滚如雪，靠近水岸处，吞吐成白色的泡沫片片飞起来，荡得小舟欲翻，小修遂笑："柳秀才这就来报复了啊？"兄弟俩不由轰然而笑。余说："同袍相调，常事耳。"表达出亲情之间相处的轻松暖融，让人温暖十分。

《岳阳纪行》不但写美妙的景色，行舟的乐趣，也说人生三境界：

起步时的缓慢,攀爬上的迷茫,困顿中的等候。生命的经历,都得走过这些吧!

游西山[①] 袁宗道

玉泉山距都门可三十里许。出香山寺数里,至山麓,罅泉流汇于涧,湛湛澹人心胸[②]。至华严寺,寺左有洞曰翠华,有石床可憩息,题咏甚多,莓渍不可读[③]。又有石洞在山腰,若鼠穴,道甚险。一樵儿指曰:"此洞有八百岁老僧。"从者弃行李,争往观,呵之不能止。及返,余问:"果有老僧否?"曰:"僧有之,然年止四五十。"乃知樵儿妄语耳。寺北石壁甚巉[④],泉喷出其下,作裂帛声,故名裂帛泉。有亭可望西湖[⑤],故名望湖。

【注释】

①西山:北京西郊群山的总称。本文所写玉泉山,即在其中,为名胜游览地。

②湛湛:澄清的样子。

③莓渍:苔类渍浸。

④巉:高峻险要。

⑤西湖:西面之湖,即今北京颐和园内的昆明湖。

【品读】

玉泉山离北京城城门不远,约三十里,此处有山有寺有泉有涧有洞有湖有古迹,因而吸引揽胜者不在少数,袁宗道也是其中一位。

作者从香山寺出发,往里数里,行到山脚下,罅隙中流溢的泉水汇聚成涧,清澈透亮,清明浸透心间,从生幽美意趣。再至华严寺,往左见名曰"翠华"的山洞,山洞中有巨大的坦石,平整可作石床小憩休息。此处留下了诸多的题咏,因苔类浸渍的缘故,文字已不可读。转至山腰又有一石洞,甚小、道险。专注行走时,听朗声一道,樵夫指着前方洞曰:"此洞有八百岁老僧。"瞬间引来游者丢包弃行李，前往争相观看，呵令也不得禁止。下山时，作者疑惑问樵夫："洞中真有老僧吗?"答曰："有僧者，年纪四五十岁。"樵夫一妄语，骗到好奇者甚多。最后行至寺北，此处险要十分，泉水喷涌而下，碎成裂帛，故名"裂帛泉"。有亭，望向西湖，名曰"望湖"。

这篇山水小品，笔墨极平实，概括较简练，用笔近枯淡。不过，在插入从者争观洞中老僧细节时，作者落笔奇趣，先是尽显观者好奇心态，再是踊跃情形，最后以其答话表露受骗后的懊恼心情，顿使文情活泼，莞尔一笑间，心境豁然开朗呢!

游桃花记 陈继儒[1]

南城独当阳，城下多栽桃花，花得阳气及水色，大是秾华。居民以细榆软柳，编篱缉墙，花间菜畦，绾结相错如绣。

余以花朝后一日[2]，呼陈山人父子，暖酒提小榼[3]，同胡安甫、宋宾之、孟直夫渡河梁[4]，踏至城以东，有桃花蓊然[5]。推户闯入，见一老翁，具鸡黍饷客[6]。余辈冲筵前索酒，请移酒花下。老翁愕视，恭谨如命。余亦不通姓字，便从花极酒杯，老饕一番[7]。复攀桃枝坐花丛中，以藏钩输赢为上下[8]，五六人从红雨中作活辘轳，又如孤猿狂鸟，探叶窥果，惟愁枝脆耳。日暮乃散。是日也。老翁以花朝为生辰，余于酒后作歌赠之，谓老翁明日请坐卮脯为寿[9]。

十四日，余与希周、直夫、叔意，挈酒榼，甫出关，路途得伯灵子犹，拉同往，又遇袁长史披鹤氅入城中[10]，长史得我辈看花消息，遂相与反至桃花溪。至则田先生方握锄理草根，见余辈便更衣冠出肃客。客方散踞石上，而安甫、宾之、箕仲父子，俱挈酒榼佐之[11]。董、徐、何三君，从城上窥见，色为动，复踉跄下城，又以酒及鲜笋、蛤蜊佐之。是时不速而会者凡十八人，田先生之子归，骈为十九。榼十一，酒七八壶觞。酒屈兴信，花醉客醒，方若缾罍相耻，忽城头以长绠縋酒一尊送城下客[12]，则文卿、直卿兄弟是也。余辈大喜，赏为韵士。时人各为队，队各为戏，长史伯灵角智局上，纷纷诸子饱毒空拳，主人发短耳长，龙钟言笑。时酒沥尚馀，乃从花篱外要路客，不问生熟妍丑，以一杯酒浇入口中，以一枝桃花簪入髻角，人人得欢喜吉祥而去。日暮鸟倦，余亦言旋，皆以月影中抱持而顾，视纱中缥袖，大都酒花花瓣而已。

昔陶徵君以避秦数语，输写心事，借桃源为寓言，非有真桃源也。今桃花近在城齿，无一人为花作津梁，传之好事者。自余问津后，花下数日间，便尔成蹊。第赏花护花者，余吾党后能复几人？儿人摧折如怒风甚雨，至使一片赤霞，阑珊狼籍，则小人于桃花一公案，可谓功罪半之矣。

【注释】

①陈继儒(1558—1639)：字仲醇，号眉公。松江华亭(今属上海市)人。壮岁即绝意仕进，多次拒绝荐征，后筑室隐居于东佘山，专心著述，以诗文书画自娱。著有《陈眉公全集》。《明史·隐逸传》说他"工诗善文，短翰小词，皆极风致。"所作小品文，内容广博，文笔委婉清丽，颇显布衣风格。

②花朝：俗谓"百花生日"，这里指农历二月十二日。

③榼(kē)：古代盛酒的器具。

④河梁；河上的桥。

⑤蓊(wěng)然：茂盛。

⑥饷客：拿食物款待客人。

⑦老饕：贪吃。

⑧藏钩：古代的一种游戏，其法多为一人以一手藏物，猜中者即为赢家。

⑨卮脯：酒肉。

⑩鹤氅：鸟羽制成的裘衣。

⑪缾罍相耻：酒尽坛空的意思。《诗·小雅·蓼莪》："缾之罄矣，维罍之耻"。缾小罍大，都是酒器。耕中无酒，乃晕之耻。缾，同"瓶"。

⑫缒：用绳挂住东西放下去。

【品读】

这篇山水小品，构思新奇，不落俗套。题作"游桃花"，文章中却极少对桃花作正面描写，仅淡淡几笔状其秾华翕然，"相错如绣"，如"红雨"、如"赤霞"而已。

作者的笔墨似乎集中在人的活动上，字里行间洋溢着士大夫的生活情趣。然而，他们的种种狂态，实是因花而起，游桃花溪所使然。他们见花生趣，簪花助兴，花下痛饮，花中作乐，踏上归途个个花瓣满袖，真是人面桃花两相映，展现了一个多么富有韵味、多么优美的桃花世界。作者这种即人以写景、抒情以见志的技巧，运用得洒脱自如、出神入化，在晚明小品文中，堪称神品。

结尾数语，慧舌巧吐，更是另拓奇境。作者从陶渊明"借桃源为寓言"，引出"近在城齿"的桃花溪，表明了"为花作津梁"、以生活中真实的美昭示世人的理想，使文章的意态更有魅力。但是，世人中有几个能"赏花护花"？一片美如赤霞的桃林，不数日就糟蹋得"阑珊狼藉"，令人震颤，作者不由感情沉痛地发出"功罪参半"的感慨！然而，古来那些若狂风甚雨之摧残花卉的庸夫俗子，能从此一议论中体会出作者苦心的，又有几人呢？

凡尘都道世外有桃花源，桃花源于何处？不在此处，亦是此处呢，全凭一颗心罢了。

虎丘[①] 袁宏道[②]

虎丘去城可七八里，其山无高岩邃壑，独以近城故，箫鼓楼船，无日无之。凡月之夜，花之晨，雪之夕，游人往来，纷错如织，而中秋为尤胜。每至是日，倾城阖户[③]，连臂而至[④]，衣冠士女[5]，下迨蔀屋[6]，莫不靓妆丽服，重茵累席[7]，置酒交衢间[8]。从千人石上至山门，栉比如鳞[9]，檀板丘积[10]，樽罍云泻[11]。远而望之，如雁落平沙，霞铺江上，雷辊电霍，无得而状。

布席之初，唱者千百，声若聚蚊，不可辨识。分曹部署，竞以歌喉相斗，雅俗既陈，妍媸自别[12]。未几而摇首顿足者，得数十人而已。已而明月浮空，石光如练[13]，一切瓦釜[14]，寂然停声；属而和者，才三四辈，一箫，一寸管，一人缓板而歌，竹肉相发[15]，清声亮彻，听者魂销。比至夜深，月影横斜，荇藻凌乱，则箫板亦不复用，一夫登场，四座屏息，音若细发，响彻云际，每度一字，几近一刻，飞鸟为之徘徊，壮士听而下泪矣。

剑泉深不可测。飞岩如削。千顷云得天池诸山作案，峦壑竞秀，最可觞客[16]；但过午则日光射人，不堪久坐耳。文昌阁亦佳，晚树尤可观。西北为平远堂旧址，空旷无际，仅虞山一点在望。堂废已久，余与江进主谋所以复之，欲祠韦苏州、白乐天诸公于其中，而病寻作。余既乞归[17]，恐进之兴亦阑矣。山川兴废，信有时哉！吏吴两载，登虎丘者六，最后与江进之、方子公同登。迟月生公石上[18]，歌者闻令来，皆避匿去。余因谓进之曰："甚矣。乌纱之横、皂隶之俗哉！他日去官，有不听曲此石上者，如月[19]！"今余幸得解官称吴客矣，虎丘之月，不知尚识余言否耶？

【注释】

①虎丘：山名，又名海涌山，在苏州城北七里，春秋时吴王阖闾葬在这里，传说葬后三天有"白虎踞其上"，故称虎丘。

②袁宏道（1568—1610）：字中郎，号石公。万历二十年（1592）举进士，曾任吴县（今属江苏省）县令、国子监助教、礼部仪制清吏司主事，累官至吏部郎中。著有《袁中郎全集》。他是个淡泊于做官的人，性情洒脱，喜爱山水。他在文坛上大张讨伐复古模拟之风的旗帜，极力提倡

"独抒性灵,不拘格套"的创作,袁氏三兄弟中,以他的成就和影响为大,是公安派文学革新运动的领袖。

③阖户:闭户。

④连臂:手臂相挨,形容人很拥挤。

⑤衣冠:古代士以上阶层的人戴冠,后因以衣冠连称,代指世族、士绅。士女:古代指未婚的男女,即青年男女。

⑥蔀(bù)屋:阴暗低矮的小屋,此指贫苦人家。

⑦重茵:重叠的垫席。

⑧交衢:通衢,指赴虎丘的大道。

⑨栉比:像梳齿一样紧挨排列。

⑩檀板:檀木制的歌唱拍板,按节拍用。

⑪樽罍(léi):都是盛酒的器皿。

⑫妍媸:美丑。

⑬练:白色布帛。

⑭瓦釜:古代两种陶制的伴奏乐器,这里代指粗俗的音乐。

⑮竹肉:管乐和歌唱。

⑯觞客:用酒招待客人,有助兴的意思。

⑰乞归:请求辞官返里。

⑱迟月:待月。迟,等候。生公石:在千人石的北面,相传是梁代高僧竺道生讲法的讲坛。

⑲如月:指证之间,即以月为证。

【品读】

中郎任吴令以来,六游虎丘,虎丘的一景一物,一山一水,一草一木,都深种于心间,无法忘怀了。难怪明人陆云龙赞叹其作《虎丘》说:"虎丘之胜,已尽于笔端矣,观绘事不如读此之灵活。"

虎丘离城七八里路,那里没有高峻的山峰和幽深的峡谷。每到花朝月夕,游人如织,箫鼓楼船,载酒征歌,宝马雕车的名门仕女,蓬门荜户的小家碧玉,衣香鬓影,钗横钏飞,于山崖水爱之间,设茵开筵。作者居高临下,俯瞰万里,一切景致尽收眼底:"如雁落平沙,霞铺江上,雷辊电霍,无得而状。"寥寥几字,写尽苏州城的风月繁华。

虎丘的中秋之夜让人销魂，让人神伤。作者从细微处描绘了这幅佳节悠游图。“布席之初，唱者千百，声若聚蚊，不可辨识。分曹部署，竞以歌喉相斗，雅俗既陈，妍媸自别。”众人欢乐，竞相互动，心情畅快无比；明月当空，石光如练，偌大的虎丘沉寂下来，喧嚣戛然而止；然有三四人，箫、管、板和乐而歌，空旷中尤为清亮，听者销魂；夜深沉，月影横斜成意趣，荇藻凌乱成参差，一夫登场独唱，四野寂静，屏住声息，有潺潺细细的清音漫漫地响彻天际，飞鸟闻之徘徊，壮士听后黯然伤怀。几许冶艳风流，几许空灵飘逸，这就是中郎的审美情趣。

收稍处，作者将视点转而自然风景：泉深不可测，飞岩如削，诸山作案，峦壑竞秀，晚树尤可观，文昌阁亦佳，平远堂空旷，虞山在望，堂废已久。峻秀山水与残存古迹，两相辉映中，古朴又蕴藉新意，苍老然饱含新鲜，使得意境丰富，蕴涵丰满。作者感叹因“乌纱之横，皂隶之俗”，而使自己同游人隔绝，与今夜即景形成了反衬之力。其心可知也！他厌恶官场，“觉乌纱可厌恶之甚”（《龚维长先生》）。“在官一日，一日活地域也”（《罗隐南》）。“人间恶趣，全一身尝尽矣”（《与丘长孺》）。因此他对月发誓：他日不做官了，一定再来生公石上听曲，明月为证！

写作此文时，中郎已经辞去了吴县令，已是浪迹吴中之客，他意味深长地问：虎丘之月，你可还记得我的誓言？

雨后游六桥记[①]　袁宏道

寒食后雨[②]，予曰此雨为西湖洗红，当急与桃花作别，勿滞也。午霁，偕诸友至第三桥，落花积地寸余，游人少，翻以为快。忽骑者白纨而过[③]，光晃衣，鲜丽倍常，诸友白其内者皆去表[④]。少倦，卧地上饮，以面受花，多者浮[⑤]，少者歌，以为乐。

偶艇子出花间，呼之，乃寺僧载茶束者。各啜一杯，荡舟浩歌而返。

【注释】

①六桥：即映波、锁澜、望山、压堤、东浦、跨虹，六桥都在西湖苏堤上。

②寒食：清明前二日。

③白纨：白绸衣。

④白其内者：穿白内衣的人。

⑤浮：浮白，满饮一杯酒。

【品读】

袁宏道有诗歌道："落红雨过更愁人，六桥十里胭脂血。"写的是桃花碾落，化作红雨、胭脂血的凄美意境。这篇《雨后游六桥记》，写雨后桃花轻妙凄迷的唯美缤纷，写人与桃花相映红的物我两忘，写率真而行的天真意趣，写自然世界的风光活泛与四野盎然，写一种心态和一种情态。非常形象逼真，让人流连忘返。

按照游踪路线，作者先道偕友奔向"第三桥"的情形，但见落花积厚，已有寸余，而此时游人极少，开怀畅快之时，忽然有一身着白色罗衣的策马者疾驰而过，其衣袂飘飘的俊朗身姿与耀目的落红形成鲜明的辉映，色彩反差极其明显，此等美妙场景，众人看得目瞪口呆，即生效仿之意，连忙脱去杂色的袍子，露出白色的里衣，学着策马者潇洒的模样，在纷纷红雨中欢畅前行。待倦怠，也顾不得君子形象，一群人纵横七八地躺在花丛中，游戏赌酒，恣意纵情，好不快活。此时，花间荡出一小舟，缘来是寺中僧者送茶来，豪饮几盅，歌喉放开，随着小舟回返，一切自然而亲切，烂漫而美好。

文中作者擅长点墨，富于勾勒，二月风光便婉转于笔下，情景幽绝，意境悠然，沉浸其间，使人情思荡漾，诗情丛生。不仅于此，作者还铺就了"洗红""白纨""鲜丽"等色泽图案，平添了亮色和靓点，视角俱佳，效果尤好。

怜赏落红，荡情山水，文士骚客相邀雨后游六桥，有美酒助兴，助诗意阑珊，赏雅趣盎然，名士风流尽显，使人神往！

西湖(二) 袁宏道

西湖最盛,为春为月[①]。一日之盛,为朝烟,为夕岚[②]。今岁春雪甚盛,梅花为寒所勒[③],与杏桃相次开发,尤为奇观。石篑数为余言:傅金吾园中梅,张功甫家故物也,急往观之!余时为桃花所恋,竟不忍去湖上。由断桥至苏堤一带,绿烟红雾,弥漫二十余里,歌吹为风[④],粉汗为雨,罗纨之盛[⑤],多于堤畔之草,艳冶极矣。

然杭人游湖,止午[⑥]、未、申三时,其实湖光染翠之工,山岚设色之妙,皆在朝日始出,夕舂未下[⑦],始极其浓媚;月景尤不可言,花态柳情,山容水意,别是一种趣味。此乐留与山僧游客受用,安可为俗士道哉!

【注释】

①为月:指在月下。

②夕岚:傍晚山林中的云气。

③勒:抑制。

④歌吹:歌声和乐声。

⑤罗纨:丝织品衣服。这里指身穿绫罗出游的闺妇。

⑥午、未、申:指上午十一点到下午五点一段时间。

⑦夕舂(chōng):即下舂,指夕阳未下时。

【品读】

本文在袁中道编的《袁中郎先生全集》中,题为《晚游六桥待月记》。西湖之美,天下文人写尽。苏轼道:“水光潋滟晴方好,山色空蒙雨亦奇。”白居易说:“孤山寺北贾亭西,水面初平云脚底。”杨万里则言:“接天莲叶无穷碧,映日荷花别样红。”展现西湖各个侧影的诗词,古往今来比比皆是,传世之作层出不穷。而在山水小品中,袁宏道所作《西湖》,何以在众多作品中脱颖而出呢?

袁宏道作此文，抓住了西湖美景中的特别变化和特殊情形，开篇道，西湖最盛季节是春，最佳时辰是晨与暮。而朝生烟，霞含岚，美不胜收也。不过，今年的春更胜，尚未融化的雪掩映着梅花迟放，竟与杏花、桃花争奇斗艳，好不纷繁。对于这种奇特景观的变化，作者敏锐还是滞后的，其信息源自于朋友多次告知，说："傅金吾园中的梅花，是张功甫玉照堂中的旧物，应该赶快去观赏。"只是，因迷恋簇簇嫣然的桃红，实难放弃眼前景，因而未曾前往观赏老梅。大概是西湖春景魅力无以比拟，美得让人挪不开步伐了吧！断桥至苏堤一带风光真是美不胜收："绿烟红雾"延绵二十里望不到尽头，歌声乐声伴着风声阵阵，不绝于耳。还有仕女的粉汗纷纷扬扬如雨点落下，罗衫纨绔的游客多过堤畔的花花草草。他们穿梭往来，反复其间，形成各色各样各姿各颜动荡的艳丽张扬之美！

文字到极盛处，作者荡开一笔，说杭州人游西湖，仅仅是上午十一时至下午五时之间，因而其略带遗憾地说，湖光翠色，山岚之妙，实则旭日东升和夕阳西下时最为浓艳。而月色流泻，更是难以形容的奇妙境界，此时的花、柳、山、水互为辉映，幽趣丛生，情境美妙得不可言说。于是调侃道："此乐留与山僧游客受用，安可为俗士道哉！"

游玉山小记　李流芳

二十五日，抵京口。饭后步银山[①]，小憩玉山亭子。遥见伯美白山麓施施而来，遣童呼之。亭下皆绝壁瞰江，有巨石独立江渚，上夷而下罅。涉而登，可数人。丁酉春，留滞京口，暇即来此。或摊书独坐竟日，或与家兄辈载酒剧饮，值惊风怒涛，澎湃震荡，水激其下，坎窾镗鞳[②]，如东坡之所谓"石钟"者[③]，江豚乱起[④]，帆樯绝迹，飞流溅沫，时落酒酸中，亦一时快事也。

癸卯，偕孺榖过白下，登亭子小饮。丙午，复偕仲和至此。皆值秋涨，石没水中，每怀昔游，为之怃然。不意今日得还旧观！与伯美盘砖石亡，不能去。适有渔舟过绝壁下，遂呼之，泛至金山，登紫霞楼，坐眺久之而还。

【注释】

①银山：在今江苏镇江市丹徒西二里江口，山形壁立，俗称竖上山；因与金山相对，改名为银山。

②坎窾镗鞳：钟鼓撞击的声音。

③“如东坡”句：苏轼写有《石钟山记》，谓山下石穴与风水相吞吐，遂有窾坎镗鞳之声。

④江豚：即江猪。

【品读】

文章围绕江中一石头为游历着眼点，写作者与友，或独自，抑或一群人登临、远眺、观赏江山风波和周边风景的真实情形。聚集石上可饮酒、畅聊、看书、观景、神游，真是难得的好去处，一隅方外之所。

作者停驻此地，稍有闲暇，便欣然前往，呼朋唤友好生热闹，径自前去无不惬意。此间人生风景，实乃生命心境也。心敞亮，人畅快。

这篇小文，运笔如行云流水，全在有意无意之间。描写山水景物，不时点缀以人物活动，相衬相映，颇能增添情趣，这都是作者自然洒脱、适性而往的雅士品性，使得山水趣味无穷啊！

戊子中秋记游[①] 袁　枚[②]

佳节也，胜境也，四方之名流也[③]，三者合，非偶然也。以不偶然之事，而偶然得之，乐也。乐过而虑其忘，则必假文字以存之，古之人皆然。

乾隆戊子中秋，姑苏唐眉岑，挈其儿主随园，数烹饪之能，于烝彘首也尤[④]。且曰："兹物难独啖[⑤]，就办治，顾安得客？"余曰："姑置具，客来当有不速者。"已而，泾邑翟进士云九至；亡何，真州尤贡父至；又顷之，南郊陈古渔至，日犹未昳[⑥]。眉岑曰："予四人皆他乡客，未揽金陵胜，盍小游乎？[⑦]"三人者喜，纳屦起趋[⑧]。趋以数，而不知眉岑之欲饥客以柔其口也。

从园南穿篱出，至小龙窝。双峰夹长溪，桃麻铺芬。一渔者来。道客登大仓山。见西南角烂银坌[⑨]涌，曰："此江也。"江中帆樯如月中桂影，不可辨。沿山而东，至虾蟆石，高壤穹然，金陵全局下浮，曰："谢公墩也。"余久居金陵，屡见人指墩处，皆不若兹之旷且周。窃念墩不过土一抔耳[⑩]，能使公有遗世想，必此是耶！就使非是，而公九原有灵，亦必不舍此而之他也。从蛾眉岭登永庆寺亭，则日已落，苍烟四生，望随园楼台，如障轻容纱，参错掩映；又如取镜照影，自喜其美。方知不从其外观之，竟不知居其中者之若何乐也。还园，月大明。羹定酒良，彘首如泥，客皆甘而不能绝于口，以醉席间。各分八题，以记属予。

嘻！余过来五十三中秋矣。幼时不能记，长大后无可记。今以一彘首故，得与群贤披烟云[⑪]，辨古迹，遂历历然若真可记者。然则人生百年，无岁不逢节，无境不逢人，而其间可记者几何也！余又以是执笔而悲也。

【注释】

①戊子：清乾隆三十三年(1768)。

②袁枚(1716—1798)：字子才，号简斋，别号随园老人，浙江钱塘(今杭州市)人。乾隆四年进士，官翰林院庶吉士，曾任溧水、江浦、沭阳、江宁等地知县，政声颇高。三十八岁时，辞官养母。后在南京小仓山筑别墅，名随园；专事著述，授徒讲学。其间几度游览皖、赣、粤、桂、

湘诸地名山大川。著有《小仓山房文集》《随园诗话》《子不语》。他擅长古文、骈体，尤工于诗，文名极高，在清中叶文坛上独树一帜。

③名流：旧指社会知名人士。

④烝彘(zhēng zhì)首：蒸猪头。

⑤啖(dàn)：吃。

⑥昳(dié)：太阳过午。

⑦盍：何不。

⑧纳屦：穿鞋。

⑨坌涌：即喷涌。

⑩土一抔：一把土，比喻极少。

⑪披烟云：游览胜景、观赏自然风光的意思。

【品读】

生活中的快事乐事无非“逢佳节、遇知己、得美食、醉人生、道快意。”因缘际会若凑齐，便是天赐的美事一桩，弥足珍贵。

清人袁枚说，适逢中秋佳节，金陵胜景尤美，群贤四面八方来聚，非偶然，却偶得之，意料之外的惊喜，人生畅快事也。袁枚所说的情形，发生于乾隆三十三年(1768)中秋，金陵城所遇的一件奇妙逸事。

这一天，姑苏唐眉岑父子来随园主持烹饪之事，拿手绝活是一道蒸猪首。这道菜若要蒸得软、糯、烂、香、嫩，绝非易事。若是临时起意而做，更是对厨艺的现场考验，做好更不易。正当美食筹办中，恰遇泾县翟云九、真州尤贡父、南郊陈古渔不期而至，“姑置具，客来当有不速者”的预见性由此印证，这让这场聚会充满了期待。此时，太阳未落，猪首尚未熟烂，唐眉岑建议客人可去游览一番金陵胜地，众人欢喜，兴然往之。其实，唐眉岑此举，实则饥客之法，是为了让客人保持好的胃口。

从随园动身，到小龙窝，两峰之间蜿蜒长长一条溪涧，空气中弥漫着桃林和麻田的清香，微微扑鼻而来。大仓山西南望，便是滚滚长江东逝水，江上风帆参差错落，像月中桂影，隐约迷离。沿山行，到达哈蟆石，对面浮现“谢公墩”，是一处下浮的低洼地也。再前行，从峨眉岭登上永庆寺亭，此刻夕阳沉沦，眼前薄雾缭绕，笼烟轻荡，意境参差，暮下晚景真是妙不可言，使人遐想，难免沉醉。

回到园中，正是明月当空，洁净的桌面摆上了佳肴美酒，让饥肠辘辘的一行人垂涎欲滴，美味猪首，琥珀美酒，推杯换盏间，人人脸上红霞飞，个个吃得酣畅淋漓尽。八道诗作，信手拈来，推举作者作序，遂成《戊子中秋记游》。

袁枚在《所好轩记》中坦言自己“好味、好色、好葺屋，好游，好友，好花竹泉石，好珪璋彝尊、名人字画，又好书。”从这篇生活杂记中便可看出些许。看来，袁子才真是“诗意栖居”的典型。

流韵

行宅诗序[①] 萧子良[②]

余禀性端疏[③]，属爱闲外。往岁羁役浙东[④]，备历江山之美。名都胜景，极尽登临。山原石道[⑤]，步步新情；回池绝涧[⑥]，往往旧识。以吟以咏，聊用述心。

【注释】

①行宅：远行居留在外。

②萧子良(460—494)：字云英，南兰陵(今江苏常州市西北)人。齐武帝次子。宋时为会稽太守，封闻喜公。入齐，封竟陵郡王，官至太傅。他笃好佛教，常与名僧讲论佛法；又爱好文学，礼才好士，成为当时文坛领袖。著有内外文笔数十卷，已散佚。所传之作多为劝诫文字，文采不足；但记游山水，颇重情韵。

③“余禀”二句：意为本性疏漏，喜欢清闲在外。

④羁役：因行役而寄居在外。浙东：即浙江东部地区。

⑤山原：山间宽平的地方。

⑥回池：曲折洄流的池水。

【品读】

这篇诗序仅有六十余字，却能将情景和心境钩沉致远，实属精妙。

通过“疏”“闲”捡拾自然风光和山水乐趣，作者的生命姿态和逍遥情怀一览无余。文中道江山之美，独取“山原石道，步步新情；回池绝涧，往往旧识”两组对句，画景画人，写情写心，形神俱出。这两组对句，还运用了互文见义之法，足见山水均为“旧识”，又仍有“新情”，表明了作者饱赏不厌，为山水美景陶醉不已的爽朗情趣。

不止于此，作者还点出“名都胜景，极尽登临”的高远情致，都城、胜地、古迹皆是大好景色。山水在四野，山水在城郭，山水其实无处不在，心中也。

游大林寺序[①] 白居易

余与河南元集虚、范阳张允中、南阳张深之、广平宋郁、安定梁必复、范阳张特、东林寺沙门法演[②]、智满、士坚、利辩、道深、道建、神照、云皋、息慈、寂然凡十七人，自遗爱草堂，历东西二林，抵化城，憩峰顶，登香炉峰，宿大林寺。大林穷远，人迹罕到。环寺多清流苍石，短松瘦竹。寺中唯板屋木器，其僧皆海东人。山高地深，时节绝晚，于时孟夏月，如正二月天，梨桃始华，涧草犹短，人物风候，与平地聚落不同，初到恍然若别造一世界者[③]。因口号绝句云[④]："人间四月芳菲尽[⑤]，山寺桃花始盛开。长恨春归无觅处[⑥]，不知转入此中来。"

既而，周览屋壁，见萧郎中存、魏郎中弘简、李补阙渤三人姓名文句。因与集虚辈叹且曰："此地实匡庐间第一境，由驿路至山门，曾无半日程，自萧、魏、李游，迨今垂二十年，寂寥无继来者。嗟乎！名利之诱人也如此！"时元和十二年四月九日，乐天序。

【注释】

①大林寺：庐山寺院名，在庐山香炉峰顶，相传为晋代僧人昙诜所建，是我国佛教圣地之一。

②沙门：原为大印度各教派出家修道者的通称，后佛教专指依照戒律出家修道的人。

③恍然：仿佛。

④口号：口占，用于诗题，表示是信口吟成。

⑤人间：本指人世间，这里特指江南的平原地带。古人认为深山佛寺是神仙居住超脱人世的地方，特别是庐山更有许多神话传说，因此就把平原相对称为"人间"。

⑥长恨春归无觅处：经常痛惜春天归去没有可寻找的地方。觅，寻找。

【品读】

文章开篇不走寻常路，起先七十余字尽数人名，从四面八方汇聚，身份各异，且僧人甚多。这番平实、机械的写意，恰好表明了作者的良苦用心，同路人，即是同道中人也。与僧侣结伴而行的游历，情境气氛自是不同。

作者在初夏四月看到大林寺一片桃花后便做出了那首脍炙人口的绝句“人间四月芳菲尽，山寺桃花始盛开。长恨春归无觅处，不知转入此中来”。作者充满了悲伤和惆怅。用桃花代替春光，从桃花想到春天，从而含蓄地表达出对美好春光的追求。青壮年时代都是在宦海风波中度过的，他被贬为江州司马，似乎感到人间的春天已经归去，只有在美丽的庐山，他才又找到使人神醉心迷的春天，恍惚到了另一个春天的世界，获得了暂时的欢乐，因而写下了这篇诗文皆工、情辞并茂的小品。

“人间”天涯沦落的长恨，也许在桃花盛开的仙境会得到解脱；人生要摆脱俗世烦扰，也许就在远离喧嚣的美丽和宁静中吧！

记承天寺夜游[①] 苏轼

元丰六年十月十二日，夜，解衣欲睡，月色入户，欣然起行，念无与为乐者，遂至承天寺，寻张怀民。怀民亦未寝，相与步于中庭。

庭下如积水空明，水中藻、荇交横，盖竹柏影也[②]。何夜无月，何处无竹柏，但少闲人如吾两人者耳[③]。

【注释】

①原题作《记承天夜游》，据别本加“寺”字。承天寺，故址在今湖北省黄冈市城南。

②藻：水草的总称。荇(xìng)：一种多年生的水草。

③闲人：这里指不汲汲于名利而能从容流连光景的人。苏轼这时被贬为“团练副使”，是个有职无权、有名无实的入，张怀民亦遭贬，故称“两闲人”。

【品读】

夜不能寐，心生难安，拉上“心有灵犀一点通”的伙伴共沐月光，这就是诗人情怀。

《记承天寺夜游》是一篇随笔式的小品文，被誉为“仙笔也。读之觉玉宇琼楼，高寒澄澈。”文中寥寥几十字，却极鲜明地勾勒出一幅月色如水、林影婆娑，月下闲游的清疏画面。首段点明了时间、地点、人物，以及情趣的生发。因为月色入室来，清冷冷地撩人心扉，醒着不能眠，遂趁着好心情出门夜游，漫看良辰佳景，谁能与共呢？唯有承天寺的张怀民也。欣然一笑，随即前往。意料之外也是意料之中，张怀民亦未就寝，两人兴致更浓，邀约闲步院落中。

张怀民何许人，和东坡先生如此亲近、性格相投？

原来，此人也被贬黄州，任主簿之类的挂名闲职。同为天涯沦落人，境遇相同，情谊相投，连爱好也相近，都喜欢陶冶山水中，纵情户外间。苏东坡有文对其称赞到：“今张君不以谪为患……而自放山水之间，此其中宜有以过人者。”因而，两人午夜一起散步就不足为怪了。小品下半部分描述月景，“庭下如积水空明，水中藻、荇交横，盖竹柏影也。”写意非常轻妙，说月色澄明得似一泓碧水流淌，波光潋滟，投射竹柏婆娑摇曳，犹如一娓娓水草荡桨浮动，盈盈飘摇，甚是娟秀美丽，皎洁十分。其境其情其思，甚为巧妙，极富想象空间。

文字中隐隐透露出作者于贬谪中自我排遣、随缘自适的心境。意境空灵，情韵深致，宛如一幅淡雅、高洁的精美画轴，掩卷而来。

龙井题名记[①] 秦　观[②]

元丰二年中秋后一日，余自吴兴过杭，东还会稽。龙井辨才法师以书邀予入山。比出郭[③]，已日夕，航湖至普宁，遇道人参寥。问龙井所遣篮舆[④]，则曰："以不时至，去矣。"

是夕，天宇开霁，林间月明，可数毛发，遂弃舟从参寥，杖策并湖而行[⑤]。出雷峰[⑥]，度南屏[⑦]，濯足于惠因涧[⑧]。入灵石坞[⑨]，得支径上风篁岭。憩龙井亭，酌泉据石而饮之。自普宁经佛寺十，皆寂不闻人声。道旁庐舍，或灯火隐显，草木深郁，流水激激悲鸣，殆非人间有也。

行二鼓矣，始至寿圣院，谒辨才于潮音堂。明日乃还。

【注释】

①龙井：地名，以井水清冽著名。位于杭州西湖之西南十里，浙江之北的风篁岭上。作者另有《龙井记》可参阅。

②秦观(1049—1100)：字太虚，又字少游，号淮海居士，扬州高邮(今江苏省高邮市)人。神宗元丰年间进士，但仕途多舛，屡遭贬谪，官至太学博士、国史院编修。与苏轼交游备受其器重，为"苏门四学士"(其他三人为黄庭坚、张耒、晁补之)之一。秦观诗、词、文兼工，尤以词名世，词风清丽婉约，为婉约词派名家。其诗与词风甚近。为文多直抒己见，笔锋犀利，运笔挥洒，词采绚发，其政论文可与贾谊、陆贽争短长。著有《淮海集》。另有《淮海词》单行本传世。

③比：及，到。郭：外城。

④篮舆：竹轿。

⑤杖策：执鞭，指骑马行进。

⑥雷峰：在西湖湖畔，一名中峰，又名回峰。传说昔有道人雷就居此，故称雷峰。五代时吴越千钱俶王妃于此建寺筑塔，欲称王妃塔，亦名雷峰塔。"雷峰夕照"为西湖十景之一。

⑦度：翻越。南屏：山名，在杭州西湖之南，山麓有净慈等寺院，这一带的寺院晚钟悦耳，故“南屏晚钟”构成西湖十景之一。

⑧惠因涧：西湖东南、西南诸山统称南山，南山从中有九溪十八涧，惠因涧为其中之一。

⑨灵石坞：地名，为至风篁岭必经之地。坞，四面高中间低的谷地，即山坳。

【品读】

元丰二年(1079)，苏轼自徐州调任湖州，过高邮，中途与秦观、参寥同船而下，于吴兴分手告别。不久，正会稽省亲中的秦观惊闻苏轼出事身陷囹圄，于是即刻赶回吴兴询问，不料苏轼已于七月二十八日在湖州被捕，已经押赴京师，送进了御史台诏狱中。此情形下，秦观只得惘然而归，在心事沉重下，于八月十六日作此文，因而文章有种黯然而悲怆的情绪在流淌。西湖在作者眼中不再是明艳动人，让人心旷神怡了，以此代替的是冷寂、清泠、薄凉。

作者写月夜步行游龙井。由“杖策并湖而行”一句领起，写出“出”“度”“濯足”“入”“得”“憩”“饮”等一连串的动作，不仅写出了作者的游踪顺序，而且道出了作者寂然、悲鸣的凄清之感，有着浓郁的感情特征。文章以“寂不闻人声”“流水激激悲鸣”极力渲染凄凄切切的情绪，收梢于“殆非人间有也”中，这种静中写动，静景点染的手法，非常有韵，特别有味。

世间皆道人生际遇应随缘、随遇、随性、随心、随安，可是，太多不可控的风云变幻，我们还来不及告别，就一去不复返了。

观月记[①] 张孝祥[②]

月极明于中秋，观中秋之月，临水胜[③]；临水之观，宜独往；独往之地，去人远者又胜也。然中秋多无月，城郭宫室，安得皆临水？盖有之矣；若夫远去人迹，则必空旷幽绝之地，诚有好奇之士，亦安能独行以夜而之空旷幽绝，蕲顷刻之玩也哉[④]！

今余之游金沙堆[5]，其具是四美者与？

盖余以八月之望过洞庭，天无纤云，月白如昼。沙当洞庭青草之中[6]，其高十仞[7]，四环之水，近者犹数百里。余系舡其下[8]，尽却童隶而登焉。沙之色正黄，与月相夺，水如玉盘，沙如金积，光采激射，体寒目眩，阆风[9]、瑶台、广寒之宫，虽未尝身至其地，当亦如是而止耳[10]。盖中秋之月，临水之观，独往而远人，于是为备[11]。书以为金沙堆观月记。

【注释】

①本文是作者宋孝宗乾道二年(1166)，从广西落职北归，在中秋节路过洞庭湖时写的。

②张孝祥(1132—1170)：字安国，号于湖居士，南宋历阳乌江(今安徽和县)人。绍兴二十四年(1154)进士，廷试第一。历任中书舍人、建康留守，以及荆南、荆湖北路安抚使。著名的爱国词人，有《于湖词》《于湖居士文集》。

③胜：景观优美。

④蕲(qí)：通“祈”，求。

⑤金沙堆：地名，居洞庭湖、青草湖之分界处。

⑥沙：即金沙堆。洞庭：即洞庭湖，在湖南省北部。青草：湖名，以湖中多生青草，故名。亦名巴丘湖，在洞庭湖之南端，和洞庭湖相连，在湖南省岳阳市之西南。

⑦仞：古时长度单位，有八尺、七尺等说法。

⑧舡(chuán)：船。

⑨阆风：山名。相传为仙人所居，在昆仑之巅。瑶台：美玉砌成之台，神话中为神仙所居之地。广寒：宫名。本为虚构，后遂以为月中仙宫名。

⑩止：居住。

⑪备：具备。

【品读】

这篇文章开笔径直提出观月之“四美”境界，紧用“然”字作转捩，一笔宕开，使文情顿生波澜，而后落笔这次游金沙堆，“具是四美”，真叫峰回路转，曲处通幽。

其下紧扣文章重心——洞庭观月，纵笔挥洒。“天无纤云，月白如昼”八字，展现了中秋之夜的洞庭湖上的一派澄澈、明净和清爽。面对这广阔无垠的宇宙空间，不由得产生一种庄严圣洁的感觉，并将以它来涤除尘世的俗念。

不是么？他知静江府，“治有声绩”，然“以言者罢”。但他自省自律，无愧于心，而且感觉到格外的坦荡。作者面前的“水如玉盘，沙如金积”的晶莹世界，有如入乎神仙境地，使自己的精神境界得到净化。他以傲岸的气度表述了自己的高洁，这正是其人格力量的升华。此文与其《念奴娇·过洞庭》词，交相呼应。

吴兴山水清远图记[①] 赵孟頫[②]

昔人有言，吴兴山水清远，非夫悠然独往，有会于心者，不以为知言。南来之水，出天目之阳[③]，至城南三里而近，汇为玉湖[④]，汪汪且百顷。玉湖之上，有山童童状若车盖者，曰车盖山[⑤]。由车盖而西，山益高曰道场[⑥]。自此以往，奔腾相属，弗可胜图矣。

其北，小山坦迤曰岘山[⑦]，山多石，草木疏瘦如牛毛。诸山皆与水际、路绕其一麓，远望，唯见草树缘之而已。湖中，巨石如积，坡陀磊魄[⑧]，葭菼聚焉，不以水盈缩为高卑，故曰浮玉[⑨]。浮玉之南，两小峰参差，曰上下钓鱼山。又南，长山曰长超[⑩]。越湖而东，与车盖对峙者曰上下河口山[⑪]。又东四小山，衡视则散布不属，纵视则联若鳞比，曰沈长，曰西余，曰蜀山，曰乌山。又东北曰毗山[⑫]，远树微茫中突若覆釜。玉湖之水北流，入城中，合苕水于城东北[⑬]。又北，东入于震泽[⑭]。

春秋佳日，小舟泝流。城南众山环周，如翠玉琢削，空浮水上，与船低昂。洞庭诸山[15]，苍然可爱，是其最清远处耶！

【注释】

①吴兴山水清远图：大德五年(1301)秋，赵孟頫与其弟子陈琳合作，见《珊瑚网》卷二十仇远跋。吴兴，古郡名，今浙江湖州市。

②赵孟頫(1254—1322)：字子昂，号松雪，松雪道人，又号水精宫道人、鸥波。浙江吴兴(今浙江湖州)人，元初著名书法家、画家、诗人，其中又以书法和绘画成就最高，开创元代新画风，被称为"元人冠冕"。创"赵体"书，与欧阳询、颜真卿、柳公权并称"楷书四大家"。著有《松雪斋文集》等。

③天目：山名，在浙江临安市西北五十里，为全省山水之主脉。

④玉湖：即碧浪湖，纳诸山之水，清如碧玉。

⑤车盖山：在吴兴南七里。

⑥道场：在吴兴南十二里。

⑦岘(xiàn)山：在吴兴南五里。

⑧坡陀磊魂(kuǐ)：山石攒积的样子。坡陀，高下不一。

⑨浮玉：山名。在玉湖中，湖水虽满，常露其顶，若浮玉然。

⑩长超：山在吴兴东南二十里。

⑪河口山：在吴兴东南五里。

⑫毗(pí)山：在吴兴东五里。

⑬苕水：即苕溪，出天日山之南，北流经吴兴入太湖。

⑭震泽：即太湖，在吴兴北，跨苏、浙两省，周迴三万六千顷。

⑮洞庭：太湖中小山甚多，以东西二洞庭为最。

【品读】

此篇为题画小品。若品读画中山水，须得有鉴赏之功和艺术体悟能力。

吴兴山水，本以清远为名，经画家之精心措置，益见其清远。昔黄山谷雨中登岳阳楼，远望君山，有"可惜不当湖水面，银山堆里看青山"之叹，概楼上远望，未能在湖中兼领山姿水态之美。而吴兴诸山，多与水接，其水又直达于太湖。小舟诉流，众山环周，远望洞庭，其清其远，岂可以咫尺计哉。

文中巧妙运用了“南”“城南”“西”“北”“之南”“又南”“东”“又东”“西余”“东北”“又北”等方位词，导游出一幅逶迤多姿的山水情景，有种身临其境之感。

飞来峰[①] 袁宏道

湖上诸峰，当以飞来为第一，高不余数十丈，而苍翠玉立。渴虎奔猊[②]，不足为其怒也；神呼鬼立，不足为其怪也[③]；秋水暮烟，不足为其色也；颠书吴画[④]，不足为其变幻诘曲也。石上多异木，不假土壤，根生石外。前后大小洞四五，窈窕通明[⑤]，溜乳作花[⑥]，若刻若镂。壁间佛像，皆杨秃所为，如美人面上瘢痕，奇丑可厌。

余前后登飞来峰者五：初次，与黄道元、方子公同登，单衫短后[⑦]，直穷莲花峰顶[⑧]，每遇一石，无不发狂大叫；次，与王闻溪同登；次，为陶石篑、周海宁；次，为王静虚、石篑兄弟；次，为鲁休宁。每游一次，辄思作一诗，卒不可得。

【注释】

①飞来峰：一名灵隐峰，在杭州灵隐寺前，海拔 168 米。东晋咸和初(公元 326)，印度高僧慧理登此峰，曾说：“此天竺灵鹫山之小岭，不知何年飞来。”因以得名。

②猊(ní)：狻猊，传说中的一种极为凶猛的野兽。

③为：这里是比拟的意思，下同。

④颠书：指唐代书法家张旭的草书。吴画：指唐代名画家吴道子的绘画。

⑤窈窕：深远。

⑥溜乳：石灰岩地层地下水溶解石灰岩，滴在石面上，呈乳白色，故俗称“溜乳”。

⑦短后：短衣的后摆。

⑧莲花峰：飞来峰的顶峰。

【品读】

作者五次登临飞来峰，呼朋唤友，结伴而行，每作一游，收获颇丰，遂作文记之。

小品以飞来峰的特色景观为轴心，道山之高，“高不余数十丈”，是湖上诸峰之首，苍翠而立，富有色彩。说峰之怪，“渴虎奔猊”“神呼鬼立”，一派奇诡之姿；言景之奇，“秋水暮烟”“石上多异木，不假土壤，根生石外”，让人称奇赞叹；述佛像之“丑”，可谓“奇丑可厌”，看似在痛斥杨秃所塑佛像的“败笔”之举，实则暗蕴着美学的意义，人文景观与山水风光的和谐相处、相通、相衬，不正是自然之道嘛！“奇格天成，妄遭锥凿”，如今多有俗滥低劣的人文景观点缀在山水之中，未能增色，倒是破坏了山水的自然美，这样的“美人面上瘢痕”才真是“奇丑可厌”啊！

作者笔下不但山怪景奇，连山上的石头、草木、洞子也是奇怪丛生，相互攀援，又各有风姿。物象虽崎岖突兀，却恰如其分地流韵在整体画面中，相生相契，妙美十分。

文章不采用直观描摹，而是间接虚拟；作者连用四个“不足为”，以奇特的想象、新警的比喻、连贯的排比，把自己的主观感受融入对飞来峰形象的审美创造，收到了传神写意的强烈效果，值得细思品味。

灵隐　袁宏道

灵隐寺在北高峰下[1]，寺最奇胜，门景尤好。由飞来峰至冷泉亭一带[2]，涧水溜玉，画壁流青[3]，是山之极胜处。亭在山门外，尝读乐天记有云：“亭在山下水中，寺西南隅，高不倍寻，广不累丈，撮奇搜胜，物无遁形。春之日，草薰木欣，可以导和纳粹[4]；夏之日，风泠泉渟[5]，可以蠲烦析酲[6]。山树为盖，岩石为屏，云从栋生，水与阶平，坐而玩之，可濯足于床下，卧而狎之，可垂钓于枕上。潺湲洁澈[7]，甘粹柔滑，眼目之嚣，心舌之垢，不待盥涤，见辄除去。”观此记，亭当在水中，今依涧而立，涧阔不丈余，无可置亭者，然则冷泉之景，比旧盖减十分之七矣。

韬光在山之腰[8]。出灵隐后一二里，路径甚可爱，古木婆娑[9]，草香泉渍[10]，淙淙之声，四分五路，达于山厨。庵内望钱塘江，浪纹可数。

余始入灵隐，疑宋之问诗不似。意古人取景，或亦如近代词客，捃拾帮凑[11]。及登韬光，始知“沧海”、“浙江”、“扪萝”、“刳木”数语[12]，字字入画，古人真不可及矣。宿韬光之次日，余与石篑、子公同登北高峰绝顶而下。

【注释】

①灵隐寺：又名云林禅寺，在杭州西湖附近的灵隐山麓。东严咸和初年，由印度僧人慧理所建。为我国佛教禅宗十刹之一。

②冷泉亭：在灵隐寺门前飞来峰下。

③流青：指山壁上萝藤四处蔓生，像在流动飞舞。

④导和纳粹：疏导心情，使之和悦；吸取粹然之气，归以平静。

⑤渟(tíng)：泉水平静。

⑥析酲：解除酒后的困惫。

⑦潺湲：水缓流的样子。

⑧韬光：庵名，唐朝韬光禅师所建；庵在灵隐寺右的半山腰。

⑨婆娑：形容树枝随风舞动的样子。

⑩渍：浸，这里是满溢的意思。

⑪捃：拾取。

⑫扪萝：攀援萝蔓。刳(kū)木：挖空木头，作汲水用。

【品读】

灵隐，世外仙境也，引得古往今来的文人骚客多有登临，诗情勃发，名篇佳作比比皆是。

袁宏道这篇小品表现手法颇为独特。大篇幅引用古人诗文，从古今景物的变化上辨析微妙差异，从而领悟出自然景观的悠远情致和恒久之美。借古人的慧眼启迪思索和联想，为冷泉亭、韬光庵更添了一份深邃之意境，富有遐想空间和想象意味。同时也把作者坦率、乐观和爽豁的个性袒露无疑，道出了为人处事的真谛，做人得进退皆宜，攻人服善要切合情理，自然为文就收放自如，潇洒俊逸了。

文中对寺门胜景和韬光庵虽是简洁明快的勾勒，却胜在“涧水溜玉，画壁流青”的清冽与幽美。而山行中则多有情趣之赏，路径“可爱”，古木“婆娑”，泉渍“淙淙”，画面动感流韵，神形兼具有之，衬托出一种超凡脱俗的清凉与雅意，让人心生舒畅与欢愉，沉浸其间，忘却尘俗。

游居柹录　袁中道[①]

王中翰新居，亦枕山。门前有方塘，贮水可十亩[②]。松桂数十株，森秀蓊郁[③]。寿藤一大壁[④]，作殷红色，杂以碧绿。旁有磐石一具，可奕。中翰云：“此处有洞，可容数十人。今封闭未开，其径路亦迷，恐有他藏，亦未敢开也。”由此登山，可数百步，岩石磊磊，至左极高阜，望见江及远山，可亭[⑤]。中翰乞名，予曰：“可名为远帆亭。”乞联，书曰：“云中辨江树，天际识归舟。”

【注释】

①袁中道(1570—1623)：字小修。万历四十四年(1616)进士，历任国子博士、南京吏部郎中。著有《珂雪斋集》《游居沛录》等。与兄宗道、宏道并称“三袁”，同以公安派著称。其为文不以古为法，主张“抒吾意

所欲言”，崇尚自然醇美。中进士前曾广为游历，“足迹几半天下”，写下了大量记游诗文。所撰山水小品，绘景、抒情必尽述己意而后已，笔墨恣肆，有神龙飞舞之势。

②可十亩：约十亩。

③蓊(wěng)郁：茂盛。

④寿藤：老藤。

⑤可亭：认为可以建一亭。可，意动词。

【品读】

《游居柿录》是袁中道万历三十六年(1608)秋冬后的日录。其时正值他礼部试落榜，心境落寞。柿性耐寒、耐旱，其蒂之味多苦涩，所以取名“游居柿录”来题署日记，本篇是其中一则。

王中翰新居，背山临水，松桂杂植，老藤满壁，环境之清丽古雅已可以想象。登山远眺，大江、群山尽收眼底，又何等开阔浩茫。文章上下组构为一，动静结合，远近相补，有种幽雅旷朗的气韵悠然泻出，如同观赏一幅明洁高远的流动画卷，富有立体感和空间度。

作者在抒怀美景的同时，心中按捺着丝丝点点落寞与迷茫，一句“云中辨江树，天际识归舟”或许是心绪的全部表达。

湖心亭看雪[①] 张 岱

崇祯五年十二月[②]，余住西湖。大雪三日，湖中人鸟声俱绝。

是日，更定矣[③]，余拏一小舟[④]，拥毳衣炉火[⑤]，独往湖心亭看雪。雾凇沆砀[⑥]，天与云与山与水，上下一白。湖上影子，惟长堤一痕[⑦]，湖心亭一点，与余舟一芥[⑧]，舟中人两三粒而已。

到亭上，有两人铺毡对坐，一童子烘酒，炉正沸。见余大喜，曰：“湖中焉得更有此人?”拉余同饮。余强饮三大白而别[⑨]。问其姓氏，是金陵人[⑩]，客此。

及下船，舟子喃喃曰[11]："莫说相公痴[12]，更有痴似相公者。"

【注释】

①湖心亭：在杭州西湖中，旧为湖心亭；明万历年间，"司礼监东瀛改为清喜阁，金碧辉煌，规模壮丽，游人望之，如海市蜃楼。"(《西湖梦寻》)

②崇祯五年：公元1632年。崇祯为明思宗朱由检年号。

③更定：初更开始。古时，一夜分为五更，每更大约两小时。晚上八时左右，打鼓报初更开始，称作定更。

④拏(ná)：同"拿"，引申为划船。

⑤毳(cuì)衣：细毛裘。

⑥雾凇：云气、水气。沆砀(dàng)：晃漾，晃荡。

⑦长堤：即白堤(东起断桥，经锦带桥，止于平湖秋月)。

⑧芥：小草。

⑨大白：酒杯。

⑩金陵：今江苏南京市。

⑪喃喃：低声自语。

⑫相公：旧时对上层人士的敬称，犹唐人称"郎"。

【品读】

《湖心亭看雪》百余字，却以神来之笔冠绝历代山水小品，实乃个中翘楚。

"崇祯五年十二月，余住西湖。"轻轻一笔，看似只为点出出行时间，实则颇有深意。作者故地重游，已然家国沦丧，西湖不再是当时的西湖，家园不再是家了。正是在这种灰心、萧瑟、落寞的心绪牵引下，文章浸淫着些许苍白、凄冷和幽寒的泠泠气息。"大雪三日，湖中人鸟声俱绝。"一个"绝"字，便将周遭所有的人、事、物森然而立，营造出万籁俱灭的冷寂、孤立感，天地之间，悲怆而肃穆，一派威严。若是孑然一身立于苍穹之下，该是怎样一番感慨与喟叹？作者只字不提，穿上皮衣，抱着炉子，独自去湖心亭看雪。而踏雪而行为哪般？行文走笔一心只在描绘"云""山""水"中。这平日可看、可观、可眺的山水景致,此刻,却归于"上下一白"的苍茫,这种分不清彼此的浑然一体,恰是体现了作者特行独立和别具匠心的用笔。文复布局六个"一"字,重复中更是突显一种唯一性,极具深度和内涵。其次,"三"和"两"这两组数据贯于字里行间里,平添了"一"的亮色和生动。而最是特别处,作者绝妙地点缀了几个字:"痕""点""芥""粒",若是闭上眼微微体味,眼前便会浮现拉长一个个镜头,从长堤的可见,到湖心亭的隐约,再到小船犹如蒿草,最终是沙尘般微小成"粒"的影子,人,当下只是洪荒中的沧海一粟,那么卑微、弱小。就像人于地球,地球于太阳系,太阳系于宇宙,多么渺小,让人悲悯油然而生。

接下来,作者在湖心亭巧遇了捷足先登的两位赏雪者,他们很是惊诧有人意外地到来,亭子与亭外的人不是同样的心境吗?视为知己者,唯有三杯温热的佳酿,方能体现一见如故的欣喜情怀。而亭子两人反客为主的精巧构思,更是意味无穷,留白余思。收梢处,精妙尤见,舟子喃喃曰:"莫说相公痴,更有痴似相公者!""痴"与"痴似",到底是谁痴、谁更痴呢?

"惟有痴情一片"的赤子情怀、士子之心,焉能是谁都明白,谁都懂的!就像张岱这篇山水小品,"横看成岭侧成峰,远近高低各不同。"此理于此,后来人各有感悟吧!

湖山小记　萧士玮[①]

雨中上韬光,雾树相引,风烟披薄[②],飞流木末,江悬海挂。稍倦,时踞石而坐,时倚竹而息。大都山之姿态,得树而妍[③];山之骨格,得石而苍;山之营卫[④],得水而活;惟韬光道中能全有之。初至灵隐,求所谓"楼观沧海日[⑤],门对浙江潮"者,竟无所有;至韬光,了了在吾目中矣[⑥]。白太傅碑可读,雨中泉可听,恨僧少可语耳!

枕上沸波，临夜不息，视听幽独[⑦]，喧极反寂[⑧]，益信“声无哀乐”也[⑨]。

【注释】

①萧士玮：生卒不详，字伯玉，号萧斋，泰和（今江西省泰和县）人。明天启二年进士。著有《春浮园集》。

②披薄：形容烟雾似轻纱薄绢。

③妍（yán）：美丽。

④营卫：中医术语。《灵枢经》：“营卫者，精气也。”

⑤“楼观”二句：此系宋之问《灵隐寺》诗中第二联，传说是骆宾王所续。《本事诗》载：唐初宋之问游灵隐寺，见夜月皎洁，因作诗“鹫岭郁岧峣，龙宫锁寂寥”，下面第二联苦思不得，时骆宾王在场，乃续“楼观”二句，写出了灵隐寺特有的景致。

⑥了了：明明白白。

⑦幽独：幽深而人迹罕至。

⑧喧极反寂：四字本南朝梁王籍《入若耶溪》诗：“蝉噪林逾静，鸟鸣山更幽。”意谓山林中蝉噪鸟鸣的声音，愈发显出空山的幽深寂静。

⑨声无哀乐：四字出自嵇康的《声无哀乐论》：“哀乐自当以情感，则无系于声音。”意谓声音自响本无哀乐，听者之哀乐是他内心作用的结果。

【品读】

雨中登韬光庵，别有一番情趣和雅意。“雾树”引路，“风烟”迎面，“飞流”直下，“江悬海挂”。树、风、山、水构成了一派空濛奇妙的幽冷清澄之感，让原本纷繁芜杂的物象和意象更具流韵和动感，由此打开想象空间和情景画面。

行进中，累则“踞石而坐”，困就“倚竹而息”。但见山因“树”“石”“水”而“妍”“苍”“活”，正所谓“山不在高有仙则名，水不在深有龙则灵”，得之山之风骨，之风姿，之风华，三者兼具，生命便由此澄澈而丰美。夜宿韬光庵，作者只取对环境的感受，以“喧极反寂”一句，既反映了空山静夜的特点，也透露了其幽独自在的情性。

山水之清妙，意境之冷冽，是这篇小品的气场和特点，置身其间，使人心内清疏，胸怀空阔，生命寂然。世间万般美好，心中各种放下，此刻都了然于心，通透无比了。

招隐寺题名记[①] 王士祯[②]

昔人言招隐，水深山秀，烟霞涧毛[③]，皆不凡。予以庚子仲冬月，同昆仑子丧游，红叶满山，石骨刻露，泉流萧瑟[④]。登玉蕊亭上，远眺江影，惝恍久之[⑤]。

【注释】

①招隐寺：在今江苏省丹徒南七里招隐山上。梁昭明太子萧统曾读书于此山，今尚存石案。

②王士祯(1634—1711)：字子贞，一字贻上，号阮亭，又号渔洋山人。新城(今山东桓台)人。顺治十二年(1655)进士，累官至刑部尚书。康熙四十三年(1704)，因与废太子胤礽作诗唱和，获罪免官。归里后，专事著述，著有《带经堂集》《居易录》《池北偶谈》等。论诗创神韵说，“诗为一代宗匠”。他性喜游历，集中颇多“登山临水，游目骋怀之作”。所作山水小品，语言清俊含蓄，意境冲和淡远，其神韵似散文诗。

③涧毛：涧中水草。

④萧瑟：冷寂凄清。

⑤惝恍：惆怅失意的样子。

【品读】

王士祯论诗，以“隽永超诣者”为上品。这篇《招隐寺题名记》，笔墨简约，题旨蕴藉，境界清远，风神潇洒，韵味盎然，一如他的诗旨，堪称山水小品中的上品。

文章简洁七十字，其描摹山水“深秀”，霞如“烟”，涧似“毛”，写意生动，物象传神。诉述心境时，红叶的“刺目”，石骨的“冷硬”，泉流的“萧瑟”，营造出清冷意、心内寒的情绪氛围。恍然滞留中的江水远眺，更将作者低落与失意推向更深处，更寥廓中。

月牙山记 龙启瑞[1]

桂之河东[2]，皆阛阓也[3]。市廛尽[4]，而石桥跨之，下有小水，春夏仅通舟楫，俗所谓花桥者也。

桥上东南望，水际一山郁然，红阑朱阁，隐见峰腰林隙间。渡桥数十式[5]，始得山门。门内宽平，地可一亩。渐上则为陂陀[6]，因平地势，或平或矗，委折而登。行者左扶山麓，右临溪水，晴波映日，清莹可鉴。石间有小径，舟行之客从焉，皆上达，汇于寺门。寺分南北二室。北室供大士像，石壁环其后，若覆釜而缺其半，其高覆檐出者，可四丈余。客来坐南室，惕乎常恐怪石倾压而下者，是所谓月牙之岩也[7]。

忆二十年前，曾一游山中。时冻雪初晴，山溜之凝为冰柱者[8]，宽可数尺，长几丈，如是者五六，宛然玉龙垂髯，下瞰窗户。正心摇目眩，然落其一，抵石上，若碎大瓮，寺之檐角陷焉，归而魂动者弥月[9]。今岁月屡易，景物非故，江干桃李，芬馥可爱，无复向者恫心骇目之观。而余适以清明上冢，归，偶一流憩。薄暮坐阁上，视花桥人影如蚁。循径下，恍惚若寤，恻然霜露之感也[10]。

【注释】

①龙启瑞(1814—1858)：字辑五，号翰臣。广西临桂(今桂林市)人。清代音韵学家、文字学家、文学家、目录学家，桐城派五大古文家之一。道光二十一年(1841)状元。授翰林院修撰，任广东乡试副考官，察考翰林詹事列二等，升为侍讲，出任湖北学政。工书能篆、籀，善画山水，花鸟亦佳。

②河东：漓江东岸。

③阛阓(huán huì)：此指市区的店铺。阛，市区的墙。阓：市区

的门。

④市廛(chán):市场。

⑤武:半步。

⑥陂陀(pō tuó):倾斜不平貌。

⑦月牙之岩:即月牙岩,位于月牙山西面山腰,形如初月,故名。山亦得名于此。

⑧山溜(liù):谷川的水流。

⑨弥月:整月。弥,满。

⑩恻:凄怆。霜露之感:指思念先亲。《礼记·祭义》:"霜露既降,君子履之,必有凄怆之心,非其寒之谓也。"意思是说凄怆是由于感时念亲。

【品读】

此小品无论是从布局、构思还是语言、思路来看,都颇具唐宋散文的余风,可见柳宗元、欧阳修、王安石等的影响。写景有柳之清丽,语言有欧之温蕴,构思具王之深刻。

文章从月牙山地理位置入手,记录了游览行程、沿途景物、建筑布局、规模等,最后描绘山寺结构,点明月牙山命名缘由:因寺北山岩形似半个覆釜。由于寺庙紧依高耸峙立的山崖,巨石倾压垂落,令人恐惧,由此作者联想到昔日某山巨大冰溜忽然坠落压倒寺庙檐角的经历。二者有令人惊惧的共同特征,但前后时间间隔遥久,人非物故,作者因而忽生蹉跎之感:恻然怨霜露凄清。而最后的思想情感变化,是文章中的画龙点睛之笔,全文精华所在。

作者且行且走,且看且吟,且叙且议,记忆曾经,惯看当下,恍然如梦间,心生惆怅之感。

湖心泛月记 林纾

杭人佞佛,以六月十九日为佛诞。先一日,阖城士女皆夜出[①],进香于三竺诸寺[②],有司不能禁,留涌金门待之[③]。

余食既，同陈氏二生霞轩、诒孙，亦出城荡舟为湖游。霞轩能洞箫，遂以箫从。月上吴山[4]，雾霭溟蒙，截然划湖之半。幽火明灭相间约丈许者六七处，画船也。洞箫于中流发声，声细微，受风若咽，而凄悄哀怨，湖山触之，仿佛若中秋气。雾消，月中湖水纯碧。舟沿白堤止焉。余登锦带桥[5]，霞轩乃吹箫背月而行，入柳阴中。堤柳蓊郁为黑影，柳断处，乃见月。霞轩著白袷衫[6]，立月中，凉蝉触箫，警而群噪，夜景澄澈，画船经堤下者，咸止而听，有歌而和者。诒孙顾余："此赤壁之续也[7]。"

余读东坡《夜泛西湖五绝句》，景物凄黯。忆南宋以前，湖面尚萧寥，恨赤壁之箫，弗集于此。然则今夜之游，余固未袭东坡耳。夫以湖山遭幽人踪迹，往往而类，安知百余年后，不有袭我者？宁能责之袭东坡也？

天明入城，二生趣余急为之记[8]。

【注释】

①阖城：全城。

②三竺：指北高峰的上天竺寺、稽留峰的中天竺寺、飞来峰的下天竺寺，合称杭州三天竺寺。

③涌金门：即杭州城西门。

④吴山：在西湖东南，春秋时为吴国南界，故名。又因山多城隍庙，俗称城隍山。

⑤锦带桥：在断桥下，十锦塘上。

⑥袷衫：旧时衣领交于胸前的单衣。

⑦赤壁之续：指步当年苏东坡与客游赤壁的后尘。

⑧趣：通"促"，催促。

【品读】

这篇山水小品写于作者仕途遭贬、事业受挫客居杭州时。此时的林纾心中幽闷，心绪烦扰，因而常常探幽揽胜当地的名胜风光，藉此排忧解困。名篇《湖心泛月记》就是写于此情此景下。

佛诞的前一夜晚，杭州城士女倾巢而出，都会去天竺寺进香礼佛。作者也随着擅长吹箫的霞轩等人从金门出发，泛舟西湖中。本是湖心泛舟，却题为“湖心泛月”，着一“月”字，即可品出韵味，情景大为增色，顿使境界全出。

文中先写月上吴山，以清幽的月光，照映西子澄澈妩媚的姣容，“溟蒙”中一现凄清之美。月上中天之后，作者的审美观察，始终集中在吹箫者的身影上，富有动感的形象特写，在堤柳黑影的映衬下，自有一种梦幻的色彩。而那悠然、清远的静夜箫声，不由引人浮想联翩，产生超时空的联想：“夫以湖山遭幽人踪迹，往往而类，安知百余年后，不有袭我者？宁能责之袭东坡也？”这是何等洒脱的胸襟？此一反问，把对西湖月夜之美的观赏，对古代哲人的追慕，都升华为对社会人生的理性思索，从而和天下幽人同步超脱的精神境界！

此文以游踪发展为线索，以湖心“月”为着眼点，以所闻所见所感为抒发主体，人、景、物、思、悟的浑然一体，将自然美景的写实巧妙地上升到了对人生境界的理性思考中，怀古追远，思前往后，让人顿生心怀悠远，蛰伏情绪万般，情境尤为跌宕，画面丰富多姿。

怡情

王子猷雪夜访戴 刘义庆

王子猷居山阴[①]，夜大雪，眠觉，开室，命酌酒，四望皎然。闪起彷徨，咏左思《招隐》诗[②]，忽忆戴安道。时戴在剡[③]，即便夜乘小船就之。经宿方至[④]，造门不前而返。人问其故，王曰："吾本乘兴而行，兴尽而返，何必见戴？"

【注释】

①王子猷：名徽之，王羲之的儿子。戴：即戴逵，字安道。当时著名文士，隐居不仕。

②左思：西晋著名诗人。其《招隐》诗抒写隐居田园、远离尘世的情致。

③剡：今浙江嵊旦。

④经宿：经过一晚上。

【品读】

魏晋时期时局动荡、社会黑暗，文人士子难以展示抱负，因而纷纷直接或间接隐逸山林，从而形成了特立独行的山水自然观，山水作品兴起，成为中国文学史上一道靓丽风景线。

作者通过雪夜小酌、诗情幽发、忆起老友、乘船夜访、半路而归几个片段的描写，提出了游历山水胜境的一条审美原则，就是"乘兴而行，兴尽而返"。诚然，任性随意，以兴之所至为依归，反映了魏晋时期一部分文人的清高品格；但是，中国传统的对自然的审美，原本讲究人的主体地位，讲究人与自然的情感交流，所以，游历山水何尝不应以任性骋兴为尚呢？

文中对景物的描写，只用"皎然"一词，却写出了江南雪夜的特色，又衬托出王子猷高洁的性格，已有情景交融之妙。所以，不妨把这篇轶事小说看作别具一格的山水小品。

冷泉亭记[①] 白居易

东南山水，余杭郡为最[②]。就郡言，灵隐寺为尤[③]。由寺观言，冷泉亭为甲。亭在山下，水中央，寺西南隅。高不倍寻[④]，广不累丈[⑤]，而撮奇得要，地搜胜概[⑥]，物无遁形。

春之日，吾爱其草熏熏，木欣欣，可以导和纳粹，畅人血气。夏之夜，吾爱其泉渟渟，风泠泠[⑦]，可以蠲烦析酲[⑧]，起人心情。山树为盖，岩石为屏，云从栋生，水与阶平，坐而玩之者可濯足于床下[⑨]，卧而狎之者可垂钓于枕上[⑩]。矧又潺湲洁物，粹冷柔滑，若俗士，若道人，眼耳之尘[⑪]，心舌之垢[⑫]，不待盥涤[⑬]，见辄除去，潜利阴益[⑭]，可胜言哉！斯所以最余杭而甲灵隐也。

杭自郡城抵四封，丛山复湖，易为形胜。先是领郡者，有相里君造虚白亭，有韩仆射皋作侯仙亭，有裴庶子棠棣作观风亭，有卢给事元辅作见山亭，及右司郎中河南元藇最后作此亭。于是五亭相望，如指之列，可谓佳境殚矣，能事毕矣。后来者虽有敏心巧目[⑮]，无所加焉，故吾继之，述而不作[⑯]。长庆三年八月十三日记。

【注释】

①冷泉：在杭州灵隐山飞来峰下。唐时，冷泉流过的灵隐浦水道深广，可以通船，冷泉亭建在水中，是观赏风景的好地方。

②余杭郡：隋朝郡名，唐时废郡为州，治所在今浙江杭州市西。

③灵隐寺：在灵隐山旁，东晋咸和元年(326)僧人慧理所建，是杭州著名的佛寺。

④倍寻：两寻。古代一寻相当于八尺。

⑤广不累丈：宽不到两丈。累，重叠。

⑥胜概：美丽的景色。

⑦泠泠(líng):清凉的样子。

⑧蠲(juān)烦析酲(chéng):解除烦恼,消除困倦。蠲,除。析,散。酲,饮酒过量,神志不清有如患病的感觉。

⑨濯(zhuó):洗。床:本指井上围栏,这里指亭之围栏。

⑩狎:无拘无束地游玩。

⑪眼耳之尘:指人们在视觉和听觉上受到的外物的引诱和污染。

⑫心舌之垢(gòu):指人们在欲望和美味上受到的外物的引诱和污染。

⑬盥(guàn)涤:冲洗。

⑭潜利阴益:指潜在的看不见的好处。

⑮敏心巧目:聪敏智慧之心,能工巧匠的眼力。

⑯作:指建造新亭。

【品读】

《冷泉亭记》写于白居易长庆二年(822)至四年(824)任职杭州刺史期间,时年五十一岁。作者赴任开初,有些低落、颓废,常以西湖山水为伍做伴,行走于市井风物里,爱上了这片美丽妖娆的热土,并在杭城各处留下足迹和诗篇。此山水小品便是其中精心之作,与冷泉亭辉映千古,而今意趣犹存。

作者层层铺垫、铺展、铺叙作文,以“最”“尤”“甲”三字慢慢剥茧出冷泉亭周围“高”“广”“胜”“奇”“遁”等美丽风景,由远及近,由大及小,最终将镜头聚焦在冷泉亭上。其描摹精细,刻画精准,抒发精妙,很具流动感和画面感。再是从季节上深入探佚,春日花草清芬、树木葱郁,夏夜泉水淙淙、微风泠泠,两相较之,皆为突出其幽深清凉、物象丰美的自然之景。如此好去处,置身其中,物我两忘,何来烦忧!

冷泉亭在山树、岩石、云彩的烘托下,又与杭州另外四亭遥相呼应,将杭州所有佳境包罗其中,于此更加突出了冷泉亭风景的独好和地位的显耀,不可取代,不可更易。

白居易作别杭州时曾写道:“在郡六百日,入山十二回……寺阇烟埋竹,林香雨落梅。别桥怜白石,辞洞恋青苔。渐出松间路,犹飞马上杯。谁教冷泉水，送我下山来。”感怀于离别时的依依不舍，留恋中足见作者对杭城山水、对冷泉亭的独爱之情。

至小丘西小石潭记 柳宗元

从小丘西行百二十步，隔篁竹①，闻水声，如鸣佩环，心乐之。伐竹取道，下见小潭，水尤清冽。全石以为底②，近岸，卷石底以出③，为坻，为屿，为嵁④，为岩。青树翠蔓，蒙络摇缀⑤，参差披拂。

潭中鱼可百许头⑥，皆若空游无所依⑦。日光下澈⑧，影布石上，佁然⑨不动；俶尔远逝，往来翕忽⑩，似与游者相乐。

潭西南而望，斗折蛇行，明灭可见。其岸势犬牙差互⑪，不可知其源。坐潭上，四面竹树环合，寂寥无人，凄神寒骨⑫，悄怆幽邃⑬。以其境过清⑭，不可久居，乃记之而去。

同游者：吴武陵，龚古，余弟宗玄。隶而从者，崔氏二小生：曰恕己，曰奉壹。

【注释】

①篁(huáng)竹：竹林的竹子。篁，竹林。

②全石以为底：即以整块石头为潭底。

③卷石底以出：指石底有些部分翻卷过来，露出水面。

④坻(chí)：水中小洲或高地。屿：小岛，比坻大。嵁(kān)：不平的岩石。

⑤蒙络摇缀：指藤蔓覆盖缠绕，摇动下垂。

⑥可：大约。

⑦“皆若”句：都好像在空中游动，没有什么依靠似的。此句明写游鱼自由自在的神态，暗写潭水清澈。

⑧日光下澈：阳光直射，透过清澈的潭水，照到水底。

⑨佁(yǐ)然：痴立不动的样子。

⑩翕(xī)忽:疾速的样子。

⑪犬牙差(cī)互:指溪流之岸像狗的牙齿那样互相交错。

⑫凄神寒骨:感到心神凄凉,寒气透骨。

⑬悄怆(chuàng)幽邃(suì):寂静幽深的境界,使人感到忧伤。悄怆,忧伤。

⑭过清:凄凉冷清得过分。

【品读】

本文是“永州八记”的第四篇。作者重在描写小石潭的景物,有静有动,有明有暗,有声有色,有虚有实,构成了深远凄清的意境,具有清幽美的特色。

先是闻水声而情起,诱人心理好奇,产生了一探究竟的想法,并付诸行动;再是“伐竹取道”,两岸风光和水中世界在作者不断地开阔中尽收眼底;其次是与潭中群鱼相乐,人知鱼乐,鱼晓人乐,人与鱼自在相乐,展现出人类与自然和谐相处的清新画面;再至潭西南远望路径的逶迤和岸势的参差;结尾处作者置身于潭上,倾听万物清净和生命寂寥,诱发心内的落寞与灵魂的孤独,清冷油然而生。

全文通过耳、眼、身、行、意、想、识等感官触角,清晰地勾勒出行进中的路线以及心理线索,看似娱乐山水,实则打发苦闷。作者受贬谪后,处境凄苦,心情悲凉,因而他在小石潭所闻所见也无不渗透着凄清幽愤的感情。此景此境下,不是乐而忘忧,而是乐中有忧,不是乐而忘返,而是忧而知返。

柳宗元这篇山水小品,清澈明净,情思悠长,宁静致远,极具代表性。

游灵岩记 高　启[①]

吴城东无山,唯西为有山。其峰联岭属,纷纷靡靡,或起或伏,而灵岩居其间[②],拔奇挺秀,若不肯与众峰列。望之者,咸知其有异也。

山仰行而上，有亭焉，居其半，盖以节行者之力，至此而得少休也。由亭而稍上，有穴窈然[3]，曰西施之洞；有泉泓然[4]，曰浣花之池；皆吴王夫差宴游之遗处也。又其上，则有草堂可以容栖迟；有琴台可以周眺览；有轩以直洞庭之峰[5]，曰抱翠；有阁以瞰具区之波，曰涵空，虚明动荡，用号奇观。盖专此郡之美者，山；而专此山之美者，阁也。

启，吴人，游此虽甚亟，然山每匿幽闷胜，莫可搜剔，如鄙予之陋者[6]。今年春，从淮南行省参知政事临川饶公与其客十人复来游。升于高，则山之佳处悠然来；入于奥，则石之奇者突然出，氛岚为之蹇舒[7]，杉桧为之拂舞。幽显巨细，争献厥状；披豁呈露，无有隐遁。然后知于此山为始识于今而素昧于昔也。天山之异于众者，尚能待人而自见，而况人之异于众者哉！公顾瞻有得，因命客皆赋诗，而属启为之记。

启谓："天于诡奇之地不多设，人于登临之乐不常遇：有其地而非其人，有其人而非其地，皆不足以尽夫游观之乐也。今灵岩为名山，诸公为名士，盖必相须而适相值，夫岂偶然哉？宜其目领而心解，景会而理得也。若启之陋，而亦与其有得焉，顾非幸也欤！启为客最少，然敢执笔而不辞者，亦将有以私识其幸也。"

十人者：淮海秦约，诸暨姜渐，河南陆仁，会稽张宪，天台詹参，豫章陈增，吴郡金起，金华王顺，嘉陵杨基，吴陵刘胜也。

【注释】

①高启(1336—1373)：字季迪，号槎轩，江苏苏州人。元末明初著名诗人。授翰林院国史编修官，受命教授诸王。擢户部右侍郎。在文学史上，与刘基、宋濂并称"明初诗文三大家"，又与杨基、张羽、徐贲被誉为"吴中四杰"。著有《高太史大全集》《凫藻集》等。

②灵岩：山名。在今江苏省苏州木渎镇西北，春秋时吴王夫差曾建

离宫于此。山上有灵岩寺、灵岩塔、响屧廊、吴王井、西施洞、琴台等名胜古迹。

③窈然：幽冥深远的样子。

④泓然：水深的样子。

⑤轩：有窗槛的长廊。

⑥陋：此指人品低陋。

⑦蹇舒：曲折展开。此指山中的云雾、岚气缭绕滚流。

【品读】

这篇小品构思独特，全文以议论为主脉，将各种景观物象穿插其间，借景说理，就境铸意。

作者有意不以游程为线索，不对灵岩景色作正面描绘，而是从审美观照产生的心理感应落笔，说灵岩山有着人一般的灵性，它的景色要待人而自见；正是因为饶公等人来游，它才将自己的胜景自动呈现出来：登高则佳绝毕现，探幽则奇异纷呈，山冈树木、亭台轩阁，无不争相献异以欢悦众人。这种个性化的写法，巧妙地突出了游山诸公超凡脱俗的审美感受，使灵岩"拔奇挺秀"的自然美与饶公等人的高洁品格、卓异风范互相映衬，读者从中不仅可以体察出作者崇尚名士的性情，而且可以领悟出作者张扬名胜名人相值相配的游览理论的真谛。

俗话说"好鞍配好马"，好景岂会辜负名士风流。所谓同道之人，不管何时、何地、何境下，苍穹下面，席地而坐，谈天说地，论诗道文，总能品出生活真谛、人生百味和生命本源。这篇山水佳品，蕴藉便是如此了。

晴、雨、霁三游西湖　史　鉴

钱塘为东南佳丽，而西湖为之最。重山环之，名藩[1]枕之，凡峰峦之脉络，城郭之逶迤，台殿亭榭之参错，举凌虚乘[2]空以临其上；天光水色，颠倒上下，烟云起灭，其状万殊。而酒棹游橹往来交互，歌吹之声相闻，自春而夏，夏而秋，秋而冬，无日而息也，其盛矣哉！客来钱塘时，侨居宝石山[③]上，湖之胜，尽在几席下，然犹以未即其中为恨，故连为三游焉。虽所遇之景不同，而所得之乐无不同也。

二月望日，其始游也，主则邦彦，客则佥宪、启南、继南、立夫、沈明德暨予凡七人。时春日妍丽，湖水明净，万象在下，柳色微绿，梅花皆繁盛，点缀远近。篙师刺船，纡回宛转，傍湖徐行，而卖花献技之人，皆乘小红船凫飞水上，迎前尾后，由东至南，由南至西、至北，复至东而休焉。遇胜而登，适兴而返。感今悼昔，形诸诗歌，有唱斯和，虽兴寄不同，然皆沨然成音，可讽咏也。凡所履历，并记之：孤山在湖北，去岸犹二里许，无所连系，林和靖墓在其上，后人建祠肖白香山、苏东坡并和靖，曰"三贤堂"[④]。庆乐园在湖南，今废，惟太湖石在耳。园昔为韩侂胄山庄，初名"胜景"，即赵师羼于此效鸡鸣犬吠者。后侂韩胄诛，入官，更今名云。

后五日，其再游也。主则杭人归生，客则惟邦彦、明德不至，余咸在，凡六人。是日风雨交作，船不得出外湖，惟在断桥内迤逦行耳。顾望四出，云雾蒙幂[⑤]，霡霂淋漓[⑥]，俨如水墨画中。继南笑指曰："天殆欲别出一奇乎？然对此无言，山灵亦将笑人矣。"固共联一律[⑦]。

又后二日，其终游也，合始游终游之主与客凡八人。时宿雨新止，天宇朗然，日光漏云影中，乍明乍灭。群山尽洗，绝无尘土气。空翠如滴，众壑奔流，水色弥茫，湖若加广，草木亦津津然有喜色焉。遥望云气出山腹，如白浪在大湖中汹涌不定。方欲赋一诗记之，而佥宪赴臬司招，竟不及成章而散。噫！客志此久矣，私心以一至而足，而今乃三焉。天又随所至辄改张其观以示，若使尽识之；况主客多能言，清而不固，丽而不侈，乐而不流，可谓无负赏酬者矣，固次第书之。

【注释】

①名藩：即名城，此指杭州。

②凌虚乘空：形容山城亭台如临西湖之上，俱呈飞举之势。

③宝石山：在西湖北，顶峰建有保椒塔。

④三贤堂：宋时初建于孤山竹阁，宝庆年间移于苏公堤。所祀三贤：白居易曾出任杭州刺史，林和靖晚年隐居在西湖的孤山，苏东坡先后出任杭州通判和知州。

⑤蒙幂(mì)：覆盖、笼罩。

⑥霮䨴(dǎn duì)：阴云密集的样子。

⑦固：固陋，迂拙。

【品读】

本文构思别具一格。作者以一支生花妙笔，分别绘出了晴、雨、霁三种不同天气之下的西湖景色。

每一幅画面，作者都能抓住其特征，寥寥几笔，便能点染出西湖特定环境中的绝色真容。先是晴天游西湖，主客七人。但见山水明媚，湖光潋滟，水湄两岸梅花繁盛，柳树新芽，舟楫穿梭于宽阔的水域，来往小舟，卖花献艺者忙碌其间。每到盛景，停舟上岸，尽兴而归。情境之下，兴起诗意阑珊，便有唱和婉音，寄托情致。因游历地方太多怕忘却，遂记下“孤山、林和靖的墓、三贤堂、庆乐园”等景观的地理坐标和情景特征。时隔五日，作者再次游湖，主客六人。这一天风雨交加，船只无法外行，只能在断桥内曲折迂回。以此为轴心眺望，四面山峦笼罩在云山雾水中，恰似一幅正泼墨挥毫中的画卷。朋友继南遥指山峦笑说：“上天是在显示一个奇景吧？奇景下不作诗，山灵也会笑话我们了。”遂众人作一首诗，尽兴而归。再过两日，作者最后一次游西湖，主客八人。此次正值雨后初霁，天际荡开，云层下渗漏阳光，时暗时明。群山犹如洗过般清洁明净，空气一尘不染，草木欲滴苍翠，沟壑流水欢唱，水气迷茫清新，水湄膨胀的西湖不着边际，有白浪掀过来，翻滚不定。原本想再记诗以作存，然朋友金宪公事需早归，因而诗未完，人却散。史鉴三次游西湖过程，都做了翔实记录，实乃有心人。

晴天的西湖，秀美俏丽清新；雨天的西湖，空濛混沌迷茫；霁天的西湖，出尘清洁空寂。苏轼说："欲把西湖比西子，淡妆浓抹总相宜。"西湖的美，总是"清水出芙蓉"，一派少女多情似的妙不可传！

青溪集序 屠 隆[①]

青溪者何？青浦也[②]。青浦古由拳地[③]，居云间西鄙[④]，为泽国。空波四周，多鸥凫菱芡[⑤]，景小楚楚[⑥]。每乘月荡桨，如镜中游，九峰三泖落几席[⑦]。湖上盖又有二陆先生墓云[⑧]。

余雅抱微尚，缅怀哲人，而余乡沈嘉则先生，就李冯开之吉士，适以七夕至。至即相与操方舟，出郭行游苇萧野水间。是夜云物大佳，天星并丽，余三人扣舷和歌，仰视青汉，因风送曼声，乐甚。已复相携泛泖湖，登湖上浮屠，寻余立蹑天马，吊二陆祠，慷慨兴怀焉。盖流连三日，而开之别去，嘉则留斋头旬日，余退食既相与扬扢风雅[⑨]，讽咏先王，不及于政。嘉则得诗若干首，余诗与之略相等。先生发短矣，而心甚长，诸所撰结更雄丽，神王哉[⑩]！余与对垒，逡巡畏之。于是谋刻先生诗，余与开之附焉，而用"青溪"命集。

【注释】

①屠隆(1542—1605)：字长卿，号赤水，又有别号鸿苞居士，蓬莱仙人等，鄞县(今浙江宁波市)人。万历五年进士，历官颍上、青浦县令，颇有治绩，升礼部知事、郎中职，后因纵情诗酒，被同仁弹劾，革职还乡。他才思敏捷，下笔动辄千言，词采藻艳，唯少裁汰，不免芜杂。著有《白榆集》《由拳集》《栖真馆集》《鸿苞集》。其诗文受前后七子的影响，但不

满字摹句拟，主张“熔意于心神”，“命辞于今日”，写出了一些本色自然、悦耳快心的作品。

②青浦：今属上海市。

③由拳：古县名，秦置，治所在今浙江嘉兴南。

④云间：今上海市松江区，“云间”为其古称。

⑤菱芡：俗称菱角、鸡头。

⑥楚楚：整洁的样子。

⑦三泖：即泖湖，湖有上中下三泖，上承淀山湖，下流合黄浦江入海。

⑧二陆：指西晋大诗人陆机、陆云二兄弟。

⑨扬扢风雅：即吟诗酬唱。

⑩神王：本为佛教对大神的敬称，这里借以称赞诗艺。

【品读】

这篇小品，是作者为其与诗友同游青溪而作的诗集所写的序。但文章的主要笔墨，用来描绘青溪的景物风光，不啻是一篇充满诗情画意的山水小品。

全文的布局别出心裁。楚楚小景，点缀在空明净化的宇宙世界中；作者巧妙地突破了景观自身的空间，牢笼天地佳物为之增色，创造了一个物我相惬、天人合一的艺术境界。青溪的自然美，不仅成为观赏的对象，也成为激发诗人兴寄风雅的直接媒介。文中虽未写到这种造化形象的宜人美进入诗歌创作中的具体表现，但它升华为人化形式的和谐美完全可以令读者想见。作者用“青溪”命集和为之作序的目的不正是在于此吗？

古人风雅，游历抒怀，情趣盎然，仍觉不解心中畅快，于是诗兴大发，集稿成册，故作此序，以饱后来者眼福也。流传至今的山水佳品，类此情形颇多，因而才得以代代相传、世世歌咏。

答梅客生[①] 袁宏道

一春寒甚，西直门外，柳尚无萌蘖[②]。花朝之夕[③]，月甚明，寒风割目，与舍弟闲涉东直道上，兴不可遏。遂由北安门至药王庙，观御河水。时冰皮未解，一望浩白，冷光与月相磨，寒气酸骨。趋至崇国寺，寂无一人，风铃之声，与猧犬相应答。殿上题额及古碑字，了了可读。树上寒鸦，拍之不惊，以砾投之，亦不起，疑其僵也。忽大风吼檐，阴沙四集，拥面疾趋，齿牙涩涩有声，为乐未几，苦已百倍。

数日后，又与舍弟一观满井，枯条数茎，略无新意。京师之春如此，穷官之兴可知也。

冬间闭门，著得《广庄》七篇，谨呈教。

【注释】

①梅客生：梅国桢，字客生，麻城人。万历十一年(1583)进士，官至大同巡抚、兵部右侍郎总督宣大山西军务。

②萌蘖：初生和重新发出的幼芽。

③花朝：百花生日，即农历二月十五日。

【品读】

作者的这封尺牍，写于北京任顺天府教授时。在此之前，他已不堪忍受为官之丑，所谓“人间恶趣，令一身尝尽矣”。所以，他此刻面对北京的初春，感受到的是一片萧索的冬意，遂以冷艳静穆的美景描绘，向好友全息传达了难以状摹的“穷官之兴”。

文中以“寒”“冰”“冷”“寂”“僵”“涩”“枯”“闭”等刮目、刺骨、锥心的酸楚字词描摹了眼前景、此刻心，这凝固而幽冷的世界，这毫无生机、叫人感到幻灭的世界，不啻是可以窒息一切活力的官场的某种象征吗？从中可咀嚼出人生走向茫然时所带来的落寞和虚无。

可待到春光明媚之日游览满井，仍不禁欣然于“能不以游堕事，而潇然于山石草木之间者，惟此官也”(《满井游记》)。信中“为乐未几，苦已百倍”，“京师之春如此，穷官之兴可知”的感慨，在这个寒风冷月的夜晚，只不过是缘境而发的感慨吧！对于中郎而说，苦与乐，原本可以因景而随心转换的。

满井游记[①] 袁宏道

燕地寒[②]，花朝节后[③]，余寒犹厉。冻风时作，作则飞沙走砾。局促一室之内，欲出不得。每冒风驰行，未百步辄返。

廿二日天稍和，偕数友出东直，至满井。高柳夹堤，土膏微润，一望空阔，若脱笼之鹄。于时冰皮始解，波色乍明，鳞浪层层，清澈见底，晶晶然如镜之新开，而冷光之乍出于匣也。山峦为晴雪所洗，娟然如拭，鲜妍明媚，如倩女之靧面[④]，而髻鬟之始掠也。柳条将舒未舒，柔梢披风，麦田浅鬣寸许[⑤]。游人虽未盛，泉而茗者，罍而歌者[⑥]，红装而蹇者[⑦]，亦时时有。风力虽尚劲，然徒步则汗出浃背[⑧]。凡曝沙之鸟，呷浪之鳞，悠然自得，毛羽鳞鬣之间，皆有喜气。始知郊田之外，未始无春，而城居者未之知也。

夫能不以游堕事[⑨]，而潇然于山石草木之间者，惟此官也。而此地适与余近，余之游将自此始，恶能无记？己亥之二月也[⑩]。

【注释】

① 满井：明清时期北京东北角的一个游览地，因有一口古井，“井高于地，泉高于井，四时不落”，所以叫“满井”。

② 燕（yān）：指今河北北部、辽宁西部、北京一带。这一地区原为周代诸侯国燕国故地。

③ 花朝（zhāo）节：旧时以阴历二月十二日为花朝节，据说这一天是百花生日。

④ 靧（huì）面：洗脸。

⑤ 鬣（liè）：马鬃。

⑥ 罍（léi）：酒器。

⑦ 蹇：驴。

⑧ 浃(jiā)：湿透。

⑨ 堕(huī)事：废事，误事。堕，坏、耽误。

⑩ 己亥：明万历二十七年(1599)。

【品读】

中郎这篇《满井游记》，文风清新，文辞洁丽，文笔灵性，极能代表其作文与审美的情趣和雅意。

作者写早春满井游，起始却道不能游，说“余寒犹厉”“冻风时作”，天气恶劣得“每冒风驰行，未百步辄返。”因而，只能“局促一室之内”。一个“促”字，不但将行动局限起来，更将心紧凑无处安放。这种出乎意料地落笔，略显突兀。不过，也正是于此，全文情绪和情景有了首尾相顾的伏脉延线。

接下来的写景描物述情，中郎笔锋一转，采取单刀直入法，不做更多铺垫、陈述、架构，以道明出行时日、气候、人数、路线、地点为引，就此展开对满井“花朝节”的着墨写意和走笔描绘，由远至近，从点到面，非常直接、直观。远处，“高柳夹堤，土膏微润，一望空阔”，有新绿微泛，润土清芬，辽远在广阔的无垠中，由此眼界打开，心情自然欢欣，人似“若脱笼之鹄”，不再受城池约束和心灵禁锢，自由可展翅高飞。这种纵览和泛写后，作者开始具体到事物的描写，先从水入手。文中用了“冰皮”“波色”“鳞浪”“清澈”“如镜”“冷光”等来展现初春水湄的清冷、洁凉、干净、潋滟，几个动词“乍”“见”“开”“出”将季节的匣子缓缓打开，犹见一种万物苏醒、生命萌动地舒张浸淫在浩森寥廓中。作者写山，以机敏的视角捕捉山峦早春时的欣欣然，赋予山川生命力和积极性，活泼激发沉寂，主动撕开被动，群山清丽，姿态秀美，山色明艳，就如漂亮女子洁面梳妆后那般美好，而云朵恰似轻轻挽起的髻鬟，一个“掠”字尤显俏丽生动，娇媚而轻盈。抬眼远眺，田野上柳条吐芽，麦苗描绿，春天迈开了小步子，姗姗然来呢！自然，就会吸引“游人”“茗者”“歌者”“蹇者”“亦时时有”地出现。他们不惧“风力”，酣畅而游，一切都显得那么顺理成章、自然和谐、喜气洋洋。

春天是自由、欢快、美丽的，走出自己的城池，就能随时看见。文章以“夫不能以游堕事，潇然于山石草木之间者”与首段遥相呼应，驳斥了框框套套的性灵圈囿，不但升华了作品的志趣高度，而且增添了文字的造诣内蕴。

东山[①] 王思任

出东关，得箬舟[②]。雾初醒，旭上，望虞山一带，坦迤綷直，絮绵中埋数角黑幕，是米颠浓墨压山头时也[③]。然不可使颠见，恐遂废其画。亭午[④]，过蒿坝，江鱼入馔。两岸山各以浅深色媚行，伸脚一眠，小醉而梦。舟子突叫看东山，山麓石兽蹲[⑤]，守江如拒。从谢公棹楔上磴路，每数十武，长松绣天，涛声百沸。又螯中时时有哀玉淙淙[⑥]，草多远志[⑦]。看洗屐池，一泓不濶，可当万里流也。池上数级，得蔷薇洞，文靖携妓常憩此。李供奉《忆东山》词“花开花落，几度谁家?”何物少年轻薄，然致语大是晓语，可以唤起文靖，不必多憾。窈蔼曲折入国庆寺[⑧]，寺僧指点调马路，英风爽然。上西眺，西眺名韵甚。白天布曳，直入大海，浩然不疑，独琵琶一洲，宛作当年掩袂态。古今人岂甚相殊，那得不为情感?

东山辨，见宋王锤记甚详。吾以为山之所住，偶然四隅耳，何以喜东不喜南也。夫东山之借鼎久矣，足忌之而口祥之，人遂视东山为南山。絮令家有从未面识，而辄谓其知情者乎? 吾安能倒决曹江之水，一为洗清两字冤也。山，可矣，去其东而可矣。

【注释】

①施宿《会稽志》载：“东山，在上虞西南四十五里，晋太傅谢安所居

也。一名谢安山，巍然特出于众峰间，拱揖亏蔽，如鸾鹤飞舞。其巅有谢公凋马路，白云、明月二堂遗址，千嶂林立，下视沧海，天水相接，盖绝景也。下山出微径，为国庆寺，乃太傅故宅。旁有蔷薇洞，俗传太傅携妓女游宴之所。"

②箬舟：箬竹扎制的小舟。虞山：古称海隅山，在今江苏常熟市西北，为游览胜地。

③米颠：即北宋书画家米芾，因其举止"颠狂"，人称"米颠"。画山水多用水墨点染，"以烟云掩映树石"。

④亭午：正午。

⑤兽蹲：若兽之蹲于地。

⑥哀玉：凄清的玉声，这里用以比喻流水声。

⑦远志：一种多年生、夏秋开花、果实扁薄的草。

⑧窈蔼：深远。

【品读】

位于浙江上虞市西南的东山，因东晋谢安出仕前隐居于此而闻名遐迩。其留下的诸多遗迹，传闻的不少轶事，成为追慕者前来一探究竟的理由。明代文学家王思任笔下的《东山》，所述内容正是此地此情此景。

小品以游踪为主线，循序就前，途中情景可谓步步皆景、处处诗意。视角先从小舟上荡开，铺就大背景，架构大场面，并以时序为情境发展线索，开篇写清晨"雾初醒"，虞山一带云遮雾罩，絮白中缀点着隐隐约约的青峰棱角，仿佛大画家米颠泼墨挥毫下的山水画卷，簇簇的黑云犹如墨韵浸透漫延天际。描正午，过了蒿坝，眼前豁然开朗，一个"媚"字顿使两岸风光活泼明丽起来，浅黛深翠，秀色跌宕，美妙情境之下，作者不由沉醉期间，悠然小憩着。随着舟子一声"东山"的吆呵，文中核心景点应声而出，东山如巨型石兽"蹲"在前方，守驻不许外来者"侵"入。"蹲"和"拒"巧妙地来形容东山的厚重气势和笃定情怀，使得情境栩栩如生。下舟循着石磴而上，迎面而来的青色蔚然，松林"绣"出天色锦秀。冽风如匹，"涛声"犹在"沸"腾中，山涧流水淙淙潺潺，清脆叮咚延绵不绝，山间丛草茂盛，"远志”花开馥郁、果实累累。如此景象，怎不令人通透舒畅呢！见“洗屐池”，观之，泓泉不竭，可是流淌有万里之遥。而池上不远处的蔷薇洞，正是谢安（谥号文靖）当年携妓休憩之处。是想当年，名士佳人一段风流韵事，何等不羁。余置身事外心，真能将心安顿好吗？

接着，作者笔锋一转，将李白《忆东山》中“不向东山久，蔷薇几度花。白云还自散，明月落谁家？”化句成“花开花落，几度谁家？”很巧妙地嵌入了东山、蔷薇洞、白云轩、明月堂几处与谢安息息相关的遗踪，尤显意趣，暗蕴感叹。试想当初“何物少年轻薄”，已然情景不现，人也不还，意气与轻狂早随烟云淡去，生命过往终归尘归尘、土归土，就像白居易说的“花非花，雾非雾，夜半来，天明去。来如春梦不多时，去似朝云无觅处。”红尘一梦，如白驹过隙，人间世事，因沧海变迁，也不可固也。王思任引李白诗，李白言谢安事，当年情境，犹在昨天，正是当下，也似明朝，境遇沉沦年复年，从来没有停歇。

再向西眺望，长天一色，江水浩荡，奔流入海，琵琶一洲在水未央绝世而独立，“宛作当年掩袂态”，此处将琵琶一洲写活，将画面点缀摇曳起来，非常生动、飘逸、优美。

文章虽写东山景致，却是跟随谢安遗踪亦步亦趋，其过往，不是我们正在历经着的吗？

净业寺观水记[①]　王心一[②]

长安以水为奇遇，每坐对砚池盂水与天光相映，便欲飞身溟海，一泝洪流[③]。而净业寺在都城之北，面临清波汪洋数十顷，两涯之间，几不辨牛马，而一望镜彻，直令人心一空；招提金碧[④]，与林木森疏时时吞吐水练上，即此便是方丈[⑤]、蓬丘。

予厌苦尘汙[⑥]。一日，舍舆循涯而步，见有败荷如盖，余香乘风，来扑人鼻。忽木鱼响歇，隔林笙歌，隐隐出红楼中，觉耳根如洗；转视昔时从马驴间听传呼声，顿隔人天。已而穿萝寻径，复有小筑[⑦]，自为洞天；四顾竹树，交加成帷，更为奇绝。予乘小酣，暂憩草裀。尔时欲有题记，觉我宁作我，不可更著名言。顷则西山落日斜挂树杪，如轮如烛，返照水面矣。

归来抱膝对砚池盂水，余兴欲勃，便欣然神往，遂漫为追次其事。倘他日乞得冷曹[⑧]，借吏隐闲身，再觅句以志胜事，当不负此佳境也。

【注释】

①净业寺：北京城北边的一个寺庙。

②王心一（？—1644）：字纯甫，号玄珠，吴县（今江苏苏州市）人。万历进士，官至刑部侍郎。天启年间，厕身东林，因“发妇寺之奸，撄大憝之怒”，被权阉魏忠贤贬斥。曾自谓“性有邱山之癖”（《归田园居记》），弃官归田后，即构家园“归田园”，园中有堂五楹，题曰“兰雪堂”，足见其高雅情致。

③泝（sù）：逆水而游。

④招提：指各类寺庙。

⑤方丈、蓬丘：传说是海中的神山，秦始皇曾派人去求取长生不老药。

⑥汙：脏垢。

⑦小筑：指园门、亭榭之类建筑小品。

⑧冷曹：清雅闲散的官职。

【品读】

王心一生长于江南水乡，而做官却在北方京城中。看惯了江南山水的明媚清丽，一旦置身于黄沙漫漫的风尘中，难免会有所不适应。然自然环境倒在其次，政治环境的凶险黑暗，跌宕沉浮，无时无刻不在的精神压力，窒息得让人透不过气来。因而，红尘之外寻一隅清净所，一方伊甸园，一处干净地，便是作者心中的梦寐以求，带着这般渴望，王心一期待着生命的奇遇和心灵的荡涤。

文中描绘净业寺的景观，让作者暂时抛却了俗事红尘，忘却了烦恼忧愁。“败荷”“木鱼”“笙歌”这类生活落差较大的物象和意境，因“隐隐出红楼”而致“耳根如洗”，“顿隔人天”的幡然感慨，更是增强了体悟感和代入感。作者将“穿”“行”“顾”“酣”“憩”等动词连贯串起来，制造了一种悠闲忘忧的生命情境，特别让人安静和心宁。这也是作者心中所愿所想的意境。

作者作为东林党人，十分痛恨宦官的专权而不能有所作为，颓然之下只能短暂逃离红尘，徜徉山水间，从眼前的水边幽寺到神往的海上蓬莱中，找寻到超尘拔俗的人生境界，感悟生命之真谛，得到精神上的超脱和愉悦。放逐时光，置身自然，许是能从中收获和感悟吧。这篇《净业寺观水记》是为解惑之文。

烟霞岭游记 赵 坦[①]

烟霞岭[②]，南山之长也。秀气磅礴，苍松蔚然，晨光夕曦，烟浮霞映，彩错斓煸[③]，天成图画。其地多胜迹，而岌嶪难登[④]，游者罕至。

岁丙午孟春，友人李青湘及其从子映衡[⑤]，齐志幽探，招余偕往。遂小憩石屋，指烟霞而进影焉[⑥]。

其上石磴陡削，苔华润滑，芒屦不留[⑦]。彳亍达平处[⑧]，得小寺曰清修，荒寒特甚。独寺后危石一林，秀垒数仞，竹箭摇风，绿逸有致。左则嘉树青藤，深翳萦密[⑨]，作帷盖形。遂乃藉草静对[⑩]，觉襟怀若涤，神悦心清。起绕寺右，潭得龙泉，峰为象鼻，岩曰佛手，井号上方，莫不沁洁奇幻[⑪]，克肖其名。而古洞中释像列镌，又各示我胜。

相曲折西上，径忽线微。仰睇岭脊，境益幽异。因相与鼓勇而上。云松竦峙，疏阴凉覆，俯瞰陵峦，环青拱翠，岭耸正中，若受展谒然[⑫]。他若湖光江影，越山烟渚，远近参差，相为映带。始知山深则景奇，心一则境辟；人不精进，安有得耶？

俯仰久之，啸歌而下。时则斜晖欲毕，松色苍茫，烟霞在望矣。

【注释】

①赵坦：又名赵徵，字宽夫，号石侣，仁和（今浙江杭州市）人。诸生，曾受业于阮元等主持的诂经精舍。道光初，不赴举荐，奏给六品顶戴。他精于汉学，好金石古文字。为文崇元结、柳宗元。

②烟霞岭：在今浙江杭州市西湖南南高峰，和烟霞洞南北相对。

③斓斒（bān）：同“斓斑”，色彩错杂灿烂。

④岌嶪（jí yè）：高峻的样子。

⑤从子：侄子。

⑥进影：让自己的影子行进，即走动起来。

⑦芒屦（jù）：草鞋。

⑧彳亍（chì chù）：走走停停。

⑨深翳（yì）萦密：幽深遮蔽，屈曲茂密。

⑩藉（jiè）草：坐在草地上。

⑪沁洁：澄澈清爽，此指龙泉潭的山泉和上方井的井水。

⑫展谒：跪拜求见。

【品读】

在清人山水游记中，这篇小品立意构思俱属上乘，允称佳作。

文章一开头点出“岌嶪难登”的险要境况，因而游人罕至，让这次游览多了几分怀想和期待；在游览过程中，随着作者的游踪，移步换形，各种美景迭现起伏，让人心生无限美好，流连忘返；登上峰顶后，作者“俯瞰陵峦”，心情开阔，心绪大好，踏歌而下，生命境界和人生体悟瞬间得到了自然升华。

作者借叙攀登烟霞岭的过程，说明“山深则景奇，心一则境辟”的道理，寄托自己鼓勇向上、立志“精进”的高远情怀。全文结构紧凑，但不求新奇；记叙简括，也不费笔墨。特别是在写景议论时，熔铸精炼，着意经营，描摹清丽而含蓄传神，感慨深沉而充满哲理。

焦山题名记[①] 王士祯

来焦山有四快事：观返照吸江亭[②]，青山落日，烟水苍茫中，居然米家父子笔意[③]；晚望月孝然祠外，太虚一碧[④]，长江万里，无复微云点缀，听晚梵声出松杪，悠然有遗世之想[⑤]；晓起观海门日出，始从远林微露红晕，倏然跃起数千丈，映射江水，悉成明霞，演漾不定[⑥]；《瘗鹤铭》在雷轰石下，惊涛骇浪，朝夕喷激，予来游于冬月，江水方落，乃得踏危石于潮汐汩没之中[⑦]，披剔尽致[⑧]，实天幸也。

【注释】

①焦山：在今镇江东北长江中，山高七十余米，与金山对峙。题名：题记姓名。唐时举人及第后，例游曲江，有曲江会题名处；后遂以“题名”表示游历之意。

②吸江亭：在焦山之巅，清同治年间改亭为楼。

③米家父子：父米芾，为人倜傥不羁，也称米颠。子米友仁，世称小米。父子皆为宋代大书画家，其山水画重在写意，多以水墨点染，不求工细，崇尚天趣，对后世通派影响深远。

④太虚：天空。

⑤遗世：超然于尘世之外。

⑥演漾：水波荡漾。

⑦汩(gǔ)没：指潮水击荡起伏。

⑧披剔尽致：谓审读《瘗鹤铭》极为细致。披剔，阅览。

【品读】

这篇小品，寥寥百余字，但勾绘出的焦山朝夕变幻的山水景致，不论从色彩、从形象上，都具有一种勾人魂魄的魅力。

全篇自始至终围绕着一个“快”字来写，依次用米家父子的技法，水墨点染，画出了四幅写意山水图。或观夕照，或望冷月，或听梵声，或眺日出，意境无不开阔高远，处处透发出作者自有的潇洒豪迈的襟怀，处处显现了一种陶醉于山水间的快怡之情。

以“快”意揽山观水，以“快”感悦景陶情，以“快”笔激发畅想，作者表达轻快自然，抒发淋漓尽致，使得文章宛如天成，流畅大方，特别走心、怡情。

游百门泉记[①] 刘大櫆[②]

辉县之西北七里许，有山曰苏门山，盖即大行之支麓[③]。而山之西南，有泉百道，自平地石窦中涌而上出，累累若珠然，《卫风》所谓泉源者也。汇为巨浸[④]，方广殆数十百亩。

其东北岸上有佛寺，甚宏丽。寺西有卫泉神祠。祠西有百泉书院。明万历时县令纪云鹤筑亭于水上之中央。其亭三室，室重屋[⑤]，可远眺望。亭外，廊四周。廊之内，老柏十数株，蔽日，长夏坐其内，不知有暑也。

其水清澈，见其下藻荇交横蒙密，而水上无之。小鱼虾蟹无数，游泳于其中；狎鸥驯鹭，好音之鸟，翔集于其上。有舟舣其旁[⑥]，可櫂。亭前为石桥，过而东南，为屋三间者二，皆夹窗玲珑。石户障其南。水自户下出，其流乃驶，溉民田数百顷，世俗谓之卫河[⑦]。自此而南，经新乡，东迳卫辉之城[⑧]，北合淇水[⑨]，历睿县[⑩]、馆陶、临清入漕河，以达于海。

昔孙登尝隐此山，阮籍诣之，不言而啸。呜乎！使余不幸而生于登之时，其践履亦将与登同耶？登谓嵇康曰[⑪]：“子才多识寡，而其后康果见杀”。虽然，使登不幸而与余同，欲买山而无其力，孰使之长居此土邪？然则隐者之生于世，其又有幸不幸邪？余自幼读《诗》知卫有泉源，稍长又知泉上有苏门山，思一见之无由。今老矣，乃得终日憩息于此，是则余之幸也已。

【注释】

①百门泉：在河南辉县西北苏门山，又名搠刀泉。魏晋起，即因嵇康、阮籍、孙登曾践此地，成为名胜之区。宋代邵雍隐居于此，《宋元学案》遂称其传人为百泉学派。

②刘大櫆(1698—1780)：字才甫，一字耕南，自号海峰，桐城人。雍正年间多次赴考未获举，乾隆初应博学鸿词，举经学，皆不中。晚年任安徽黟县教谕。其受业于方苞，论文强调"义理、书卷、经济"，注重"神气""音节""字句"的统一，其文气势盛大，文采斐然，是继方苞之后桐城派的中坚人物。有《海峰诗集》《海峰文集》《论文偶记》等。

③太行：即太行山，辉县当太行山南麓。

④浸：水泽。

⑤重屋：重檐的房屋。

⑥舣(yǐ)：着船靠岸。

⑦卫河：源出太行山，经河南新乡市，再东北流经山东、河北，到天津入海河。

⑧卫辉：清府名，辖境包括今汲县、新乡、封丘等地。

⑨淇水：在河南省北部，为卫河支流。

⑩睿县：今属河南。临清、馆陶：皆属山东。漕河：即南运河。

⑪"登谓嵇康"三句：嵇康，字叔夜，谯郡铚(今安徽宿县)人。"竹林七贤"之首。因与魏宗室通婚，为晋室所忌。景元三年(262)，被司马昭借故囚禁，随后杀害。《晋书·嵇康传》："至汲郡山中见孙登，康遂从之游。登沈默自守，无所言说。康临去，登曰：'君性烈而才隽，其能免乎？'"

【品读】

刘大櫆的记游散文，多在自然风光的描写中联系身世、时事，抒发感慨。

这篇《游百门泉记》，前一部分山泉的描写，笔调淡雅，色彩清丽，状物生动逼真，使人如入画境。后一部分神游昔日的历史空间，以孙登、阮籍、嵇康三人不同的人生归宿作比照，抒写了自己怀才不遇、飘零失意的悲哀，低沉的调子表现出只得终老深山的孤寂心情。

文中写泉有百道，喷涌如珠，汇能浸田；写佛寺宏丽，有神祠，有书院，有亭阁，有柏书；写水清澄，可见鱼虾，鸥鹭齐鸣，周边有舟，有桥，有屋等；再是写水流汇于河，河聚于海……由小景盛大成广袤无垠中，很有线索感，勾画探索欲。

作者这种娓娓而道的文笔特点，温柔敦厚的哀怨牢骚，确是桐城派“义法”固有的风致，也是这一文派山水小品的一大特点。

峡江寺飞泉亭记 袁枚

余年来观瀑屡矣，至峡江寺而意难决舍[①]，则飞泉一亭为主也。凡人之情，其目悦，其体不适，势不能久留；天台之瀑，离寺百步；雁宕瀑旁无寺；他若匡庐[②]，若罗浮，若青田之石门，瀑未尝不奇，而游者皆暴日中，踞危崖，不得从容以观；如倾盖交[③]，虽欢易别。

惟粤东峡山[④]，高不过里许，而磴级纡曲，古松张覆，骄阳不炙。过石桥，有三奇树，鼎足立，忽至半空凝结为一。凡树皆根合而枝分，此独根分而枝合，奇已！

登山大半，飞瀑雷震，从空而下。瀑旁有室，即飞泉亭也。纵横丈余，八窗明净，闭窗瀑闻，开窗瀑至；人可坐，可卧，可箕踞，可偃仰，可放笔砚，可瀹茗置饮[⑤]；以人之逸，待水之劳，取九天银河置几席间作玩。当时建此亭者其仙乎！

僧澄波善弈，余命霞裳与之对枰，于是水声，棋声，松声，鸟声，参错并奏。顷之，又有曳杖声从云中来者，则老僧怀远，抱诗集尺许，来索余序。于是吟咏之声，又复大作；天籁人籁[⑥]，合同而化。不图观瀑之娱，一至于斯！亭之功大矣。坐久日落，不得已下山。宿带玉堂，正对南山，云树蓊郁，中隔长江[⑦]，风帆往来，妙无一人肯泊岸来此寺者。僧告余曰："峡江寺俗名飞来寺。"余笑曰："寺何能飞！惟他日余之魂梦，或飞来耳。"僧曰："无征不信；公爱之，何不记之？"余曰："诺。"已遂述数行，一以自存，一以与僧。

【注释】

①决舍：丢开，离开。

②匡庐：又名庐山，在江西九江市南。罗浮：山名，在广东博罗西北。石门：山名，在浙江青田县西。

③倾盖交：指在路上偶然接识的朋友。古代马车一般有车盖，朋友在路上相逢，便停车倾盖相谈，但终归各奔前程。

④峡山：一名观亭山，在广东清远市东。

⑤瀹（yuè）茗：煮茶。

⑥天籁：自然界的音响。人籁：人发出的声音。

⑦长江：指广东的北江。

【品读】

袁枚是清代骈文八大家之一，性灵派创作的提倡者，晚年优游南方诸名山，著述颇丰。不仅如此，他还提倡妇女运动，广收女弟子，这种开明的思想和大胆的做法，是为佳话。

这篇小品文字灵活跳跃，文风清丽可人，文辞简约练达。没有道学家的拘板，没有学问家的晦涩，只是活脱脱的诗人性情，读来让人飘飘欲仙，读后让人恋恋不舍。

全篇文字从性情着笔。开篇便说"至峡江寺而意难决舍，则飞泉一亭为之也"，所谓难舍者，情也。下文由"情"字入手，品鉴天下名瀑，说明飞泉亭难能可贵。又以"如倾盖交，虽欢易别"品题天下诸瀑，情味十足。接着转入正题，从峡山落笔，写磴级、古松、石桥、奇树，皆有画意；写飞瀑与飞亭，着重写"势"与"趣"，勾画人在其间的起坐偃卧，表现情与景的交融；又衬以对弈、吟诗二雅事，描绘天籁人籁同化，大有人间仙境的情味。最后结笔在飞来寺，以他日当魂梦飞来，呼应开篇"意难决舍"之情，余音袅袅，情致无限。

绎理

游石门诗序[①]　庐山诸道人

石门在精舍南十余里[②]，一名障山。基连大岭[③]，体绝众阜[④]。辟三泉之会[⑤]，并立而开流。倾岩玄映其上[⑥]，蒙形表于自然。故因以为名。此虽庐山之一隅，实斯地之奇观，皆传之于旧俗，而未睹者众。将由悬濑险峻[⑦]，人兽迹绝，迳回曲阜[⑧]，路阻行难，故罕经焉。

释法师以隆安四年仲春之月，因咏山水，遂杖锡而游[⑨]。于时交徒同趣三十余人，咸拂衣晨征，帐然增兴。虽林壑幽邃，而开涂竞进[⑩]；虽乘危履石，并以所悦为安。既至，则援木寻葛[⑪]，历险穷崖，猿臂相引，仅乃造极。

于是拥胜倚岩，详观其下，始知七岭之美，蕴奇于此。双阙对峙其前，重岩映带其后。峦阜周回以为障，崇岩四营而开宇。其中则有石台石池，宫馆之象，触类之形，致可乐也。清泉分流而合注，渌渊镜净于天池[⑫]。文石发采，焕若披面[⑬]；柽松芳草[⑭]，蔚然光目。其为神丽，亦已备矣。

斯日也，众情奔悦，瞩览无厌。游观未久，而天气屡变。霄雾尘集[⑮]，则万象隐形；流光回照，则众山倒影。开阖之际[⑯]，状有灵焉，而不可测也。乃其将登，则翔禽拂翮[⑰]，鸣猿厉响。归云回驾，想羽人之来代；哀声相和，若玄音之有寄。虽仿佛犹闻，而神以之畅；虽乐不期欢，而欣以永日。当其冲豫自得[⑱]，信有味焉，而未易言也，退而寻之。

夫崖谷之间，会物无主，应不以情而开兴，引人致深若此。

岂不以虚明朗其照，闲邃笃其情耶！并三复斯谈，犹昧然未尽。俄而太阳告夕，所存已往。乃悟幽人之玄览，达恒物之大情，其为神趣，岂山水而已哉！

于是徘徊崇岭，流目四瞩，九江如带，丘阜成垤。因此而推，形有巨细，智亦宜然。乃喟然叹宇宙虽遐，古今一契⑲。灵鹫邈矣，荒途日隔；不有哲人，风迹谁存。应深悟远，慨焉长怀。各欣一遇之同欢，感良辰之难再，情发于中，遂共咏之云尔。

【注释】

①石门：山名，在江西九江市南庐山北，因“有石门水，水出岭端，有双石高耸，其状若门”(《水经注》)，故称。

②精舍：佛教寺院的别称，此指东晋名僧慧远创建的龙泉精舍。

③基：山麓。大岭：指庐山。

④众阜：指相邻的诸山。阜，土山，小山。

⑤三泉：指石门山顶的三处泉水，汇合后流入石门水。

⑥倾岩：即石门山岩的倒影。

⑦悬濑：指从山下飞流而下的瀑布。

⑧迳回曲阜：谓盘山而上的小路曲折回旋。

⑨锡：锡杖，即僧人所用禅杖。

⑩开涂：开辟道路。

⑪援木：攀树。寻葛：抓住葛藤。

⑫渌渊：清澈的深潭。

⑬披面：面色明朗。

⑭柽(chēng)：即红柳，枝干红色，花淡红色，一年能开花三次。

⑮霄雾尘集：夜雾笼罩大地，形容天色昏暗。

⑯开阖：指天的开阖，即晴阴变化。

⑰拂翮(hé)：振动翅膀。

⑱冲豫：内心充满安怡喜悦之情。

⑲古今一契：谓古今事物变化都有其契机。

【品读】

这篇序文,出自东晋安帝时居住庐山的一些僧人,属群体性创作,非常少见。由此可推测,三十余人的游历队伍,多是僧人组成。因而,在整个活动过程中,许是会产生别开生面或不同况味的山水境遇。

文章重点虽在摹山范水,作者又将自己的感情和信奉的佛旨渗入其中,情由景生,理由景出。前半部分循着游程,推出了一个又一个风景画面。既有“崇谷四营”的雄浑空阔,又有“清泉分流”的幽静深秀。摄取的意象无不色调丰富,形态多姿,使人恍如置身天都王国,与神灵同游。后半部分比较玄、佛,寻悟真谛。所阐佛理,以景设喻,真情可感,故尔读来不觉玄虚空泛,饶是有机趣。因为具备了山水小品的一些基本特征,这篇《游石门诗序》当视为早期山水小品的范作。

僧人游山水,是为云水游,身在凡尘,心于方外,境界大开,精神与山水不分彼此呢。

题峡山寺 李　翱[1]

翱为儿童时,闻山游者说峡山寺[2],难为俦远地[3],尝以为无因能来。及兹获游,周历五峰,然后知峡山之名,有以然也[4]。

于灵鹫寺时,述诸山居之所长,而未言其所不足。如虎丘之剑池不流,天竺之石桥下无泉[5],麓山之力不副天奇[6],灵鹫拥前山不可视远[7]。峡山亦少平地,泉出山,无所潭。

乃知物之全能,难也。况求友择人,而欲责全耶!去其所阙[8],用其所长,则大小之材无遗[9],致天下于治平也[10],弗难矣。

【注释】

①李翱(771—836):字习之,陇西成纪(今甘肃省天水市附近)人。他于唐德宗贞元十四年(798)进士及第,初为校书郎,后历任朝廷和地方官吏,最后任检校户部尚书,襄州刺史,充山南东道节度使,死后谥为"文"。李翱是唐代古文运动的积极参加者。著有《李文公集》。

②峡山寺:在广东清远市。

③俦:伴侣,此处用作动词,结伴同游的意思。

④有以然:有峡山之所以著名的原因。

⑤天竺:山名,在浙江杭州市灵隐山南。

⑥"麓山"句:意思是登上麓山用力很大却没有看到什么天然奇观。

⑦拥前山:指前面拥立着高山。

⑧阙:同"缺",指缺点。

⑨无遗:不会遗漏不用。

⑩治平:指政治修明,社会安定。

【品读】

作者游览广东清远峡山寺,并没有描绘峡山寺的山水美景,而是运用高超的写作技巧,通过峡山寺等山川名胜都有不足之处的具体事例,充分地阐明了任何事物和人都不可能完美无缺的道理,寄托了选拔人才必须去其所短,用其所长的观点,体现了广揽人才,修明政治的抱负。全文借自然山水入题,从自然之理上升到社会政治之理,富有政论色彩,确实是一篇别具一格的山水小品。

由此可见,世间万物发展的规律,生命所饱含的蕴藉,人与自然,自然与社会,社会与人,在彼此交错发展过程中,总会草蛇灰线一些有迹可循的关于盛衰、美丑、起伏的磁场感应,值得细微里去甄别,山水中去体悟。

览翠亭记[①] 梅尧臣[②]

郡城非要冲,无劳送还往;官局非冗委[③],无文书迫切。山商征材，巨木腐积，区区规规[④]，袭不为宴处久矣[⑤]。始是，太守邵公于后园池旁作亭，春日使州民游遨，予命之曰共乐。其后别乘黄君于灵济崖上作亭会饮[⑥]，予命之曰重梅。今节度推官李君亦于廨舍南城头作亭[⑦]，以观山川，以集嘉宾，予命之曰览翠。

绎理

夫临高远视，心意之快也，晴澄雨昏，峰嶺之态也，心意快而笑歌发，峰岭明而气象归，其近则草树之烟緜，溪水之澄鲜，御鳞翩来[⑧]，的的有光[⑨]，扫黛侍侧[⑩]，妩妩发秀[⑪]，有趣若此，乐亦由人。何则，景虽常存，人不常暇。暇不计其事简，计其善决；乐不计其得时，计其善适。能处是而览者，岂不暇不适者哉？吾不信也。

【注释】

①览翠亭：处所未详。此文朱东润《梅尧臣集编年校注》，列入“拾遗”，未编年。

②梅尧臣（1002—1060）：字圣俞。宣州宣城（今属安徽）人。北宋著名现实主义诗人。梅尧臣少即能诗，与苏舜钦齐名，时号“苏梅”，又与欧阳修并称“欧梅”。为诗主张写实，反对西昆体，所作力求平淡、含蓄，被称为宋诗的“开山祖师”。著有《宛陵先生集》《毛诗小传》。参与编撰《新唐书》，并为《孙子兵法》作注。

③冗委：烦忙的委任。

④区区：小的意思，此指山区狭小。规规：浅陋的样子。

⑤宴处：宴饮游乐场所。

⑥别乘：官名，即别驾；为刺史之重要佐官。宋设通判，近似别驾之职，后因沿称通判为别驾。

⑦节度推官：在节度使下掌管勘问刑狱的官。廨（xiè）舍：旧时对官吏办公处的通称。

⑧御鳞：供皇宫食用的名贵鱼。鳞，指代鱼。翩：联翩，成群的。

⑨的的：鲜明、清晰的样子。

⑩扫黛：画眉。此代指女子。扫，扫眉，画眉。黛，青黑色颜料，古时女子用以画眉。

⑪妩妩：娇美的样子。

【品读】

这篇写景扣住“翠览”题旨，从各个不同角度描绘所览的山川秀色。景有远有近，有动有静，有声有色，在令人心恬意适。其“有趣若此，乐亦随人”八字，关上启下，生发出带有哲理的论旨：作者认为人是山水的欣赏主体，只有“善决”“善适”之人，才能有畅游山川之乐，才能用心灵去感受山川之灵气神韵。由此可窥见他那旷达处世、怡情山水的心境。

文章立意超迈，风格清丽，词藻轻巧，骈散相错，音调铿锵，是其不可多得的小品佳作。

沧浪亭记[①] 苏舜钦

予以罪废[②]，无所归。扁舟南游，旅于吴中，始僦舍以处[③]。时盛夏蒸燠[④]，土居皆褊狭，不能出气。思得高爽虚辟之地[⑤]，以舒所怀，不可得也。

一日过郡学，东顾草树郁然，崇阜广水[⑥]，不类乎城中。并水得微径于杂花修竹之间。东趋数百步，有弃地，纵广合五、六十寻，三向皆水也。杠之南[⑦]，其地益阔，旁无民居，左右皆林木相亏蔽。访诸旧老，云：“钱氏有国，近戚孙承佑之池馆也。”坳隆胜势，遗意尚存[⑧]。予爱而徘徊，遂以钱四万得之，构亭北埼，号“沧浪”焉。前竹后水，水之阳又竹无穷极。澄川翠干，光影会合于轩户之间，尤与风月为相宜。

予时榜小舟，幅巾以往[⑨]，至则洒然忘其归。觞而浩歌，踞而仰啸，野老不至，鱼鸟共乐。形骸既适则神不烦[⑩]，观听无邪则道以明。返思向之汩汩荣辱之场，日与锱铢利害相磨戛，隔此真趣，不亦鄙哉！

噫！人固动物耳。情横于内而性伏[11]，必外寓于物而后遣。寓久则溺，以为当然；非胜是而易之，则悲而不开。惟仕宦溺人为至深。古之才哲君子，有一失而至于死者多矣；是未知所以自胜之道[12]。予既废而获斯境，安于冲旷[13]，不与众驱；因之复能乎内外失得之原，沃然有得[14]，笑闵万古。尚未能忘其所寓，自用是以为胜焉。

【注释】

①沧浪亭：是苏州著名园林胜地之一，为苏舜钦所建造。此文是他坐罪免官后居此所作。

②以罪废：苏舜钦是范仲淹推荐入朝的，积极参加了范仲淹领导的"庆历新政"。不久新政为旧权贵所挫败。时岳父杜衍为宰相，对政事有所整饬，忌者欲通过陷害苏而打击杜衍，故以"监主自盗"论罪，削职为民。

③僦(jiù)舍：租赁房舍。

④蒸燠(yù)：暑气燥热。

⑤高爽：地势高而凉爽。虚辟：空旷开阔。

⑥崇阜：高的山冈。阜，丘陵。

⑦杠(gāng)：小桥，或独木桥。

⑧遗意：指原来修建他馆的意趣。

⑨幅巾：古代男子用绢一幅束发为幅巾。

⑩形骸(hái)：指躯体。

⑪情：指情欲，即人的喜怒哀乐爱恶等心理表现。性：天性，指人的天赋本质。

⑫自胜：战胜自己的私欲。

⑬冲旷：淡泊旷达。

⑭沃然：饱满充实的样子。

【品读】

苏舜钦是范仲淹主导的北宋庆历新政的积极参与者，改革在遭受保守派强硬激烈的抵制和反对后，其最终沦为这场运动的政治牺牲品。欧阳修对其曾感叹道：“嗟吾子美，以一酒食之过，至废为民，而流落以死。”历史上锐意改革，开拓前进之人，悉数都要历经万苦千辛和困难重重，甚至有人以牺牲生命付出高昂代价。

这篇《沧浪亭记》是苏舜钦流寓苏州时所作。文章以“罪废”为引线，由事及景，由景生情，由情入理，环环相扣，而后逼进文章主旨。写意沧浪亭建成后的自然风光，多采用“益阔”“亏蔽”“胜势”“穷极”“相宜”等形容趋势与形势的词句，达到状物的修饰效果，拓展事物的想象空间，延伸人生的各种体悟，情景中有情境，展现着一种精神状态和生命理念。文中通过“百步”“五、六十寻”“三向”“四万”等数量词汇，让人产生一种行进感，体验着方位寻找和距离测量的无穷乐趣，引人兴致，乐此不疲。作者结合个人仕途经历，在洋洋洒洒描摹沧浪亭的风光和景致的同时，不忘感慨人生，“惟仕宦溺人为至深”，人必须克服一己之私欲，才能安享自然风光的“真趣”。文章说理透辟，议论妙趣，从一般到具体，由人及己，层层深入具有哲理性。这种能于逆境之中不以己悲忘怀得失的觉醒，正是作者人格和品格的升华。

自白、感触、所思、剖析、顿悟，这便是《沧浪亭记》中作者叙述的心理过程，其对仕途失意后的压抑、挣扎、痛苦、郁闷等，统统放逐在了至情至美的山水中，化忧愤为汩汩清泉，浸淫心灵，回归家园，精神世界有了皈依。山水的魅力，正是于此吧！

醒心亭记[①]　曾　巩[②]

滁州之西南，泉水之涯[③]，欧阳公作州之二年，构亭曰“丰乐”，自为记，以见其名之义。既又直丰乐之东[④]，几百步，得山之高，构亭曰“醒心”，使巩记之。

凡公与州宾客者游焉，则必即丰乐以饮⑤。或醉且劳矣，则必即醒心而望，以见夫群山之相环，云烟之相滋，旷野之无穷，草树众而泉石嘉，使目新乎其所睹，耳新乎其所闻，则其心洒然而醒⑥，更欲久而忘归也，故即其事之所以然而为名，取韩子退之《北湖》之诗云。噫！其可谓善取乐于山泉之间矣。

虽然，公之乐，吾能言之。吾君优游而无为于上，吾民给足而无憾于下。天下之学者，皆为才且良；夷狄鸟兽草木之生者，皆得其宜。公乐也，一山之隅，一泉之旁，岂公乐哉？乃公寄意于此也。

若公之贤，韩子殁数百年而始有之。今同游之宾客，尚未知公之难遇也。后百千年，有慕公之为人，而览公之迹，思欲见之，有不可及之叹，然后知公之难遇也。则凡同游于此者，其可不喜且幸欤！而巩也，又得以文词托名于公文之次，其又不喜且幸欤！

庆历七年八月十五日记。

【注释】

①醒心亭：在滁州（州治在今安徽省滁县）之西南。此文是作者应其师欧阳修之托而写的。

②曾巩（1019—1083）：字子固。建昌军南丰（今江西省南丰县）人，后居临川，北宋散文家、史学家、政治家。嘉祐二年（1057）进士及第，任太平州司法参军，任《宋英宗实录》检讨，越州通判，齐州、襄州、洪州、福州、明州、亳州、沧州等知州，史官修撰，判太常寺兼礼仪事。曾巩其文“古雅、平正、冲和”，位列唐宋八大家。著有《元丰类稿》《隆平集》等。

③涯：岸边。

④直：当，临。

⑤即：就，靠近，到的意思。

⑥洒然：洒脱的样子，形容毫无拘束。

【品读】

这篇文章，以“醒心”二字为文眼，把记亭和记人紧密结合起来，而着意在记人。

首叙受托写亭记的缘由后，就亭命名“醒心”之故生发开来：先扣“望”字运笔，既望出令人目新耳新的远近景观，也望出欧公醉、乐、醒心，以及“忘归”的神韵风采。顺势带出“乐”字开拓新旨，写其乐不在一己之游乐而以致君泽民为至乐，以见其心怀天下之志意，而且于乐中暗伏“贤”字，进而联系韩公（愈）翻出欧公之道德文章为世之难遇，这其中亦含有对欧公其时遭贬给以道义上支持的深意。

文中道：“后百千年，有慕公之为人，而览公之迹，思欲见之，有不可及之叹……”所谓千古风流人物，不看当下，不问今朝，待到大浪淘沙后，星辰闪烁几颗，那便是时间老人捡拾起的最灿烂珠贝，欧阳修会是其中一颗。作者此番立意，旨在表明历史检验的公平、公正和公开性，眼界高，具有前瞻性。

文章层层开拓，纡徐推进，层进层深，深刻地表达了对宗师的无限仰慕之情，又见出作者得以受托写记的“喜且幸”的心情。

前赤壁赋[①] 苏 轼

壬戌之秋，七月既望[②]，苏子与客泛舟游于赤壁之下。清风徐来，水波不兴。举酒属客，诵明月之诗，歌窈窕之章。少焉，月出于东山之山，徘徊于斗牛之间[③]。白露横江，水光接天。纵一苇之所如[④]，凌万顷之茫然[⑤]。浩浩乎如冯虚御风，而不知其所止；飘飘乎如遗世独立，羽化而登仙。

于是饮酒乐甚，扣舷而歌之。歌曰：“桂棹兮兰桨，击空明兮溯流光。渺渺兮予怀，望美人兮天一方。”客有吹洞箫者，依歌而和之。其声呜呜然，如怨如慕，如泣如诉；余音袅袅，不绝如缕。舞幽壑之潜蛟，泣孤舟之嫠妇。

苏子愀然[⑥]，正襟危坐而问客曰："何为其然也？"

客曰："'月明星稀，乌鹊南飞'，此非曹孟德之诗乎？西望夏口[⑦]，东望武昌[⑧]，山川相缪[⑨]，郁乎苍苍，此非孟德之困于周郎者乎？方其破荆州，下江陵，顺流而东也，舳舻千里[⑩]，旌旗蔽空，酾酒临江[⑪]，横槊赋诗，固一世之雄也，而今安在哉？况吾与子渔樵于江渚之上，侣鱼虾而友麋鹿，驾一叶之扁舟，举匏樽以相属。寄蜉蝣于天地[⑫]，渺沧海之一粟。哀吾生之须臾，羡长江之无穷。挟飞仙以遨游，抱明月而长终。知不可乎骤得，托遗响于悲风。"

苏子曰："客亦知夫水与月乎？逝者如斯，而未尝往也；盈虚者如彼，而卒莫消长也。盖将自其变者而观之，则天地曾不能以一瞬；自其不变者而观之，则物与我皆无尽也，而又何羡乎！且夫天地之间，物各有主，苟非吾之所有，虽一毫而莫取。惟江上之清风，与山间之明月，耳得之而为声，目遇之而成色，取之无禁，用之不竭，是造物者之无尽藏也，而吾与子之所共适。"

客喜而笑，洗盏更酌。肴核既尽，杯盘狼籍。相与枕藉乎舟中[⑬]，不知东方之既白。

【注释】

①此篇一名《赤壁赋》，因为不久又作过一篇，所以称此为《前赤壁赋》，后篇称《后赤壁赋》。赤壁：湖北省境内沿长江有五，著名的有二：一为东汉末年孙权、刘备联军用火攻计大败曹操的地方，在今湖北省蒲圻县北，长江南岸（旧属嘉鱼县）；一为苏轼所游的地方，在今湖北省黄冈市。赋，文体名。

②既望：最古以阴历每月的十五、十六日至二十二、二十三日为既望。后来，阴历十五日为望，望后一日为既望。

③牛斗：均星宿名，即二十八宿北方七宿的牛宿和斗宿。

④一苇：比喻小船如一片苇叶。如：往。

⑤凌：越过。

⑥愀(qiǎo)然：忧愁的样子。

⑦夏口：古地名，即今武汉市的汉口。地当夏水(汉水下游的古称)入长江处，故名。

⑧武昌：今湖北省鄂州市。

⑨缪(liáo)：盘绕。

⑩舳(zhú)舻(lú)：指船尾和船头。这里指大的战船。

⑪酾(shī)：本义为滤，这里是"斟"的意思。

⑫蜉(fú)蝣(yóu)：一种微小的昆虫，夏秋之交，生于水边，只能活几个小时。

⑬枕藉：枕头和垫子。此处作动词用，枕枕头和睡在垫子上。

【品读】

苏东坡分别写于元丰五年(1082)七月十六和十月十五日的《前赤壁赋》和《后赤壁赋》，堪称文学史上经典作品，极具欣赏意义和研究价值。

贬谪黄州三年有余，东坡先生虽然已融进了这片山水中，收获了情谊万千，更是创作出大量优秀文学作品，但是，作为一位"不得签署公事，不得擅去安置所"的团练副使，无疑是一种变相的管制生活，拘谨、约束、尴尬、无聊，因而他的内心是极度寂寞、彷徨、委屈的。还好，地方官员倾慕其才华，任由他纵情山水，恣意而行。

这篇《前赤壁赋》就是在此期间的作品。文中记叙了作者月夜泛舟赤壁的经历和感受，"风"与"月"作主景，"山"和"水"加辅以，有美酒畅快痛饮，有歌咏随兴而起，有洞箫应景而响，一幅月朗星高、天高地阔的辽远浩淼尽收眼底，让人情怀满志，顿生感慨。一句"月明星稀，乌鹊南飞"，道出了此刻的心内阑珊，遥想当年的"三国""曹操""赤壁"，多少英雄人物，多少风云变幻，不是都化作了一缕轻烟吗？作者笔下轻轻一挑，主旨应声而来，关不住的政治失落和生命落寞，一览无遗地敞开在天地间呢。不过，世间万事万物皆有来去，皆有归属，皆有使命，这便是自然气象，难以阻挡的发展变化和进程。由此可见东坡先生旷达、豪情、泰然的人生情怀和生命境界。

文章巧妙地运用了赋体主客问答的形式，有力地表现出作者的感情起伏和矛盾心理变化过程。将写景、抒情、说理分布得体，各有侧重。且寓情于景，寓理于事，借景、事以明理，使得情、景、理浑然一体。

全文挥洒自如，行云流水，波澜起伏，是一篇不可得多的引人入胜的山水佳作。

石钟山记[①] 苏 轼

《水经》[②]云："彭蠡之口有石钟山焉[③]。"郦元以为下临深潭，微风鼓浪，水石相搏，声如洪钟。是说也，人常疑之。今以钟磬置水中，虽大风浪不能鸣也，而况石乎！至唐李渤始访其遗踪，得双石于潭上，扣而聆之，南声函胡[④]，北音清越，枹止响腾[⑤]，余韵徐歇。自以为得之矣。然是说也，余尤疑之。石之铿然有声者，所在皆是也。而此独以钟名，何哉？

元丰七年六月丁丑，余自齐安舟行适临汝[⑥]，而长子迈将赴饶之德兴尉。送之至湖口，因得观所谓石钟者。寺僧使小童持斧，于乱石间择其一二扣之，空空焉。余固笑而不信也。至莫夜月明，独与迈乘小舟至绝壁下。大石侧立千尺，如猛兽奇鬼，森然欲搏人；而山上栖鹘，闻人声亦惊起，磔磔云霄间[⑦]；又有若老人咳且笑于山谷中者，或曰此鹳鹤也。余方心动欲还，而大声发于水上，噌吰如钟鼓不绝[⑧]。舟人大恐。徐而察之，则山下皆石穴罅，不知其浅深，微波入焉，涵澹澎湃而为此也。舟回至两山间，将入港口，有大石当中流，可坐百人，空中而多窾，与风水相吞吐，有窾坎镗鞳之声[⑨]，与向之噌吰者相应，如乐作焉。因笑谓迈曰："汝识之乎？噌吰者，周景王之无射也，窾坎镗鞳者，魏庄子之歌钟也。古之人不余欺也！”

事不目见耳闻，而臆断其有无，可乎？郦元之所见闻，殆与余同，而言之不详；士大夫终不肯以小舟夜泊绝壁之下，故莫能知；而渔工水师，虽知而不能言；此世所以不传也。而陋者乃以斧斤考击而求之⑩。自以为得其实。余是以记之，盖叹郦元之简，而笑李渤之陋也。

【注释】

①石钟山：位于江西省溉口县，西临鄱阳湖。当地有上、下两个石钟山。

②《水经》：是一部专门记载江河源流的地理书。当为三国人所著，作者未详。今本《水经》没有苏轼所引的这句话。

③彭蠡（lǐ）：即鄱阳湖，在江西省北部。

④函胡：形容声音浑厚。

⑤枹（fú）：鼓槌。腾：扬播。

⑥齐安：黄州的古称。今属湖北省黄冈市。适：往，赴。临汝：今河南省汝州。

⑦磔（zhé）磔：形容凶猛鸟的叫声。

⑧噌吰（chēng hōng）：沉重而宏亮的声音。

⑨窾（kuǎn）坎：击物声。镗鞳（táng tà）：钟鼓齐鸣声。

⑩陋者：知识浅薄的人。考：击。

【品读】

百闻不如一见，亲身经历或实地考察乃一种科学的态度和严谨的作风。苏东坡这篇《石钟山记》正好印证了这种求实精神。

此小品作于元丰七年（1084）夏天，东坡先生送长子苏迈赴任汝州的途中。家有喜事，扫荡阴霾，兴致极好，平添逸趣，因而文章多了一份放松的探究意味。

全文分三个层次对石钟山进行了现场考证。首层点出名字由来，对郦道元和李渤的两种说法，提出“人常疑之”和“余尤疑之”的质疑、思考、推断，认为“水石相搏”存疑颇多，难以让人信服，一句

“固笑而不信”启开了探访求真的具体行动。求证过程，作者选在了月明之夜，此时万籁寂静，干扰尤少，结果最分明吧。乘小舟，临绝壁，见“侧立千尺，如猛兽奇鬼，森然欲搏人”石头，听“云霄间”鹘鸟“磔磔”惊叫，还有“山谷中”近似老翁咳笑的怪声，一派阴森凄厉冷冽的感觉，不禁让人毛骨悚然。正当“无功而返”时，忽闻“大声发于水上，噌吰如钟鼓不绝”，使得“舟人大恐”，引发“徐而察之”，发现“山下皆石穴罅，不知其浅深，微波入焉，涵淡澎湃而为此也”，原来造成“噌吰”的真相就在于此。身临其境的感悟，身体力行的查探，为力批“士大夫终不肯以小舟夜泊绝壁之下，故莫能知”埋下伏笔。收梢处，作者“一笑”“一叹”，整个场景升华到得真相求真理后的愉悦感中，以及对前人“简”和“陋”考察态度的真切惋惜。

不臆断，不盲从，不乱传，人世间事事如此。

全文寓说理于记叙之中，写景也绘声绘色，给人以亲临其境之感，是善于把形象描写和理性分析融合起来，而又重在说理的佳作。语言峭洁，笔意轻灵，文情酣畅。

记游松风亭[①] 苏　轼

余尝寓居惠州嘉祐寺[②]，纵步松风亭下，足下疲乏，思欲就林止息。望亭宇尚在木末[③]，意谓是如何得到？良久，忽曰：“此间有什么歇不得处？”由是如挂钩之鱼，忽得解脱。若人悟此，虽兵阵相接，鼓声如雷霆，进则死敌，退则死法，当甚么时也不妨熟歇[④]。

【注释】

①松风亭：在惠阳东弥陀寺后山顶上，初名峻峰亭。后植松二十余株，清风徐来，因称松风亭。

②惠州：今广东惠州市惠阳区。

③木末：树梢。

④熟歇：久歇。

【品读】

佛、道、儒思想意识折射在苏东坡的行为举止中，衍生了一种独具魅力的生命风格，既豪迈洒脱，又意趣天真，既风流倜傥，又静逸逍遥，文人所具有的多面性和多面孔，多能在他的身上得以体现。

这篇《记游松风亭》，正好印证了此说。

经“乌台诗案”后，苏东坡连连遭到政治打击，流放一次次接踵而来，在宋哲宗绍圣元年(1094)十月间，他再次遭到贬谪，前往更为偏远的广东惠州，寄居于嘉祐寺中，此文就写于这期间。

松风亭位于嘉祐寺附近的山巅上，苏东坡时有攀登兴致，常登临游览。文中所述就是其游历中的所思所悟。当一个人产生了“足下疲乏，思欲就林止息”的疲乏、困顿、迷茫感，该如何做呢？咬紧牙关再上？还是停下来暂且歇歇？理想与现实，身体与心灵，当下与未来，当众多矛盾发生碰撞和冲突时，苏东坡却说：“此间有什么歇不得处？”一语惊醒梦中人，一句话道破天机，一瞬间，一念间，顿悟就开，这就是禅机的魅力。人生犹如山一重水一重，山山又水水，无尽无头，过了这道坎还有那段波，哪儿有真正的高处和彼岸呢？珍惜眼前，活在当下，把握此刻，方是生命的真谛和生存的意义。

这篇松风亭游览记，着墨于赏玩自然景物时所产生的“顿悟”，是禅宗“当下即是”“看穿忧患”的思想发明。文中寓理于象，随笔点染，又夹以幽默的比喻，解颐的妙语，因而读来饶有意趣，令人不禁莞尔，欢愉自然上心头。

龙门记[①] 萨都剌[②]

洛阳南去二十五里许，有两山对峙，崖石壁立，曰龙门；伊水中出[③]，北入洛河，又曰伊阙。禹排伊阙，即此。

两山下，石罅迸出数泉，极清冷；惟东稍北三泉，冬月温，曰温泉。西稍北岸，河下一潭极深，相传有灵物居之，曰黑龙潭。

两岸间，昔人凿为大洞，为小龛[4]，不啻千数。琢石像，诸佛相、菩萨相、大士相、阿罗汉相、金刚相、天王扩法神相[5]。有全身者，有就崖石露半身者，极巨者丈六，极细者寸余。趺坐者、立者、侍卫者，又不啻万数。然诸石像旧有裂衅，及为人所击，或碎首、或损躯，其鼻、其耳、其手足，或缺焉，或半缺、全缺。金碧装饰悉剥落，鲜有完者。旧有八寺[6]，无一存。但东崖巅有垒石址两区，余不可辨。有数石碑，多仆，其立者仅一二，所刻皆佛语，字剥落不可读，未暇详其所始。今观其创作，似非出于一时。其工力财费，不知其几千万计。盖其大者，必作自国君，次者必王公贵戚，又其次必富人而后能有成也。

然予虽不知佛书，抑闻释迦乃西方圣人，生于王宫，为国元子，弃尊纲而就卑辱，舍壮观而安僻陋，弃华丽而服朴素，厌浓鲜而甘淡薄，苦身修行，以证佛果[7]。其言曰"无人我相"[8]，日"色即是空"，曰"薄寂灭为乐[9]"。其心若浑然无欲，又奚欲费人之财，殚人之力，镌凿山骨，斫丧元气[10]，而假于顽然之石，饰金施彩，以惊世骇俗为哉！

是盖学佛者习妄迷真，先已自惑，谓必极其庄严，始可耸人瞻敬，报佛功德。又操之以轮回果报之说，谓人之富贵、贫贱、寿夭、贤愚，一皆前世所自为，故今世受报如此。今世若何修行，若何布施，可以免祸于地狱，徼福于天堂，获报于来世。前不可见，后不可知，迷人于恍惚茫昧之涂。而好佛者溺于其说，不觉信之深，而甘受其惑，至有舍身、然臂、施财，至为此穷报之功。

设使佛果夸耀于世，其成之者必获善报，毁之者必获恶报。则八寺巍然,诸相整然,朝钟暮鼓,缁流庆赞[11],灯灯相续于无穷[12],又岂至于芜没其宫,残毁其容,而荒凉落寞如此哉!殊不知佛称仁王,以慈悲为心,利益众生,必不徇私于己而加祸福于人,亦无意于街色相以欺人也。

予故记其略,复为之说,以解好佛者之惑,又以戒学佛者毋背其师说以求佛于外,而不求佛于内,明心见性,则庶乎其佛之徒也。

【注释】

①龙门:在洛阳南,一名伊阙。传大禹治水所开。两山对峙,伊水中流,两崖间有石窟二千一百余,造像九万余尊,为有名的佛教艺术胜地。

②萨都剌(约1272—1355):元代诗人、画家、书法家。字天锡,号直斋。回族(一说蒙古族)。

③伊水:出河南卢氏县东南,经嵩县、伊川、洛阳,至偃师入洛河。

④龛(kān):盛置佛像的小阁。

⑤"诸佛相"句:佛,即佛教创始人释迦牟尼。菩萨,位次于佛,谓既能自觉本性,又能普度众生者。大士,菩萨之总称,亦曰开士。阿罗汉,小乘佛教修证之最高果位。金刚、天王,皆佛教护法神。

⑥旧有八寺:为奉先、乾元、香山、看经、天竺、溪澘、广化、宝应诸寺。

⑦证佛果:佛教谓精修悟道之境界。

⑧无人我相:佛教否定现实世界物质性的自体,故云。

⑨寂灭:即涅槃,即超脱一切境界,入于不生不灭之门。

⑩斫(zhuó):砍伤。

⑪缁流:僧徒。和尚所服浅黑色僧袍曰缁衣。

⑫灯灯相续:佛家称传法为传灯。

【品读】

此篇虽为游记,而独以议论见长。

龙门石窟是有名的佛教艺术胜地,古今题咏者甚多。作者偏从破败处着眼,大小石像,“鲜有完者”;昔日八寺,无一存焉。而其始造所费,又不知“几千万计”!由此引起作者深沉的思考与慨叹。为了破除世俗迷妄之见,他一针见血指出,佛本西方圣人,苦身修行,以证佛果,必不假借顽石,施金错采,以“惊世骇俗”。世人迷于轮回果报之说,习妄迷真,为此“穷报之功”,是完全有悖于佛旨的。末以眼前佛窟之荒凉落寞,反证因果报应之无稽,尤显机趣。

整篇文章,作者以游记见闻为引子,藉此寻找突破口,抓住视角暗点,反其道行之,将佛明心见性的本质剖析得深入浅出,展现了作者高深的佛学造诣和清晰的理性思维,在山水小品中个例不多。

游虞山记[①] 沈德潜[②]

虞山去吴城才百里,屡欲游,未果。辛丑秋,将之江阴,舟行山下,望剑门入云际[③],未及登。丙午春,复如江阴,泊舟山麓,入吾谷,榜人诡云[④]:“距剑门二十里。”仍未及登。

壬子正月八日,偕张子少弋、叶生中理往游,宿陶氏。明晨,天欲雨,客无意往,余已治筇屐[⑤],不能阻。自城北沿缘六七里,入破山寺[⑥],唐常建咏诗处,今潭名空心,取诗中意也。遂从破龙涧而上,山脉怒坼,赭石纵横[⑦],神物爪角痕,时隐时露。相传龙与神斗,龙不胜,破其山而去。说近荒惑,然有迹象,似可信。行四五里,层折而度,越峦岭,跻蹬道,遂陟椒极[⑧]。有土埕砚碥,疑古时冢,然无碑碣志谁某。升望海墩,东向凝睇。是时云光黯甚,迷漫一色,莫辨瀛海[⑨]。顷之,雨至,山有古寺可驻足,得少休憩。雨歇,取径而南,益露奇境:龈腭摩天[⑩],崭绝中断,两崖相嵌,如关斯劈,如刃斯立,是为剑门。以剑州、大剑、小剑拟之,肖其形也。侧足延伫,不忍舍去。遇山僧,更问名胜处。僧指南为太公石室;南而西为招真宫,为读书台：西北为拂水岩，水下奔如虹，颓风逆施，倒跃而上，上拂数十丈，又西有三沓石、石城、石门，山后有石洞通海，时潜海物，人莫能名。余识其言，欲问道往游，而云之飞浮浮，风之来冽冽[11]，时而飘洒，沾衣湿裘，而余与客难暂留矣。少霁，自山之面下，困惫而归。自是春阴连旬，不能更游。

噫嘻！虞山近在百里，两经其下，未践游屐。今之其地矣，又稍识面目，而幽邃窈窕，俱未探历。心甚怏怏。然天下之境，涉而即得，得而辄尽者，始焉欣欣，继焉索索[12]，欲求余味，而了不可得，而得之甚艰，且得半而止者，转使人有无穷之思也。呜呼！岂独导山也哉！

【注释】

①虞山：古称海隅，一称乌目山，在江苏常熟市西北。相传西周时虞仲葬于此，故名。其山半入城中，半倚城外，背枕大海，面瞰山湖，为东南一奇观。

②沈德潜(1673—1769)：字确士，号归愚，长洲(今属江苏苏州)人。清乾隆四年进士，曾任内阁学士兼礼部侍郎。著有《沈归愚集》和《说诗啐语》；又编选有《古诗源》《唐诗别裁》《明诗别裁》《清诗别裁》。他论诗主"格调说"，标榜儒家"温柔敦厚"的正统"诗教"。其文类于诗，多拟古之作，文笔雍容典雅，有台阁体之风；但所作山水小品，亦有匠心独具的佳制。

③剑门：虞山的最高处，因左右皆峭壁陡立，上锐下削，像刀口竖立，故名。

④榜人：摇船的人。

⑤筇(qióng)：登山用的手杖。

⑥破山寺：又称兴福寺，在虞山北麓。

⑦赭石：赤色石。

⑧椒极：山巅。

⑨瀛海：大海。

⑩龈腭：牙床，喻指山崖如齿牙。

⑪冽冽：寒冷的样子。

⑫索索：搜求。

【品读】

作者欲探幽览胜，游虞山两次未得，因而从心理上衍生了一种迫切的渴求和势在必行的决心。由着这份心情，开始了游历之旅。

作者一路遇见各种风景，有溪涧、山脉、山寺、潭、碑碣、峦岭、崖、岩、水流等，物象万千，千姿百态。钩沉古迹，发掘传说，追寻绿野山踪，见证山川万物的生命不息和自然天真。

游览胜景，未能尽探幽深险峻之佳境，只是稍识其面目，本是一件憾事。但作者就此悟出一种处世之道：天下胜景，若尽情探历，必一览无余；若留有余地，则意味无穷。世间事物亦如是，欲求之穷尽，反倒索然；若得半而止，反使人有无穷之思。这固是作者对其半生走马世上而诸多清景"未践游屐"的一点安慰，但人生追求何尝不应由此珍惜"得之甚艰"，而鄙薄"涉而即得"！

文中将这种心得融会贯通，语颇隽永，极富哲理，读之，使人警悟，发人深思，也给人带来美的滋润！

登扫叶楼记　管　同[①]

自予归江宁，爱其山川奇胜，间尝与客登石头[②]，历钟阜[③]，泛舟于后湖[④]，南极芙蓉[⑤]，天阙诸峰，而北攀燕子矶[⑥]，以俯观江流之猛壮。以为江宁奇胜，尽于是矣。或有邀予登览者，辄厌倦，思舍是而他游。

而四望有扫叶楼，去吾家不一里，乃未始一至焉。辛酉秋[⑦]，金坛王中子访予于家[⑧]，语及，因相携以往。是楼起于岑山之巅，土石秀洁，而旁多大树，山风西来，落木齐下，堆黄叠青，艳若绮绣。及其上登，则近接城市，远挹江岛[⑨]，烟村云舍，沙岛风帆，幽旷瑰奇，皆呈于几席。虽乡之所谓奇胜，何以加此？

凡人之情，骛远而遗近[10]。盖远则其至必难，视之先重，虽无得而不暇知矣；近则其至必易，视之先轻，虽有得而亦不暇知矣。予之见，每自谓差远流俗，顾不知奇境即在半里外，至厌倦思欲远游，则其生平行事之类乎是者，可胜计哉！虽然，得王君而予不终误矣，此古人之所以贵益友与。

【注释】

①管同(1780—1831)：字异之。江宁上元(今南京)人。近代散文家。道光五年(1825)中举，入安徽巡抚邓廷桢幕。著有《因寄轩诗集》《皖水词存》等，

②石头：指石头城，故址在今南京城郊清凉山。

③钟阜：即钟山，又名紫金山，在南京城中山门外。

④后湖：玄武湖的俗称，古名练湖，在南京城东北玄武门外，紫金山西北麓。

⑤芙蓉：芙蓉峰，为祖堂山的主峰，在牛头山南面。天阙：天阙峰，即牛头山。世传晋欲立阙，王异指着牛头山说："此即天阙也。"

⑥燕子矶：在南京城东北郊。矶头屹立长江边，三面悬绝，宛如飞燕，故名。

⑦辛酉：即清嘉庆六年(1801)。

⑧金坛：在今江苏省常州市，茅山东麓。

⑨挹：连接。

⑩骛：通"务"，追求。

【品读】

这篇小品的作者，不啻是丹青妙手：或浓墨渲染，或淡墨烘托，画出了一幅幽旷瑰丽、意态缥缈的扫叶楼胜迹图。

作者在登临了"芙蓉峰""天阙峰""燕子矶"和游赏了"江流""后湖"等江宁风景后，不经意间才发现，最美妙的风光许是在不远处，可望可及可攀也，这就是距居家不到一里路的"扫叶楼"。

全文通过对"扫叶楼奇境"的审美观照中，获得了人生"感悟"的

契机。自古人们多“骛远而遗近”，其实，正如作者所悟及的：“奇境即在半里之外”。近前的事物，往往得之易，就视之轻，容易被人忽视，非具慧眼，不能认识其内在的价值。所以，“贵近”，同样可为人们全面认识现实生活的妙理箴言。

骋怀

游天台山赋序[①] 孙　绰[②]

天台山者，盖山岳之神秀者也。涉海则有方丈、蓬莱[③]，登陆则有四明、天台[④]。皆玄圣之所游化[⑤]，灵仙之所窟宅。夫其峻极之状，嘉祥之美，穷山海之瑰富，尽人神之壮丽矣。所以不列于五岳[⑥]，阙载于常典者，岂不以所立冥奥[⑦]，其路幽迥[⑧]。或倒影于重冥[⑨]，若匿峰于千岭；始经魑魅之途[⑩]，卒践无人之境。举世罕能登陟，王者莫由禋祀。故事绝于常篇，名标于奇纪。

然图像之兴，岂虚也哉！非夫遗世玩道[⑪]，绝粒茹芝者[⑫]，乌能轻举而宅之；非夫远寄冥搜，笃信通神者，何肯遥想而存之。余所以驰神运思，昼咏宵兴，俯仰之间[⑬]，若已再升者也。方解缨络[⑭]，永托兹岭。不任吟想之至，聊奋藻以散怀[⑮]。

【注释】

①天台山：在今浙江天台县北。

②孙绰(314—371)：字兴公，太原中都(今山西平遥西南)人。家居会稽(今浙江绍兴)，永嘉时初任著作郎，袭封长乐侯。后历任太学博士、永嘉太守、散骑常侍、廷尉卿等职。绰为当时名士，诗、赋皆著称于时。因其性好隐居，游放山水，所作虽多谈玄理，但其中描绘山水，笔墨颇清顾自然，也有一定真情实感。

③方丈、蓬莱：都是传说中海上的仙山名。

④四明：山名，在今浙江省宁波市西南。

⑤玄圣：指有道而无位的圣人。

⑥五岳：我国历史上五大名山的总称，即中岳嵩山，东岳泰山，西岳华山，南岳衡山，北岳恒山。

⑦冥奥：昏暗幽深。

⑧迥(jiǒng):远。

⑨重冥:指极深的山洞。

⑩魑魅(chī mèi):传说中山林里能害人的怪物。

⑪遗世玩道:避世轻道。

⑫绝粒:即辟谷。道家以不火食、不进五谷为修炼方法,称绝粒。茹芝:吃灵芝草。

⑬俯仰之间:这里形容时间极短。

⑭“方解”二句:意为刚刚脱离世俗的束缚,便永远托身于这座山岭。缨络:缠绕,比喻世俗的束缚。

⑮聊:姑且。奋藻:奋力运用文采。

【品读】

这是一篇赋序,但其文脉和蕴含的情致,已有后代山水小品的风貌。

文中开头就气势不凡。“天台山者,盖山岳之神秀者也。”作品寓汪洋恣肆的情感于简约、清丽的语言中。从“峻极”“瑰富”“壮丽”“幽迥”“重冥”“魑魅”等对山水概貌、蕴藉特点、意境形容中,给人展示了神奇秀丽的天台山美景。

作品抒发了作者“遗世玩道”的情怀,篇末赞扬方外之士对天台山的知音之举,表达了作者“永托兹岭”的愿望,这也是当时一部分士人的共同心迹。相传孙绰为永嘉太守时,因不满现实,准备解印归隐。此文坦露了他超凡脱俗的情感,正因为孙绰高度称赞和极力颂扬,“峻极之状,嘉祥之美,穷山海之瑰富,尽人神之壮丽”的天台山,由此名声大振,也由此从舆论上奠定了天台山风景名胜的特点:“佛窟仙源,山水神秀。”

燕喜亭记[①] 韩　愈

太原王弘中在连州,与学佛人景常、元慧者游。异日,从二人者,行于其居之后,丘荒之间,上高而望,得异处焉[②]。斩茅而嘉树列[3]，发石而清泉激[4]。辇粪壤，燔椔翳[5]。却立而视之，出者突然成[6]，陷者呀然成谷[7]。窪者为池，而缺者为洞，若有神鬼异物，阴来相之。自是弘中与二人者，晨往而夕忘归焉，乃立屋以避风雨寒暑。既成，愈请名之。

其丘曰埃德之丘，蔽于古而显于今，有竢之道也[8]。其石谷曰谦受之谷，瀑曰振鹭之瀑，谷言德，瀑言容也。其土谷曰黄金之谷，瀑曰秩秩之瀑[9]，谷言容，瀑言德也。洞曰寒居之洞，志其入时也[10]。池曰君子之池，虚以钟其美[11]，盈以出其恶也[12]。皋之源曰天泽之泉，出高而施下也。合而名之以屋曰燕喜之亭，取《诗》所谓"鲁侯燕喜"者颂也。

于是州民之老，闻而相与观焉。曰：吾州之山水名天下，然而无与燕喜者比；经营于其侧者相接也，而莫直其地，凡天作而地藏之，以遗其人乎！弘中自吏部郎贬秩而来，次其道途所经：自蓝田入商洛，涉淅湍，临汉水，升岘首以望方城；出荆门，下岷江，过洞庭，上湘水，行衡山之下，由郴逾岭，蝯狖所家[13]；鱼龙所宫，极幽遐瑰诡之观[14]，宜其于山水饫闻而厌见也。今其意乃若不足，传曰："知者乐水，仁者乐山。"弘中之德与其所好，可谓协矣。智以谋之，仁以居之，吾知其去是而羽仪于天朝也不远矣[15]，遂刻石以记。

【注释】

①燕喜亭记：燕喜亭在广东省连州城东北，唐贞元年间，王弘中任连州参军时筑此亭，韩愈为之命名作记。

②异处：奇异之处，景色优美的地方。

③嘉树列：一排排好树就显露出来。

④发石而清泉激：掀开石头，清清的泉水喷射出来。

⑤燔椔(zì)翳：焚烧倒在地上的枯木。椔，树木枯死。翳，指树木倒伏在地。

⑥出者:高出的地方。突然:突出的样子。

⑦呀然:裂开的样子。

⑧竢:同“俟”,等待。

⑨秩秩:聪明多智的样子。

⑩志其入时:说明它进洞的季节。志:标志,说明。

⑪虚:指池有容量,以寓主人有器量。钟其美:聚集美德。

⑫盈以出其恶:装满水而排出恶行。喻指主人有清厉的节操。

⑬蜈狖(yòu):蜈,或作“猿”。狖,一种黑色的长尾猿。

⑭幽遐瑰诡之观:幽僻荒远种种奇丽的景色。瑰诡,奇丽。

⑮羽仪:指被人尊重,可作表率。天朝,指朝廷。

【品读】

本文写燕喜亭所见山水美景,在描写中多用排偶句式,如“斩茅而嘉树列,发石而清泉激”“出者突然成丘,陷者呀然成谷”“窪者为池”“缺者为洞”等,即使周围美景尽入眼底,又增加了文章的气势。接着就燕喜亭四周的景点发表议论,借以表达作者对建亭者的赞美和同情。

作者和建亭者王弘中都是遭贬之人,两人不免同病相怜,因此作者对王弘中仁智品德的赞美,实际上也是自己仁智品德的表白,对王弘中遭贬的同情,也暗含着对自己遭贬的不满。所以,这篇题记是借山水以寓遭遇,发感慨,可视为山水小品的别体。

文章物象丰富多彩,意境丰满多姿,层次清晰分明,偶有冷僻和幽深词汇,倒是平添了些许跳跃节奏之感。

小石城山记 柳宗元

自西山道口径北[①],逾黄茅岭而下,有二道:其一西出,寻之无所得;其一少北而东[②],不过四十丈,土断而川分,有积石横当其垠[③]。其上为睥睨梁欐之形[④];其旁出堡坞,有若门焉,窥之正黑,投以小石,洞然有水声[⑤],其响之激越,良久乃已。

环之可止，望甚远。无土壤而生嘉树美箭，益奇而坚。其疏数偃仰[⑥]，类智者所施设也。噫！吾疑造物者之有无久矣，及是，愈以为诚有。又怪其不为之中州而列是夷狄，更千百年不得一售其伎[⑦]，是固劳而无用。神者倘不宜如是，则其果无乎？或曰：以慰夫贤而辱于此者。或曰：其气之灵[⑧]，不为伟人而独为是物，故楚之南少人而多石[⑨]。是二者余未信之。

【注释】

①径北：直往北走。

②少：稍微。

③当其垠(yín)：横挡在山路的尽头。垠，边际，尽头。

④睥睨(pì nì)：女墙，即城墙上齿形的矮墙。欐，屋栋。

⑤洞然：深远而清脆的样子。

⑥其疏数偃仰：指那些树木和竹子疏密合度，有的倒伏，有的挺拔。疏，稀。数，密。偃，倒伏。仰，挺拔。

⑦伎：同“技”，技巧，这里指小石城山的美景。

⑧气之灵：即地气的灵秀。“不为”句：不造就伟大的人物却单单造成这些秀美的景物。

⑨楚之南：楚国的南部，这里指永州一带。

【品读】

本文是“永州八记”的第八篇，即是终篇。

作者先描写小石城山的奇特美景，其奇特之处在于由石头自然堆积而为城堡，石缝中居然还能生长出美好的树木和箭竹，因而成为巧夺天工的自然景观。然后就小石城山的美景发表感慨，感叹如此奇妙的美景，不在繁华的大都市附近，却处在偏僻荒凉之地，进而怀疑这是天意和天地灵秀之气所使然。作者发表这种感慨，显然是“借石之瑰玮，以吐胸中之气”，他怀疑天的意志，也就是对自己遭贬的不满，他不相信这些美景是天公用来安慰贤人，也就是对自己在政治上遭受迫害的怨愤。作者用这样一段议论结束全文，不仅增添了文章的抒情成分，而且也是“永州八记”的一个总结。

文中所述“睥睨梁欐”“旁出堡坞”“嘉树美箭”“疏数偃仰”，将小石城的自然美景与神奇景观作了最为生动而美好的描述，用词清妙，用意深刻，意境引人入胜，情景发人深思。是一篇蕴藉着思考与反省的山水小品，区别于其他七篇文章，立意独树一帜。

纵观“永州八记”所有文章，作者笔下所描摹的景致，所表达的情怀，所突出的思想，所伏脉的深意，大抵皆同，感悟一致。这些美妙多情风景的背后，都藏着一颗寂寥郁郁不得志的心啊！

峡州至喜亭记[①] 欧阳修

蜀以五代为僭国[②]，以险为虞[③]，以富自足，舟车之迹不通乎中国者五十有九年。宋受天命，一海内，四方次第平，太祖改元之三年始平蜀，然后蜀之丝枲织文之富[④]，衣被于天下[⑤]。而贡输商旅之往来者陆辇秦风，水道岷江，不绝于万里之外。

岷江之来，合蜀众水出三峡为荆江。倾折回直，捍怒斗激[⑥]，束之为湍，触之为旋。顺流之舟，顷刻数百里不及顾视；一失毫厘与崖石遇，则糜溃漂没，不见踪迹。故凡蜀之可以充内府供京师，而移用乎诸州者皆陆出，而其羡余不急之物乃下之江[⑦]，若弃之然。其为险且不测如此。

夷陵为州当峡口，江出峡始漫为平流。故舟人至此者必沥酒再拜相贺，以为更生。尚书虞部郎中朱公，再治是州之三月，作至喜亭于江津，以为舟中之停留也。且志天天下之大险，至此而始平夷，以为行人之喜幸。夷陵固为下州，廪与俸皆薄[⑧]，而僻且远，虽有善政，不足为名誉以资进取。朱公能不以陋而安之，其心又喜。夫人之去忧患而就乐易，《诗》所谓：“恺悌君子”者矣！

自公之来，岁数大丰，因民之余，然后有作惠于往来[⑨]，以馆，以劳，动不违时[10]，而人有赖。是皆宜书，故凡公之佐吏因相与谋而属笔于修焉。

【注释】

①峡州：宋时属荆湖北路，辖夷陵（今属宜昌市）、宜都（今枝江市）、长阳、远安四县，治所在夷陵。夷陵位于长江三峡东口，湍急的江水至此，始为平流。至喜亭：位于夷陵江边渡口。以“至喜”名亭，反映了当时舟行的艰危。此文写于景祐四年（1037）至喜亭落成时。

②僭（jiàn）国：旧指与统治王朝对立而自称帝立国。

③虞：戒备。

④枲（xǐ）：麻。

⑤衣（yì）被：养护，加惠。此指施惠于人。

⑥捍，通“悍”，勇烈，急剧。此写峡水之流急的情态。

⑦羡余：超额的赋税收入。

⑧廪：指粮饷给养。

⑨作惠于往来：旋恩惠办有利交通之事宜。

⑩动不违时：用劳役不影响农业生产。

【品读】

文章以“至嘉”名亭，“至喜”二字是为全文的筋脉、轴心，以此延展心中情怀和表达思想核心。

先从蜀之沿革说起，落到蜀地经济繁荣，物产丰富，必就水运而通达四方。而此全赖大宋统一之功，将政治安定之喜蕴含其中。接下笔锋转入长江之上，以形象之画笔，展现了三峡水流之汹涌，舟行之险危，将三峡之“险且不侧”写得出神入化。而“江出峡始漫为平流”，故舟人至此必‘沥酒再拜相贺’“以为更生”。其历险后之畅快舒怀之喜见于言外。其盛赞朱公之“再治”政绩与人品一节，既含万民安乐之喜，又有作者在处逆境时幸遇知己之喜。

“至喜”二字犹如交响曲中的主旋律和变调，反复咏叹，将作者不计个人得失的那种乐观积极的人生态度和生命姿态，完美地凸显在读者面前。

木假山记[1] 苏 洵[2]

木之生，或蘖而殇[3]，或拱而夭；幸而至于任为栋梁则伐；不幸而为风之所拔，水之所漂，或破折，或腐，幸而得不破折、不腐，则为人之所材，而有斧斤之患，其最幸者，漂沉汩没于湍沙之间，不知其几百年，而激射啮食之馀[4]，或仿佛于山者，则为好事者取去，强之以为山，然后可以脱泥沙而远斧斤，而荒江之濆[5]，如此者几何？不为好事者所见，而为樵夫野人所薪者，何可胜数？则其最幸者之中，又有不幸者焉。余家有三峰，余必思之，则疑其有数存乎其间[6]。且其蘖而不殇，拱而不夭，任为栋梁而不伐，风拔水漂而不破折、不腐；不破折、不腐，而不为人所材，以及于斧斤；出于湍沙之间，而不为樵夫野人之所薪，而后得至乎此，则其理似不偶然也。

然余之爱之，非徒爱其似山，而又有所感焉；非徒爱之，而又有所敬焉。余见中峰，魁岸踞肆[7]，意气端重，若有以服其旁之二峰；二峰者，庄栗刻削[8]，凛乎不可犯；虽其势服于中峰，而岌然决无阿附意[9]。吁！其可敬也夫！其可以有所感也夫！

【注释】

①木假山：树木经年代久远，受沙石水流的侵蚀风化，发生了质变，形成峭拔嶙峋貌似假山的物体，世称之为“木假山”。

②苏洵(1009—1066)：字明允，自号老泉。四川眉州眉山人。北宋文学家。擅长散文，尤其擅长政论，议论明畅，笔势雄健。与其子苏轼、苏辙并以文学著称于世，世称“三苏”，位列“唐宋八大家”。著有《嘉祐集》《谥法》。

③蘖(niè)：树木的嫩芽，此作动词用，指萌芽。殇：本指人未成年而死，下文“夭”亦同。这里用以言树木未成材而被摧折砍伐。

④激射：指水冲浪打。啮(niè)食：指被水中虫、鱼之类所蛀蚀。

⑤濆(fén)：水边高地。

⑥“则疑其”句：意为就猜想它们有什么运气在里面支配着。数：气数，命运。

⑦魁岸：犹魁梧，雄伟的样子。踞肆：傲慢放肆的样子。

⑧庄栗：庄严刚硬。刻峭：形容山势的陡险。

⑨岌然：高耸的样子。阿附：曲从依附。

【品读】

这是一篇借物抒怀的绝妙小品。灵感源于苏洵家中一木雕假山，感慨其精美而引发的关于树木遭际和社会情状的诸多联想，具有现实意义和思考价值。

《木假山记》不从制作入手，也不渲染其精美绝伦的艺术魅力，而是借对木假山的欣赏之情，产生触动，展开想象，抒发感悟，阐明事理。将树木的不同命运作详细阐述，有刚发芽即夭折的；有刚长到“拱”粗便被砍伐的；有幸成才的，有被采伐着乱砍掉了；还有被风所折，遇水被腐蚀的；遭遇各种摧残和磨难后，有的“漂沉汩没于湍沙之间”，不知过了几百年，其形“仿佛于山者”，好事者将“强之以为山”，雕刻成一件艺术品，供众人欣赏，供装点门面，许是最好归宿了。但是，像这样“幸运”的树木有几何呢？如遇“樵夫野人”，皆视为柴火，点燃后消失殆尽了。

苏洵的人生境遇不是如此吗？

显然，苏洵想借树木成长的磨难和生命的归宿，说时弊，明现状，以“木”喻“人”，道出知识分子不同的人生际遇，恰如树木般，会发生种种截然不同的遭遇。

苏洵还以“三峰木假山”的造型、神韵和风骨，揭示处世的道德准则。中峰“魁岸踞肆，意气端重”，而旁边的二峰“庄栗刻削，凛乎不可犯”，“岌然决无阿附意”，这三峰这也恰是苏氏三父子的人格和品格体现。

鞍山斋记[①] 林景熙[②]

山于天地间为物峙。或盘如龙，或踞如虎，或仪如凤，或曳如龟，或巾而峨，或笔而锐，或笥而方[③]，或盖，或笏[④]，或旗，或印，形象物而名随之。昆阳并海而县，诸峰自西南来，气势横逸[⑤]，若万马之奔。距郭近一峰特耸，若勒回马首而顾其群，其旁起中伏，若马背负鞍，故名“马鞍山”。春时杖屦西郊，见云雾吞吐，花木纷披[⑥]，宛然柴茸翠毛之饰，晃眩吾目。

周氏族居其下，箕裘诗礼蝓二百年[⑦]。行之翁荐于乡，登龙虎弟，春风得意，看花长安。堂叔父苍岩先生尝五马台藩，其子延甫升上庠，几为走马舍选[⑧]，程悠景没[⑨]，皇路倾险[⑩]。昔驰，今止也。昔骤，今拘也。昔康庄，今皂枥也[⑪]。翁德不偷闲[⑫]，以一静镇群竞。顾生平出处，有似兹山，方相羊以盟吾志[⑬]，故自号焉。噫嘻！八骏不游，六螭犹在。翁将舄奕乎高驷[⑭]，驰策乎要途，追飚挟电，一瞬千里。乃挂长林[⑮]，倚高岳，使樵夫牧子得熟视而摩挲之。昔马伏波年六十余，自请伐胡，据鞍顾盼[⑯]，以示可用。上曰：“矍铄哉！”翁年过伏波，而貌腴意远[⑰]，“如有用我”，尚堪一行否？翁笑曰：“吕公后车，申公蒲轮，皆后吾十年，吾秣吾马矣！”予闻翁言，颇壮公，而知翁之寿未艾也。翁行，予亦执鞭从后！

【注释】

①鞍山：位于今浙江平阳县的海滨。因“旁起中伏，若马背负鞍”而得名。本文是作者为其友人周行之新建居室而写的记。

②林景熙(1242—1310)：字德暘，一作德阳，号霁山。温州平阳(今属浙江)人。南宋末期著名爱国诗人。咸淳七年(1271)由上舍生释褐成进士，历任泉州教授，礼部架阁，进阶从政郎。宋亡后不仕，隐居于平

阳县城白石巷。著有《白石稿》《白石樵唱》。

③笥(sì):盛衣物或饭食的方形盛器。

④笏(hù):即朝笏,俗名“手板”,古时臣子朝见时手中所持的狭长板子,用以记事或指画,用玉、象牙或竹制成。

⑤横逸:纵横奔放。

⑥纷披:茂盛的样子。

⑦箕裘:用以比喻祖先的事业。语出《礼记·学记》。踰(yú):同“逾”,超过。

⑧舍选:指出外赴考。

⑨程悠:路途遥远。此句喻前途暗淡的意思。

⑩皇路:指仕途。倾险:崎岖艰险。

⑪皂枥:马槽。

⑫德不偷闲:指在道德修养上不放松对自己的要求。

⑬相羊:同“徜徉”,徘徊,指自由自在的往来。

⑭舄(xì)奕:连绵不断的样子。驷(sì):古代同驾一车的四匹马,或者套上四匹马的车。

⑮“挂长林”二句:意为意向的远大。

⑯据鞍:骑在马背上。

⑰腴(yú):肥胖,这里是丰满、健壮的意思。意远:神情超迈的样子。

【品读】

本文是作者为友人周行之所建鞍山斋而写的记。

世间天地造万物,山山有形,水水有情。文章起句接二连三地道山形山势,磅礴盎然,开阔大气,由天下山的概貌从而引出全文核心“马鞍山”。

因友人的斋舍建在“若马背之鞍”的马鞍山下,故而产生诸多联想。作者由马鞍山联想到斋主“追飚挟电,一瞬千里”的功业前程,并通过斋主以“吕公后车”“申公蒲轮”自况,表现了一种老当益壮、秣马厉兵的进取精神,读来慷慨多气,催人奋进。由山及人,联想自然,而稍作顿挫,即生意态波澜。

月泉游记[1] 谢翱[2]

余少慕初平叱石事，知婺有金华洞、瀑泉之胜，而未知有月泉也。月泉在浦江县西北二里，故老云：其消长视月之盈亏。由朔至望，投梯其间，泉浸浸浮梯而上[3]，动荡芹藻，若江湖之浮舟拥苔于岸，视旧痕不减毫发；而望至晦，置竹井傍，以常所落浅深为候，随月之大小画痕竹上，当其日之数，旦而测之，水之落痕与石约如竹之画。视甃间[4]，滞萍藓枯青相半，殆类水退人家[5]，日蒸气湿，墙壁故在，而浮槎游梼[6]，栖泊树石，隐隐可记。

余与友人陈君某至，适望后二日。陈君指萍与草，以为斯泉亏落之验。盖冲漠联兆间[7]，盈虚消息之理与山川呼吸往来之气，相值而不爽也如此。非必有神物主之，如杂书怪录所谓巨鱼吞吐云也。

泉傍旧为堂，祠朱、吕二先生。环阑楯甃上，环诗亭上，四顾烟云竹树复环泉若亭，不敢左。其东北之山曰仙岩者，远望类芝草浮空而立，若皆有所待于斯泉而向焉者。予方谋日游其间，与月约盈亏、泉约消长，与山约无盈亏、消长，亘来今以老[8]。

吾诗有述仙岩之遗迹。约余游岩之麓者，将歈《鹿鸣》之引以拟笙鹤，曰：子欲穷山中之胜，而惮以足赴目乎？余欣然从之，故书泉之本末，以纪兹游之始[9]。

【注释】

①月泉：在今浙江省浦江县西北二里。明嘉靖年间修《浦江志略》载：北宋徽宗政和三年(1113)，知县孙潮据旧图志，寻得月泉，加以疏

导，为曲池，并筑亭其上。

②谢翱（1249—1295）：字皋羽，一字皋父，号宋累，又号晞发子。原籍长溪人，徙建宁府浦城县（今属南平市浦城县）。南宋爱国诗人。度宗咸淳间应进士举，不第。恭宗德佑二年文天祥开府延平，任谘议参军。往来于永嘉、括苍、鄞、越、婺、睦州等地，与方凤、吴思齐、邓牧等结月泉吟社。

③浸浸：渐近，逐渐。

④甃（zhòu）：井壁。

⑤殆（dài）：大概。

⑥浮槎（chá）游枿（niè）：漂浮流动的树枝。"槎"和"枿"，树木砍后的再生枝。斜砍叫槎，斩而复生叫枿。

⑦冲漠：此指空虚广漠的太空，即宇宙。冲，空虚。联兆：亦作"朕兆"，事物的迹象、先兆。联，皮甲缝合之处，也泛指缝隙。兆，龟拆，龟壳的裂纹。两者都极细微，以喻事物的微兆。

⑧亘（gèn）：连接，贯穿。

⑨兹游之始：这次游赏算是开始。谢翱在游月泉之后，又游了仙华山等处，写有《游仙华岩麓记》《自岩麓寻泉至三石洞记》等。

【品读】

作者谢翱在宋亡之后，终不人仕元朝，寄情山水，到东南各地漫游，"探幽发奇""其游迹非胜绝处不到"（方凤《谢翱行状》）。

月泉之水，随月的盈亏而消长的是大自然的奇妙现象。这篇游记，作者以探奇的心理，循迹的思路，悠然的姿态，辅以简洁的笔触，清丽的辞藻，优美的线条，描摹了这一罕见少闻的奇景妙观，吸引读者眼球，令人耳目一新。

字里行间值得玩味的是，文章后半部分所记作者"谋日游其间"，甚至甘愿终老"与月约盈亏、泉约消长，与山约无盈亏、消长"等，于隐微曲折之中足见其坚守节操的坦然心迹，这在当时沦落的条件下，有此旷达精神，该是多么可贵啊！

活水源记 刘基

灵峰之山，其上曰金鸡之峰①。其草多竹；其木多枫槠②，多松；其鸟多竹鸡。其状如鸡而小，有文采，善鸣。寺居山中，山四面环之。其前山曰陶山，华阳外史弘景之所隐居。其东南山曰日铸之峰，欧冶子之所铸剑也。寺之后，薄崖石有阁曰松风阁，奎上人居之。

有泉焉，其始出石罅，涓涓然冬温而夏寒。浸为小渠，冬夏不枯，乃溢而西南流，乃伏行沙土中，旁出为四小池，东至山麓，潴为大池③，又东注于若耶之溪，又东北入于湖。其初为渠时，深不逾尺，而澄澈可鉴④；俯视，则崖上松竹花木皆在水底。故秘书卿白野公恒来游，终日坐水旁，名之曰活水源。其中有石蟹，大如钱，有小鲼鱼，色正黑，居石穴中，有水鼠常来食之。其草多水松、菖蒲。有鸟大如鸜鹆，黑色而赤觜，恒鸣其上，其音如竹鸡而滑⑤。有二脊令，恒从竹中下，立石上，浴饮毕，鸣而去。予早春来时方甚寒，诸水族皆隐不出。至是，悉出。又有虫四、五枚，皆大如小指，状如半莲子，终日旋转行水面，日照其背，色若紫水晶，不知其何虫也。

予既爱兹水之清，又爱其出之不穷，而能使群动咸来依，有君子之德焉。上人又曰："属岁旱时⑥，水所出，能溉田数十亩。"则其泽又能及物，宜乎白野公之深爱之也。

【注释】

①金鸡之峰：在今浙江绍兴会稽山上。

②槠（zhū）：树名。结实如橡，可食。

③潴（zhū）：水停聚。

④鉴：本指镜子，这里形容湖水清澈如镜，可以照见东西。

⑤滑：形容鸟声流利。

⑥属(zhǔ)：适，值。

【品读】

刘基写过会稽山水一组游记，《活水源记》是其中一篇。

“活水”何来？当有发源地。循着这种追根溯源的思索，作者笔下径自铺展，“灵峰之山，其上曰金鸡之峰”便映入眼帘。山上多“竹”“枫槠”“松”“竹鸡”，四个“多”字直接勾勒出金鸡峰的自然和生态环境，竹木成荫，鸟儿成群，静谧中漾起活泛，非常生动、生气，富有画面感。山中有寺，有隐士、名士、志士隐居的人文遗迹，更是增添了金鸡峰的神秘和神圣感。这是一方宝地，自然会备受青睐。

作者对“活水”的大环境作了美妙描摹，意在铺垫陈设，引出“活水”的具体位置，原来，它是从“有泉焉，其始出石罅”发源，再经由“小渠”“小池”“大池”，注入“溪”“湖”的。而水成“渠”时，“深不逾尺”，特别澄澈清凉，往下看，“崖上松竹花木皆在水底”，如镜可照人，引得“故秘书卿白野公恒来游，终日坐水旁”，因而“名之曰活水源”。“活水源”有“石蟹”“小鲼鱼”“水鼠”“水松”“菖蒲”“鸜鹆”“莲子”“虫”，俨然是动物、植物的大家园，和谐相处、相生、相乐，一幅生态美的写真。“活”字的真谛由此自然体现。

“活水源”不但予人美好，还在“属岁旱时，水所出，能溉田数十亩”，福泽乡里，造福人民，展现出无私奉献的“君子之德”，受到“白野公之深爱”，君子惜“君子”，知己情怀当是如此吧。

此小品不是单纯写山水，而是对自然风景加以淘洗和冶炼，提炼和升华出一种高尚的道德情操，使自然美和精神美相互辉映，这是刘基山水小品最得称赏的一大特色。

游天平山记[①] 高启

至正二十二年九月九日，积霖既霁[②]，灏气澄肃[③]。予与同志之友以登高之盟不可寒也[④]，乃治馔载醪[⑤]，相与指天平山而游焉。

山距城西南水行三十里。至则舍舟就舆[6]，经平林浅坞间，道傍竹石蒙翳，有泉伏不见，作泠泠琴筑声[7]。予欣然停舆听，久之而去。至白云寺，谒魏公祠，憩远公庵，然后由其麓狙代以上[8]。山多怪石，若卧若立，若搏若噬，蟠孥撑拄[9]，不可名状。复有泉出乱石间，曰白云泉，线脉萦络，下坠于沼；举瓢酌尝，味极甘冷。泉上有亭，名与泉同。草木秀润，可荫可息。过此，则峰回磴盘，十步一折，委曲而上，至于龙门。两崖并峙，若合而通，窄险深黑，过者侧足。又其上有石屋二：大可坐十人，小可坐六、七人，皆石穴，空洞，广石覆之如屋。既入，则懔然若将压者，遂相引以去。至此盖始及山之半矣。

乃复离朋散伍，竞逐幽胜。登者，止者，哦者，啸者，惫而喘者，恐而眺者[10]，怡然若有乐者，怅然俯仰感慨，若有悲者：虽所遇不同，然莫不皆有得也。予居前，益上，觉石益怪，径益狭，山之景益奇，而人之力亦益以惫矣。顾后者不予继，乃独褰裳奋武[11]，穷山之高而止焉。其上始平旷，坦石为地，拂石以坐，则见山之云浮浮[12]，天之风飕飕，太湖之水渺乎其悠悠。予超乎若举，泊乎若休，然后知山之不负于兹游也。既而欲下，失其故路，树隐石蔽，愈索愈迷，遂困于荒茅丛筱之间。时日欲暮，大风忽来，洞谷唅呀，鸟兽鸣吼。予心恐，俯下疾呼，有樵者闻之，遂相导以出。至白云亭，复与同游者会。众莫不尤予好奇之过[13]，而予亦笑其惟怯颓败[14]，不能得兹山之绝胜也。

于是采菊泛酒[15]，乐饮将半，予起，言于众曰：“今天下板荡[16]，十年之间，诸侯不能保其国，大夫士之不能保其家，奔走离散于四方者多矣。而我与诸君蒙在上者之力，得安于田里，抚佳节之来临，登名山以眺望，举觞一醉，岂易得哉！然恐盛衰之不常，离合之难保也，请书之于石，明年将复来，使得有所考焉。”众日：“诺！”遂书以为记。

【注释】

①天平山：在江苏苏州市西，因山顶平正如台，故称天平。山多裂隙奇峰，有“万笏朝天”之称。山中林茂花香，飞泉漱石，风景优美，是苏州名胜之一。

②霖：久下不停的雨。

③灏气：空气。

④寒：淡忘。

⑤治馔载醪：备办食物，带上酒。醪，醇酒。

⑥舆：车子。

⑦筑：古代的一种弦乐器。颈细肩圆，形状像筝；有十三弦。

⑧狙杙(yì)以上：意为像猴子一样抓着小木桩往上攀登。

⑨蟠：蟠伏。挐：牵引。

⑩眺，号眺，大哭。

⑪奋武：迈开脚步。

⑫浮浮：云很浓很多的样子。

⑬尤：责怪。

⑭颓败：此指跌倒。

⑮泛酒：斟满酒。

⑯板荡：形容时局混乱，社会动荡不宁。

【品读】

这篇游记，写在元末农民大起义风起云涌之际。时局混乱，天下动荡的阴影，压抑着作者的心灵，使他不能放情于山水，心境也常常因游程中出现的凶险景物而越来越紧张悚惧。

上山走进“石屋”，立刻感觉到巨大的石头仿佛正向头顶猛压过来，恐惧之下赶紧离开了。下山时因迷了路，被“囚于荒茅丛筱之间”，而且“时日欲暮，大风忽来，洞谷呛呀，鸟兽鸣吼”，完全是一种大祸临头的景况，作者的心情变得极其惶恐，犹如濒临绝境，情急之下，他“俯下疾呼”，乞人救援之情毕现无遗。正是这种感受和心情，与作者对社会和未来忧心忡忡、朝不保夕的心理暗自相吻，所以文章的结尾很自然地由游览风光过渡到评议时局。“恐盛衰之不常，离合之难保”，这无疑是一种时代的心理，表现了元末士人面临“灭顶之灾”时共有的不安感和紧张感。

山水小品的美在于发现，而发现目标离不开外在事物，更离不开审美主体。正因为作者生活在元王朝灭亡的前夕，我们才能从这篇游记中，身临其境感受到一种社会环境和时代心理相辅相成映衬的意境美与现实感，非常具有探佚价值和思索意趣。

游骊山记[①] 袁宏道

骊之山郁然而青[②]，而其水浩浩然鸣九衢也。古柏森森然翳东西岭，故宫遗址，多不可识。山下之民，有雪领而杖者，作而前曰：“民虽耄[③]，犹仿佛忆之。”指其岿然而坟者曰[④]：“是举火台，褒女之所笑也。”指其温然而澄澈者曰：“是莲花汤，明皇、妃子之所浴也。”问山下之故垒，曰：“是尝锢三泉而闻七曜者，始皇帝之地市也[⑤]。”余倚松四顾，苍茫久之。乃披荒榛[⑥]，踞危石，楚声而歌曰[⑦]：“涓涓者流，与山俱逝兮。空潭自照，影不至兮[⑧]。吁嗟乎兹山，祟三世兮[⑨]。”歌竟，浴于长汤，遂登老氏宫、极于台，东过石瓮寺休焉。

稍倦，假寐僧榻，忽有丈夫峨冠修髯[⑩]，揖余而言曰：“吾子失言。夫山奚能祟？使吾幸而遇严、匡诸君子，岂不亦嘉遁之薮[⑪]？吾子谓九叠之屏，七里之滩，何遽出吾上耶？又使吾所遭者为宣城、孤山辈，骚坛之士，艳称久矣，吾岂复戎吾姓也？”余蘧然觉，自悼言之失也，复喟然叹曰：“异哉！天子之贵，不能与匹夫争荣，而词人墨客之只词，有时为山川之九锡也，异哉！今之处士，谁能入山而为水石所倚重者，吾当北面事之⑫。”

【注释】

①骊山：又名骊戎山，在陕西临潼南。因古代骊戎族居住于此得名。

②雪领：白色头巾。

③耄：年老。

④岿然：高大耸立的样子。

⑤地市：指秦始皇陵墓。

⑥荒榛：荒芜的草木丛。

⑦楚声：楚地方言，即作者的家乡话。

⑧影：指上文中提及的周幽王、褒姒、唐明皇、杨贵妃等人的踪影。

⑨祟：祸害人。

⑩丈夫：指骊山的山神。

⑪嘉遁：旧时对隐上的美称。

⑫北面事之：即以师礼相待。古代，师长南面而坐，学生面向北侍奉。

【品读】

中郎这篇《游骊山记》，构思新奇，名为记游，实以记言为主。

文章先以山下老者的对景指陈入手，一一揭晓此处景观。岿然而坟者地曰“是举火台，褒女之所笑也。”温然而澄澈处乃“是莲花汤，明皇、妃子之所浴也。”山下故垒之所是“是尝锢三泉而闻七曜者，始皇帝之地市也。”作者钩沉历史，此情此景下感慨颇多，于是踞石而吟楚歌：“涓涓者流，与山俱逝兮。空潭自照，影不至兮……”再是写假寐僧榻上的梦境，说骊山山神批评其言说：“使吾幸而遇严、匡诸君子，岂不亦嘉遁之？吾子谓九叠之屏，七里之滩，何遽出吾上耶？”末梢处，是作者大悟后的喟然长叹。经过山神提点开化，心中豁然开朗，从而认识到“天子之贵，不能与匹夫争荣，而词人墨客之只词，有时为山川之九锡也”的精髓。这种带有民主色彩的价值观，将帝王至尊至荣的神圣地位忽略，抬升了文人墨客的社会价值和历史地位，更加突显了高人隐士的山水情结和人文精神，是明中叶以后知识分子自我觉醒和真实肯定的具体体现，有着特殊的现实意义。

观赏这篇山水小品，忽生奇思怪想，间出惊人妙语，使人顿感耳目一新，这正是袁宏道先生游记的一大特色，也是他的山水小品最能令人折服之处。

西湖七月半[①] 张岱

西湖七月半，一无可看，只可看看七月半之人。看七月半之人，以五类看之。其一，楼船箫鼓，峨冠盛筵[②]，灯火优傒[③]，声光相乱，名为看月而实不见月者，看之。其一，亦船亦楼，名娃[④]闺秀[⑤]，携及童娈[⑥]，笑啼杂之，环坐露台，左右盼望，身在月下而实不看月者，看之。其一，亦船亦声歌，名妓闲僧，浅斟低唱，弱管轻丝，竹肉相发[⑦]，亦在月下，亦看月而欲人看其看月者，看之。其一，不舟不车，不衫不帻[⑧]，酒醉饭饱，呼群三五，跻入人丛，昭庆、断桥，嘄呼嘈杂，装假醉，唱无腔曲[⑨]，月亦看，看月者亦看，不看月者亦看，而实无一看者，看之。其一，小船轻幌[⑩]，净几暖炉，茶铛旋煮[⑪]，素瓷静递，好友佳人，邀月同坐，或匿影树下，或逃嚣里湖，看月而人不见其看月之态，亦不作意看月者，看之。

杭人游湖，巳出酉归，避月如仇。是夕好名，逐队争出，多犒门军酒钱，轿夫擎燎，列俟岸上。一入舟，速舟子急放断桥，赶入胜会。以故二鼓以前，人声鼓吹，如沸如撼，如魇如呓，如聋如哑；大船小船，一齐凑岸，一无所见，止见篙击篙，舟触舟，肩摩肩，面看面而已。少刻兴尽，官府席散，皂隶喝道去。轿夫叫船上人，怖以关门。灯笼火把如列星，一一簇拥而去。岸上人亦逐队赶门，渐稀渐薄，顷刻散尽矣。

吾辈始舣舟近岸，断桥石磴始凉，席其上，呼客纵饮。此时月如镜新磨，山复整妆，湖复颒面。向之浅斟低唱者出，匿影树下者亦出，吾辈往通声气，拉与同坐。韵友来，名妓至，杯箸安，竹肉发。月色苍凉，东方将白，客方散去。吾辈纵舟酣睡于十里荷花之中，香气扑人，清梦甚惬。

【注释】

①七月半：农历七月十五，又称中元节，又称"鬼节"。此日西湖各大寺院都举行盂兰盆会，超度亡灵，杭州风俗倾城夜游赏湖。

②峨冠：头戴高冠，指士大夫。

③优傒(xī)：优伶和仆役。

④娃：美女。

⑤闺秀：有才德的女子。

⑥童娈(luán)：容貌美好的家僮。

⑦竹肉：指管乐和歌喉。

⑧"不舟"二句：不坐船，不乘车；不穿长衫，不戴头巾，指放荡随便。"帻(zé)"，头巾。

⑨无腔曲：没有腔调的歌曲，形容唱得乱七八糟。

⑩幌(huàng)：窗幔。

⑪铛(chēng)：温茶、酒的器具。

【品读】

宗子这篇《西湖七月半》以选材的奇趣，情景的跌宕，文笔的妙绝，前无参照，后无复加，奇绝独立于世。

从落笔的一声断喝，劈头盖脑地说"西湖七月半，一无可看"开始，文章直落一种霸气豪放、健笔如飞、纵横捭阖的锐不可当气势中，如此大幅度荡开一笔，自然会引发对全文的期许和遐想。宗子确是不曾令人失望，腾空而出的"看七月半之人，以五类看之"，直奔主旨，横生奇崛，章法诡异，尤显"出其不意攻其无备"之效。而对五类人的描写,更是新奇妙哉,令人拍案称绝。

文中以西湖"七月半"月圆之夜为背景,用独特的视角打开了五种场景,描述了五类人群,绘出了五方情境。其一,"楼船箫鼓,峨冠盛筵"的官派玩法,排面宏大,作风奢侈,场景浮靡,这类人"实不见月",不解风雅。其二,"亦船亦楼,名娃闺秀"的富豪玩法,携美眷家童,自由行之,随意乐之,不在意风雅与否,以享乐为前提,他们"实不看月"。其三,"亦船亦声歌,名妓闲僧"附和风雅的玩法,置身于有歌有舞,有轻吟有浅唱的情境韵致中,"亦看月",还是故做看月,就不得而知了。不过,较之前两类人群,已是显得更为高雅了。其四,"不舟不车,不衫不帻"的市井玩法,这类人不坐船、不乘车,实则亦无车船可坐,他们衣衫不整,三五一群一伙,或大呼小叫,或假意酒醉,不着调地哼哼唧唧唱着,率性而为,洋洋自得时"月亦看,看月者亦看,不看月者亦看",实则看与不看无非"雁过无痕"的"实无一看"而已,未有实质区别。其五,"小船轻幌,净几暖炉"的雅士玩法,这类人不追热闹,远离喧嚣,轻舟荡漾于匿影树下,许是幽湖深处,三两知己,佳人相伴,他们温炉煮茶,同品茗、共赏月,而看不看月,月都在心中,在一杯疏淡茶水里。五类人五种做派,作者并不表达喜好或做详致评判,但是,在其细腻的走笔中,已能尽晓端倪。宗子痛恶其一,不屑其二,无意其三,惯看其四,属意其五。

写到最喧闹处,作者以"人声鼓吹,如沸如撼,如魇如呓,如聋如哑;大船小船,一齐凑岸,一无所见,止见篙击篙,舟触舟,肩摩肩,面看面而已"等描述再现了西湖"七月半"的场景和情景,其密集的人声鼎沸,是其极为不喜或厌倦的。因而,文笔行至收梢时,以人群散去,归于静谧与秀美,沉寂与空寥为大背景,沉落出月如新磨镜面的轻妙美好,恰能勾起作者流连忘返之思,遂再约三五友,拼桌言欢,管弦轻歌,共同沐浴在西湖最美的月夜下,"酣睡于十里荷花之中",直到天色泛白方才离去。

宗子此篇山水小品,以"人"为本,说人道山水,不就是在说人生百态吗?

游雁荡山记 方 苞[①]

癸亥仲秋，望前一日入雁山，越二日而反。古迹多榛芜不可登探，而山容壁色，则前此目见者所未有也。

鲍甥孔巡曰："盍记之？"余曰："兹山不可记也。永、柳诸山，乃荒陬中一丘一壑，子厚谪居，幽寻以送日月，故曲尽其形容。若兹山，则浙东西山海所蟠结，幽奇险峭，殊形诡状者，实大且多，欲雕绘而求其肖似，则山容壁色乃号为名山者之所同，无以别其为兹山之岩壑也。"而余之独得于兹山者，则有二焉。

前此所见，如皖相之浮山，金陵之摄山，临安之飞来峰，其崖洞非不秀美也，而愚僧多凿为仙佛之貌相，俗士自镌名字及其诗辞，以疮痏蹶然而入人目[②]。而兹山独完其太古之容色，以至于今。盖壁立千仞，不可攀援；又所处僻远，富贵有力者无因而至；即至，亦不能久留，构架鸠工，以自标揭[③]；所以终不辱于愚僧俗士之剥凿也。

又凡山川之明媚者，能使游者欣然而乐。而兹山岩深壁削，仰而观，俯而视者，严恭静正之心不觉其自动。盖至此，则万感绝，百虑冥，而吾之本心乃与天地之精神一相接焉[④]。

察于此二者，则修士守身涉世之学，圣贤成己成物之道[⑤]，俱可得而见矣。

【注释】

①方苞(1668—1749)：字凤九，号灵皋，晚号望溪，安徽桐城人。他是桐城派的创始人，论文讲究"义法"，主张"言有物""言有序"，要求文以载道，追求文体"雅洁"。其文严谨雅洁，妥帖自然，是清中叶著名的散文大家。

②疮痏(wěi):瘢痕,伤疤。

③鸠工:聚集人工。标揭:标举,显示。揭,举。

④本心:赤子之心,即本然之心。

⑤成己成物:指成就自己,成就外物。

【品读】

这篇游记重点不在雁荡山外在的山容壁色,而在于体认雁荡山内在的精神气度。雁荡山山容壁色之美,美在无“愚僧俗士之剥凿”而“独完其太古之容色”。方苞从这一角度来欣赏品味雁荡山,实在是深得游山之趣。在这秉具太古容色的山川之中俯仰之间,作者又体认到了雁荡山“严恭静正”的气质,的确,方苞可谓雁荡山的知音。

古人游赏于山川之间,非仅为寻奇探险,而更为得山川灵性,与天地精神相接。享陶然之乐,纵逍遥之意,亦步亦趋的婉转行走间,胸襟放飞,眼界阔达,精神境界油然而升,思想意识更加开阔,凸显了古人乐山乐水的人文情怀。

这是篇借题发挥、宣扬理学的杂感式游记。从作者所标举的自然太古之趣与严恭静正之心,正可以领略到方苞先生的胸襟气度与学问道德,也感受到雁荡山超拔尘俗之外的风姿和神气。

红桥游记[①] 王士祯

出镇淮门,循小秦淮折而北,陂岸起伏多态,竹木蓊郁,清流映带。人家多因水为园亭树石,溪塘幽窈而明瑟[②],颇尽四时之美。拿小艇,循河西北行,林木尽处,有桥宛然,如垂虹下饮于涧;又如丽人靓妆袨服[③],流照明镜中,所谓红桥也。游人登平山堂,率至法海寺,舍舟而陆径,必出红桥下。桥四面触皆人家荷塘,六七月间,菡萏作花,香闻数里,青帘白舫,络绎如织,良谓胜游矣。予数往来北郭,必过红桥,顾而乐之。

登桥四望,忽复徘徊感叹。当哀乐之交乘于中,往往不能自喻其故。王谢冶城之语，景晏牛山之悲，今之视者，亦有怨耶！壬寅季夏之望，与箨庵、茶村、伯玑诸子，倚歌而和之[④]。箨庵继成一章，予以属和。

嗟乎！丝竹陶写[⑤]，何必中年；山水清音，自成佳话。予与诸子聚散不恒，良会未易遘，而红桥之名，或反因诸子而得传于后世，增怀古凭吊者之徘徊感叹如予今日，未可知者。

【注释】

①红桥：在扬州城北门外，横跨瘦西湖上。初建于明末，原为木桥，因桥上栏杆皆为红色得名。清乾隆时改建为石拱桥，形如彩虹，故又名虹桥。

②明瑟：莹净。

③袨服：炫目的盛服。

④箨庵、茶村、伯玑：皆为作者诗友。是年春，作者与诸子修禊红桥，有《红桥倡和集》。

⑤丝竹陶写：意为以音乐陶冶性情。

【品读】

王士祯论诗，以神韵为宗，讲究山水与游者精神意会，情意相通。我中有你，你中有我，彼此倒影映衬。这篇小品中，他追求的也是这种天然不可凑泊的情趣和风致。

作者笔下所勾勒红桥之景，着墨不多，几乎没有摹其具体形态，却用“如垂虹下饮于涧；又如丽人靓妆袨服”两句，映照出红桥的摇曳多姿和靓丽多情，既形象逼真，又生动丰韵；既展现了色泽的五彩斑斓，又勾画了内蕴的清丽婉约，足以令人领略到了它的神韵天成和天生丽质。

耐人寻味的是，作者对人生的追求亦是如此：“丝竹陶写，何必中年；山水清音，自成佳话”，让心灵安然享受山水自然的荡涤，不作嗟老忧时的伤悲，如此豁达乐观的情怀，正是全文旨在展现的精髓实质和倡导的精神境界。